Su cuerpo y otras fiestas

Carmen Maria Machado

Su cuerpo
y otras fiestas

Traducción de Laura Salas Rodríguez

EDITORIAL ANAGRAMA
BARCELONA

Título de la edición original:
Her Body and Other Parties
Graywolf Press
Minneapolis, 2017

Ilustración: © Carmen Segovia

Primera edición: octubre 2018

Diseño de la colección: Julio Vivas y Estudio A

© De la traducción, Laura Salas Rodríguez, 2018

© Carmen Maria Machado, 2017

© EDITORIAL ANAGRAMA, S. A., 2018
 Pedró de la Creu, 58
 08034 Barcelona

ISBN: 978-84-339-8017-5
Depósito Legal: B. 20542-2018

Printed in Spain

Black Print CPI Ibérica, S. L., Torre Bovera, 19-25
08740 Sant Andreu de la Barca

Para mi abuelo
REINALDO PILAR MACHADO GORRIN,
quien me contó mis primeros cuentos,
y sigue siendo mi favorito[1]

y para
VAL,
me di la vuelta
y allí estabas

1. En castellano en el original. *(N. de la T.)*

Mi cuerpo es una casa
encantada en la que me extravío.
No hay puertas pero sí cuchillos
y un centenar de ventanas.

JACQUI GERMAIN

dios debería haber hecho letales a las chicas
cuando hizo monstruos de los hombres.

ELISABETH HEWER

EL PUNTO DE MÁS

(Si lees esta historia en voz alta, usa las siguientes voces, por favor:

YO: de pequeña, aguda, corriente; de mayor, igual.

EL NIÑO QUE SE CONVERTIRÁ EN HOMBRE Y SERÁ MI ESPOSO: vigorosa a base de que la suerte le sonría.

MI PADRE: amable, sonora; como tu padre, o el hombre que hubieses querido de padre.

MI HIJO: de pequeño, suave, con un levísimo ceceo; de mayor, como la de mi marido.

TODAS LAS DEMÁS MUJERES: intercambiables con la mía.)

Al principio, sé que lo deseo antes de que él lo sepa. Las cosas no se hacen así, pero así las voy a hacer yo. Estoy en la fiesta de un vecino con mis padres; tengo diecisiete años. Me bebo media copa de vino blanco en la cocina, con la hija del vecino, también adolescente. Mi padre no se da cuenta. Todo es suave, como una pintura al óleo reciente.

El chico no está de cara a mí. Le veo los músculos del cuello y la parte de arriba de la espalda, observo que rebosa de su camisa abotonada, como un jornalero vestido para un baile, y noto que me mojo. Y no es que no tenga opciones. Soy guapa. Tengo una boca bonita. Los pechos me asoman por los vestidos de un modo que resulta a la vez inocente y perverso. Soy una buena chica, de buena familia. Él es un poco áspero, como a veces lo son los hombres, y despierta mi deseo. Da la impresión de que a él podría ocurrirle lo mismo.

Una vez oí una historia sobre una chica que le pidió algo tan depravado a su amante que él se lo contó a su familia y la metieron en un manicomio. No sé qué placer aberrante pidió, aunque me moriría por saberlo. ¿Qué cosa mágica podrías desear tanto como para que te arrancasen del mundo conocido por quererla?

El chico se fija en mí. Parece dulce y aturullado. Me dice hola. Me pregunta cómo me llamo.

Siempre he querido escoger mi momento, y este es el momento que escojo.

Lo beso en el porche. Él me devuelve el beso, con suavidad al principio, y luego con más fuerza; hasta me abre un poco la boca con la lengua, lo cual me sorprende, y creo que quizá a él también. Me he imaginado muchas cosas en la oscuridad de mi cama, bajo el peso del viejo edredón, pero nunca esto, y gimo. Cuando se aparta, parece desconcertado. Mira a su alrededor un momento antes de posar los ojos en mi garganta.

–¿Qué es eso? –pregunta.

–¿Qué? ¿Esto? –Me llevo la mano a la nuca para tocar la cinta–. Es mi cinta. –Recorro con los dedos la superficie verde y resbaladiza, para acabar posándolos en el lazo prieto de la parte delantera. Él extiende la mano, pero yo se la cojo con fuerza para apartarla–. No deberías tocarla –digo–. No puedes tocarla.

Antes de entrar, me pregunta si podemos volver a vernos. Le digo que sí, que me gustaría. Esa noche, antes de dormir, me lo imagino de nuevo, abriéndome la boca con la lengua; deslizo los dedos sobre mí y me lo imagino ahí abajo, lleno de vigor y deseo por complacer, y en ese momento comprendo que nos vamos a casar.

Y así es. Quiero decir, así será. Pero primero me lleva en coche, a oscuras, a un lago con orillas pantanosas de difícil acceso. Me besa y me aprieta el pecho con la mano; mi pezón se vuelve un nudo bajo sus dedos.

No estoy muy segura de lo que va a hacer antes de que lo haga. Está duro, caliente, seco y huele a pan; cuando me rompe grito y me aferro a él como si estuviese perdida en el mar. Su cuerpo, tras encajar con el mío, empuja, empuja, y justo antes del final se retira y termina fuera, goteando sangre mía. Me fascina y excita el ritmo, lo concreto de su necesidad, la transparencia de su liberación. Después se derrumba en el asiento y oigo los sonidos de la laguna: colimbos, grillos y algo que suena como si punteasen un banjo. El viento levanta agua y me refresca el cuerpo.

No sé qué hacer ahora. Me late el corazón entre las piernas. Duele, pero me imagino que podría llegar a ser placentero. Me paso la mano por encima y siento vaharadas de goce en algún lugar lejano. Su respiración se calma y me doy cuenta de que me está observando. La luz de la luna que entra por la ventana me ilumina la piel. Cuando lo veo mirándome, sé que puedo alcanzar ese placer, como si mis dedos rozasen el cordel de un globo que queda casi fuera de mi alcance. Empujo, gimo, cabalgo despacio la ola de sensaciones con un ritmo regular, mordiéndome la lengua hasta que llego al final.

—Necesito más —dice, pero no se levanta para hacer nada. Mira por la ventana y yo también. *Podría haber cualquier cosa ahí fuera, en la oscuridad,* pienso. Un hombre con un garfio en lugar de mano. Un autostopista fantasma que repite eternamente el mismo viaje. Una anciana a la que los cantos de los niños sacan del espejo en que reposa. Todo el mundo se sabe esas historias –bueno, todo el mundo las cuenta, aunque no se las sepan–, pero nadie cree en ellas.

Su mirada vaga por el agua y luego regresa a mí.

–Cuéntame lo de tu cinta –dice.

–No hay nada que contar. Es mi cinta.

–¿Puedo tocarla?

–No.

–Quiero tocarla –dice. Le tiemblan un poco los dedos; yo cierro las piernas y me enderezo un poco.

–No.

Algo se mueve en el lago, palpita fuera del agua y luego aterriza con un chapoteo. Él se vuelve en dirección al sonido.

–Un pez –aclara.

–Algún día –le digo– te contaré la historia del lago y sus criaturas.

Me sonríe y se acaricia el mentón. Se embadurna la piel con un resto de sangre, pero no se da cuenta, y yo no digo nada.

–Me encantaría –dice.

–Llévame a casa –le pido. Y lo hace, como un caballero.

Esa noche me lavo. El agua jabonosa que me corre entre las piernas, suave como la seda, tiene el color y el olor del óxido, pero yo me siento más nueva que nunca.

Mis padres le cogen mucho cariño. Es un buen chico, dicen. Será un buen hombre. Le preguntan por el trabajo, sus aficiones, su familia. Estrecha la mano de mi padre con firmeza, y a mi madre le echa cumplidos que la hacen soltar exclamaciones y sonrojarse como una colegiala. Viene por casa dos veces a la semana, a veces tres. Mi madre lo invita a cenar y mientras comemos le hinco las uñas en la parte carnosa de la pierna. Cuando el helado se deshace en el bol, les digo a mis padres que voy a dar un paseo con él calle abajo. Pero nos adentramos en la noche, cogidos de la mano con dulzura hasta que no se nos ve desde la casa. Lo llevo entre los árboles, y en cuanto encontramos un claro me bajo las bragas para ofrecerme a él a cuatro patas.

He oído un montón de historias sobre chicas como yo y no me da ningún miedo alimentarlas. Oigo la hebilla metálica de sus pantalones y el rumor que hacen al caer al suelo; después siento su semidureza contra mí. «Sin preámbulos», le pido, y él me hace caso. Gimo y empujo hacia atrás. Nos apareamos en el claro; los gruñidos de mi placer y los de su buena suerte se mezclan antes de desvanecerse en la noche. Estamos aprendiendo, él y yo.

Hay dos reglas: no puede terminar dentro de mí y no puede tocar la cinta verde. Él se vacía en la tierra, con un pat-pat-pat, como si fuese a empezar a llover. Yo voy a tocarme, pero tengo los dedos sucios de haberlos apoyado en el suelo. Me subo la ropa interior y las medias. Él deja escapar un ruidito mientras me señala, y caigo en la cuenta de que también tengo las rodillas embadurnadas de barro por debajo del nailon. Me bajo las medias, me sacudo y me las vuelvo a subir. Aliso la falda y retoco las horquillas. A él el esfuerzo solo le ha soltado un rizo de los bucles engominados hacia atrás; se lo atuso para llevarlo con los demás. Tras caminar hacia el riachuelo, meto las manos en la corriente hasta que se limpian de nuevo.

Volvemos paseando a casa, con los brazos castamente entrelazados. Cuando entramos, mi madre ha hecho café; nos sentamos todos juntos y mi padre le pregunta por el trabajo.

(Si lees esta historia en voz alta, los sonidos del claro se reproducen mejor inspirando con profundidad y aguantando la respiración un buen rato. Luego suelta el aire de golpe: deja que tu pecho caiga como una torre de ladrillos que se derrumba. Hazlo una y otra vez, acortando el lapso entre la inspiración y la espiración.)

Siempre se me ha dado bien contar historias. Una vez, cuando era pequeña, mi madre me sacó de una tienda porque empecé a gritar que había visto deditos en la sección de verduras. Unas cuantas mujeres se volvieron turbadas hacia mí y se quedaron mirando mientras yo daba patadas al aire y golpeaba la esbelta espalda de mi madre.

–¡Nabitos! –me corrigió al llegar a casa–. ¡No deditos! –Me ordenó que me sentase en la silla (un trasto de mi tamaño, hecho para mí) hasta que volviese mi padre. Pero no, yo había visto deditos de pie, muñones pálidos y sanguinolentos, mezclados entre los minúsculos bulbos descoloridos. Al tocar uno de ellos con el índice lo noté frío como el hielo; cedió ante mi contacto como una ampolla. Cuando le mencioné dicho detalle a mi madre, algo parecido a un gato asustado saltó de detrás de sus globos oculares.

–No te muevas de aquí –ordenó.

Mi padre regresó aquella tarde del trabajo y escuchó mi historia, detalle por detalle.

–Conoces al señor Barns, ¿no? –me dijo, refiriéndose al anciano que llevaba la tienda.

Lo había visto una vez, y así se lo dije. Tenía el pelo blanco como el cielo antes de la nieve y una esposa que dibujaba a mano los letreros del escaparate.

–¿Por qué iba a vender dedos de pie el señor Barns? ¿Dónde iba a comprarlos?

Yo era pequeña y no conocía la existencia de cementerios ni tanatorios, así que no pude responder.

–Y aunque pudiese comprarlos de algún modo –prosiguió mi padre–, ¿qué ganaría vendiéndolos entre los nabitos?

Estaban allí. Los había visto con mis propios ojos.

Pero a la luz de la lógica aplastante de mi padre sentí que la duda se abría paso en mí.

—Y lo que es más importante —remató mi padre, aportando triunfante la prueba definitiva—: ¿cómo es que no los ve nadie más que tú?

Si hubiese sido mayor le habría respondido a mi padre que en este mundo hay cosas verdaderas que solo llaman la atención de un par de ojos. Como era pequeña, acepté su versión de la historia y me reí cuando me sacó de la silla para besarme y dejarme ir.

No es normal que sea la chica la que instruya a su chico, pero lo único que quiero es enseñarle lo que me gusta, lo que ocurre tras mis párpados hasta que me quedo dormida. Llega a conocer la chispa de mi expresión cuando el deseo me atraviesa, y yo no le niego nada. Cuando me dice que quiere mi boca, toda mi garganta, me entreno para no tener arcadas y cobijarlo entero, gimiendo alrededor de su sabor salado. Cuando me pregunta cuál es mi secreto más oscuro, le cuento lo del profesor que me escondió en un armario hasta que los demás se marcharon y me obligó a tocarlo, y que luego me fui a casa y me froté las manos con un estropajo de aluminio hasta hacerme sangre, a pesar de que el mero recuerdo desencadena tal ola de furia y vergüenza que tras contárselo tengo pesadillas durante un mes. Y cuando me pide que me case con él, unos días después de mi decimoctavo cumpleaños, le digo que sí, que sí, por favor, y después, en el banco del parque, me siento en su regazo y nos rodeo con mi falda para que ningún transeúnte se dé cuenta de lo que está ocurriendo por debajo.

—Siento que conozco muchas partes de ti —me dice, metido hasta los nudillos e intentando no jadear—. Y ahora las conoceré todas.

Cuentan la historia de una chica a la que retaron a entrar en un cementerio por la noche. Su gran locura fue la siguiente: cuando le dijeron que si se ponía de pie en la tumba de alguien por la noche su legítimo inquilino se levantaría y la metería a ella en su lugar, soltó un resoplido de risa. Resoplar de risa es el primer error que una mujer puede cometer.

–La vida es demasiado corta para tener miedo de nada –dijo–. Os lo demostraré.

El orgullo es el segundo error.

Lo conseguiría, insistió, el destino no le depararía ninguna desgracia. Así que le dieron un cuchillo para que lo clavase en la tierra helada y probase de ese modo su presencia y su teoría.

Se dirigió al cementerio. Algunos cuentan que escogió la tumba al azar. Yo creo que seleccionó una muy antigua; su elección vendría teñida por la duda y la creencia latente de que, en caso de equivocación, los músculos y la carne intactos de un cadáver reciente resultarían más peligrosos que los de uno fallecido hacía siglos.

Se arrodilló en la tumba e hincó con fuerza el cuchillo. Al levantarse para echar a correr –pues no había testigo alguno de su miedo–, se dio cuenta de que no podía escapar. Algo la tenía agarrada por la ropa. Lanzó un grito y cayó al suelo.

Cuando llegó la mañana, sus amigos acudieron al cementerio. La encontraron muerta en la tumba, con el cuchillo clavado en la tierra a través de la basta lona de su falda. Había muerto de miedo o de frío, ¿acaso importaría una vez que llegasen los padres? No estaba equivocada, pero ya daba igual. Después, todo el mundo pensó que había querido morir, a pesar de que su muerte se produjo mientras probaba que quería vivir.

Resulta que tener razón fue el tercer error, el más grave.

Mis padres están contentos con lo de la boda. Mi madre dice que aunque hoy en día las chicas están empezando a casarse tarde, ella se casó con mi padre cuando tenía diecinueve años y estaba encantada de haberlo hecho.

Al elegir el vestido de novia, me acuerdo de la historia de una joven que quería ir a un baile con su amante pero no tenía dinero para el vestido. Se compró una preciosa túnica blanca en una tienda de segunda mano; después cayó enferma y abandonó este mundo. El doctor que la reconoció en sus últimos momentos descubrió que la muerte se había producido por efecto del líquido de embalsamar. Al parecer, un empleado poco escrupuloso de unas pompas fúnebres le había robado el vestido al cadáver de una novia.

Creo que la moraleja de la historia es que ser pobre puede matar. Me gasto más de lo que tenía pensado, pero el vestido es precioso; mucho mejor que morirse, dónde va a parar. Mientras lo doblo para meterlo en el baúl de mi ajuar, pienso en aquella novia que se puso a jugar al escondite el día de su boda y se ocultó en el ático, en un viejo arcón que se cerró sobre ella y después no se abría. Se quedó allí atrapada hasta que murió. La gente pensó que se había fugado hasta que, años después, una doncella descubrió su esqueleto, vestido de blanco, agazapado en aquel espacio oscuro. Las historias de novias nunca acaban bien. Las historias presienten la felicidad y la extinguen como un fuego.

Nos casamos en abril, en una tarde de frío excesivo. Él me ve antes de la boda, con el vestido, e insiste en besarme profundamente y en meter la mano por debajo del corpiño. Se le pone dura y le digo que quiero que use mi cuerpo como le parezca bien. Rescindo la primera regla, dada la ocasión. Me empuja contra la pared y apoya la mano en el azulejo que queda junto a mi garganta, para mantener el equilibrio. Roza la cinta con el pulgar. No mueve la mano, y mientras se agita en mi interior va diciendo: «Te quiero, te quiero, te quiero.» No sé si seré la primera mujer en recorrer el pasillo de la iglesia de Saint George con semen goteándole pierna abajo, pero me gusta creer que sí.

Nuestro viaje de luna de miel es un circuito por Europa. No somos ricos, pero nos las apañamos. Europa es un continente de historias que voy aprendiendo entre consumación y consumación. Vamos de metrópolis antiguas y ajetreadas a pueblos soñolientos, retiros alpinos y vuelta a empezar, mientras sorbemos licores, arrancamos carne asada del hueso con los dientes, comemos *spätzle,* aceitunas, raviolis y un cereal cremoso que no reconozco pero acabo anhelando cada mañana. No podemos permitirnos un coche cama en el tren, pero mi marido soborna a un empleado para que nos deje pasar unas horas en un compartimento vacío y de ese modo copulamos por encima del Rin; mi marido me aplasta contra el somier enclenque, gruñendo como una criatura más atávica que las montañas que cruzamos. Reconozco que eso no es el mundo entero, pero es la primera parte de él que veo. Las posibilidades que se me ofrecen me hacen palpitar.

(Si estás leyendo esta historia en voz alta, haz el sonido de la cama que se tensa a causa del viaje en tren y del acoplamiento estirando las bisagras de una silla plegable de metal. Cuando te agotes, canta las letras medio olvidadas de una vieja canción a quien esté más cerca de ti, pensando en alguna nana para niños.)

Noto el retraso poco después de volver del viaje. Se lo digo a mi marido una noche que estamos exhaustos y despatarrados de cualquier manera en la cama. Se sonroja de pura alegría.

22

–Un bebé –dice. Se tumba con las manos unidas bajo la nuca–. Un bebé. –Se queda tanto tiempo en silencio que creo que se ha dormido, pero al echar un vistazo me doy cuenta de que tiene los ojos abiertos, clavados en el techo. Se apoya sobre el costado y me observa–. ¿El bebé tendrá una cinta?

Acaricio involuntariamente el lazo apretando la mandíbula. Mi mente baraja varias respuestas y me decido por la que me suscita menos rabia.

–Todavía no se puede saber –le contesto al final.

Entonces me sobresalto, porque me rodea la garganta con las manos. Yo levanto las mías para detenerlo pero él hace uso de su fuerza y me sujeta las muñecas con una mano mientras toca la cinta con la otra. Presiona el pulgar a lo largo de la seda. Roza con delicadeza el lazo, como si estuviese palpándome el sexo.

–Por favor –le ruego–. Por favor, no lo hagas.

No parece oírme.

–Por favor –digo en voz más alta, aunque se quiebra a la mitad.

Podría haberlo hecho, podría haber desatado el lazo en ese momento, si hubiese querido. Pero me suelta y se recuesta sobre la espalda, como si no hubiese pasado nada. Me duelen las muñecas; me las froto.

–Necesito un vaso de agua –digo. Me levanto y voy al baño. Abro el grifo y luego, turbada, observo la cinta, con las pestañas llenas de lágrimas. El lazo sigue prieto.

Hay una historia que me encanta sobre una pareja de pioneros a la que mataban los lobos. Los vecinos encontraban sus cuerpos desgarrados y diseminados alrededor de su cabaña, pero nunca llegaban a dar con su hija pequeña, ni viva ni muerta. La gente afirmaba haber visto a la niña corriendo con una manada de lobos, trotando sobre el terreno, tan fiera y salvaje como el resto de sus compañeros.

Cada vez que la veían, las noticias corrían como la pólvora por los asentamientos. Que si había amenazado a un cazador en el bosque, en pleno invierno –aunque quizá se sintiese menos amenazado que estupefacto ante una niña minúscula y desnuda que enseñaba los dientes y aullaba con tanta ferocidad que ponía la piel de gallina–. Que si habían visto a una joven ya en edad de merecer intentando someter a un caballo. Decían incluso haberla visto abriendo a un pollo por la mitad, en medio de una explosión de plumas.

Muchos años después se rumoreó que la habían visto descansando entre los juncos, al lado de la orilla de un río, amamantando a dos lobeznos. Me gusta imaginar que habían salido de su cuerpo: el linaje de los lobos contaminado por los humanos por una vez. Seguro que le hicieron sangre en el pecho, pero no le importó, porque eran suyos y nada más que suyos. Supongo que cuando acercaron a ella los hocicos y los dientes se sintió como en un santuario, seguro que alcanzó una paz que no había encontrado en ningún otro sitio. Debió de sentirse mejor entre ellos que en ningún otro lugar. Estoy absolutamente convencida.

Pasan los meses y me crece la barriga. En mi interior nuestro hijo nada con fuerza, da patadas, empuja, araña. En público trago saliva y me tambaleo hacia un lado, agarrándome la tripa y susurrándole entre dientes a Pequeñín, como yo lo llamo, para que se detenga. Una vez trastabillo en el parque, en el mismo parque donde mi marido me había pedido matrimonio el año anterior, y me caigo de rodillas, respirando con fuerza, casi llorando. Una mujer que pasa por allí me ayuda a levantarme y me da un poco de agua, antes de decirme que el primer embarazo es siempre el peor, pero que mejoran con el tiempo.

Desde luego es el peor, por muchas razones aparte de mi silueta alterada. Le canto a mi bebé y me vienen a la cabeza los cuentos de viejas sobre si tienes la barriga alta o baja. ¿Llevo a un niño dentro de mí, la viva imagen de su padre? ¿O a una niña, que suavizaría a los hijos que siguiesen? No tengo hermanos, pero sé que las niñas mayores endulzan a sus hermanos, que a su vez las protegen de los peligros del mundo; un intercambio que llena mi corazón de alegría.

Mi cuerpo cambia de forma inesperada: tengo el pecho enorme y caliente y la tripa surcada de rayas pálidas, al revés que un tigre. Me siento monstruosa, pero mi marido parece haber encontrado un deseo renovado, como si mi nueva forma hubiese refrescado su lista de perversidades. Y mi cuerpo responde: en la cola del supermercado, recibiendo la comunión en la iglesia, me señala un nuevo y feroz deseo que me deja mojada y turgente ante la más mínima provocación. Cada día, cuando vuelve a casa, mi marido ha elaborado una lista mental de las cosas que desea de mí, y yo estoy dispuesta a darle todo eso y más, porque llevo todo el día a punto de correrme desde la compra matinal de pan y zanahorias.

–Soy el hombre más afortunado de la tierra –dice, pasándome la mano por la tripa.

Por las mañanas me besa y me acaricia; a veces me posee antes del café y las tostadas. Se va al trabajo con paso brioso. Regresa a casa con un ascenso, y luego otro.

–Más dinero para mi familia –anuncia–. Más dinero para nuestra felicidad.

Me pongo de parto en mitad de la noche; cada centímetro de mis entrañas se retuerce formando un nudo obsceno antes de quedar libre. Chillo como no he chillado desde la noche del lago, pero por razones opuestas. Ahora

25

mismo, el placer de saber que mi bebé está de camino se ve anulado por una agonía implacable.

Me paso veinte horas de parto. Casi le arranco la mano a mi marido mientras aúllo obscenidades que no parecen impresionar a la enfermera. El doctor hace gala de una paciencia frustrante al mirar entre mis piernas; sus cejas blancas forman signos ilegibles en código Morse sobre su frente.

–¿Qué ocurre? –pregunto.

–Respira –ordena.

Estoy segura de que, como se alargue, acabaré con los dientes reducidos a polvo de tanto apretarlos. Miro a mi marido, que me besa en la frente y le pregunta al doctor qué ocurre.

–No estoy seguro de que vayamos a tener un parto natural –anuncia el doctor–. A lo mejor tenemos que intervenir para sacar al bebé.

–No, por favor –le ruego–. No quiero, por favor.

–Si no se produce algún movimiento pronto, es lo que haremos –dice el doctor–. Quizá sea lo mejor para todos. –Levanta la mirada y estoy casi segura de que le guiña un ojo a mi marido, pero el dolor hace que la mente distorsione las cosas.

Llego a un pacto mental con Pequeñín. *Pequeñín*, pienso, *esta es la última vez que estaremos tú y yo solos. Por favor, que no tengan que sacarte cortando.*

Pequeñín nace veinte minutos más tarde. Al final sí que hacen un corte, pero no en la barriga, como yo me temía. En lugar de eso, el doctor baja el escalpelo, y siento poca cosa, un tirón, aunque quizá sea por lo que me han administrado. Cuando me ponen al bebé en brazos, examino el cuerpo arrugado de la cabeza a los pies, con su color de ocaso y sus estrías rojas.

Nada de cintas. Es un niño. Me echo a llorar y acurruco al impoluto bebé contra mi pecho. La enfermera me enseña a amamantarlo; me siento enormemente feliz al sentir cómo succiona, al tocarle uno a uno los deditos enroscados como pequeñas comas.

(Si estás leyendo esta historia en voz alta, dales un cuchillo de pelar a tus oyentes y pídeles que te corten la tira de piel que une el pulgar con el índice. Después dales las gracias.)

Cuentan la historia de una mujer que se pone de parto cuando el médico que la atiende está cansado. Cuentan la historia de una mujer que nació demasiado pronto. Cuentan la historia de una mujer cuyo cuerpo se aferraba con tanta fuerza a un bebé que tuvieron que cortarla para salvarlo. Cuentan la historia de una mujer que oyó la historia de una mujer que daba a luz a lobeznos en secreto. Si una lo piensa, las historias corren juntas como gotas de lluvia en un charco. Cada una nace por separado en las nubes, pero una vez que se juntan no hay manera de distinguirlas.

(Si estás leyendo esta historia en voz alta, aparta la cortina para ilustrar este punto final a tus oyentes. Estará lloviendo, lo prometo.)

Se llevan al bebé para poder arreglarme el corte. Me administran algo que me da sueño a través de una mascarilla que me aprietan con suavidad contra la boca y la nariz. Mi marido bromea con el médico mientras me sujeta la mano.

—¿Cuánto por el punto de más? —pregunta—. Entra dentro de sus servicios, ¿no?

—Por favor —le digo. Pero me sale en un medio balbuceo deformado, seguramente no más alto que un gemidito. Ninguno de los dos vuelve la cabeza hacia mí.

El doctor suelta una risita.

—No es usted el primero...

27

Me deslizo por un túnel largo para salir de nuevo a la superficie, pero cubierta de algo pesado y oscuro, como aceite. Me parece que voy a vomitar.

—...dicen que es como...

—...como si fuese vir...

Y de repente estoy despierta, completamente despierta; mi marido no está ni el médico tampoco. Y el bebé, dónde...

La enfermera asoma la cabeza por la puerta.

—Su marido ha ido a tomar un café —explica—, y el bebé se ha dormido en el capazo.

El médico entra tras ella, limpiándose las manos con un trapo.

—Ya estás cosidita, no te preocupes —dice—. Bien apretada, todo el mundo contento. Ya te contará la enfermera lo de la recuperación. Vas a tener que descansar un poco.

El bebé se despierta. La enfermera lo saca con mimo del fajero y me lo pone de nuevo en brazos. Es tan bonito que tengo que acordarme de respirar.

Me voy recobrando día a día. Me muevo despacio y con dolor. Cuando mi marido se acerca para tocarme lo aparto de un empujón. Quiero volver a la vida que llevábamos, pero ahora no se pueden evitar algunas cosas. Ya doy el pecho y me levanto a todas horas para cuidar de nuestro hijo a pesar del dolor.

Al final un día se lo hago con la mano y se queda tan a gusto que me doy cuenta de que puedo satisfacerlo aunque yo quede insatisfecha. Cuando se acerca el primer cumpleaños de nuestro hijo, ya estoy lo bastante curada para llevar de nuevo a mi marido a la cama. Lloro de alegría cuando me toca y me llena, como desde hace tanto tiempo deseaba que me llenase.

Mi hijo es bueno. No deja de crecer. Intentamos tener

otro bebé, pero sospecho que Pequeñín hizo tantos estragos en mi interior que mi cuerpo no puede albergar a otro.

–Has sido un pésimo inquilino, Pequeñín –le digo mientras le froto el pelo rubio y fino con champú–. Me voy a quedar con la fianza.

Él chapotea en el lavabo, gorjeando de felicidad.

Mi hijo toca la cinta, pero nunca de modo que me asuste. Cree que es una parte de mí y la trata como haría con una oreja o un dedo. Le proporciona una alegría en la que no cabe la codicia, y eso me alegra.

No sé si mi marido está triste porque no podemos tener otro bebé. Se guarda sus penas para sí con el mismo celo con el que muestra sus deseos. Es un buen padre y quiere a su hijo. Cuando regresa del trabajo juegan, corren y se persiguen por el patio. El niño es demasiado pequeño para coger la pelota, pero aun así mi marido se la lanza rodando por el césped; nuestro hijo la recoge y se la envía otra vez. Mi marido me hace señas y me dice:

–¡Mira, mira! ¿Lo has visto? ¡Está a puntito de lanzarla!

De todas las historias que me sé sobre madres, esta es la más realista. Una joven estadounidense está visitando París con su madre cuando la señora comienza a sentirse mal. Deciden pasar unos días en un hotel para que la madre pueda descansar, y la hija llama a un médico para que la atienda.

Tras un breve reconocimiento, el médico le dice a la hija que lo único que su madre necesita son unos medicamentos. Acompaña a la hija hasta un taxi, le da instrucciones al taxista en francés y le explica a la joven que el taxista va a llevarla a su casa, donde su mujer le proporcionará el tratamiento adecuado. El trayecto en coche es largo; al llegar, la muchacha se desespera ante la intolerable lentitud de la mujer del médico, que prepara meticulosamente las pastillas a partir de unos polvos. Una vez de vuelta en el taxi, el conductor vaga por las calles, llegando incluso a cruzar una misma avenida en ambos sentidos. A la chica se le agota la paciencia y se apea del taxi para volver a pie al hotel. Cuando consigue llegar, el empleado de recepción le dice que no la ha visto nunca. Sube corriendo las escaleras hasta la habitación donde su madre estaba descansando para encontrarse unas paredes de color distinto, un mobiliario diferente del que ella recuerda, y ni rastro de su madre.

Esta historia tiene muchos finales. En uno, la chica hace gala de una constancia y determinación magníficas; acaba seduciendo a un joven que trabaja en la lavandería para descubrir así la verdad: que su madre había muerto de una enfermedad fatal y altamente contagiosa; que había abandonado este mundo poco después de que el médico sacase a la hija del hotel. Para evitar que cundiese el pánico en la ciudad, los empleados habían enterrado el cadáver para desembarazarse de él, pintado la habitación, cambiado los muebles y sobornado a todos los involucrados para que negasen conocer siquiera a aquellas mujeres.

En otra versión de la historia, la muchacha pasa años vagando por París, creyendo que se ha vuelto loca, que su madre y su vida con ella eran fruto de su imaginación enfermiza. La hija va dando tumbos de hotel en hotel, confusa y afligida, aunque no sabe por quién. Cada vez que la echan de un vestíbulo llora por una pérdida. Su madre está muerta y ella no lo sabe. No lo sabrá hasta que ella misma muera; y eso si crees en el cielo.

No hace falta que diga cuál es la moraleja de la historia. Creo que ya lo sabes.

Nuestro hijo entra en la escuela al cumplir cinco años; recuerdo a su profesora del día en que se había agachado a ayudarme en el parque, prediciendo futuros embarazos fáciles. Ella también se acuerda de mí y mantenemos una breve charla en el pasillo. Le digo que no hemos tenido más hijos aparte del niño, y que ahora que ha empezado el colegio, mis días se llenarán de aburrimiento y pereza. Es amable. Me dice que si busco un modo de ocupar mi tiempo, hay una clase estupenda de arte para mujeres en un centro educativo local.

Esa noche, tras meter al niño en la cama, mi marido extiende la mano por el sofá y la desliza por mi pierna.

–Ven aquí –dice, y me da una punzada de placer. Me muevo por el sofá alisándome la falda con gracia para acercarme a él de rodillas. Le beso la pierna mientras mi mano repta hasta su cinturón y lo libera de sus ataduras; después me lo meto entero en la boca. Me pasa la mano por el pelo y me acaricia la cabeza al tiempo que gruñe y se aprieta contra mí. Y no me doy cuenta de que su mano resbala por la parte trasera de mi cuello hasta que se pone a intentar enredar los dedos en la cinta. Trago saliva y me aparto como un rayo; caigo hacia atrás y me cercioro, nerviosa, de que el lazo sigue en su sitio. Él sigue sentado, resbaladizo de saliva.

–Vuelve aquí –dice.

–No –le respondo–. Vas a tocar la cinta.

Se pone de pie y se enfunda de nuevo los pantalones; luego se sube la cremallera.

–Una esposa no debería tener secretos para su marido –protesta.

–No tengo secretos –objeto.

–¿No? ¿Y la cinta?

–La cinta no es un secreto; simplemente es mía.

–¿Naciste con ella puesta? ¿Por qué en la garganta? ¿Por qué es verde?

No respondo.

Se queda en silencio durante un largo minuto. Luego dice:

31

—Una esposa no debería tener secretos.

Noto calor en la nariz. No quiero llorar.

—Te he dado siempre todo lo que has pedido —replico—. ¿No se me permite esto, solo esto?

—Quiero saber.

—Crees que quieres saber —reprocho—, pero no.

—¿Por qué pretendes escondérmelo?

—No te lo estoy escondiendo. Simplemente no es tuyo.

Se acerca mucho a mí y me aparto de su olor a bourbon. Oigo un crujido y ambos levantamos la vista a tiempo de ver cómo los pies de nuestro hijo desaparecen por la escalera.

Cuando mi esposo se va a dormir esa noche, lo hace con una furia ardiente que se disipa en cuanto se pone a soñar. Me quedo despierta largo rato, escuchando su respiración, preguntándome si los hombres tienen cintas que no parecen cintas. Quizá todos estamos marcados de algún modo, aunque sea imposible de ver.

Al día siguiente, nuestro hijo me toca la garganta y me pregunta por la cinta. Intenta tirar de ella. Y aunque me duele, tengo que prohibírselo. Cuando extiende la mano hacia ella, sacudo una lata llena de monedas. Hace un ruido discordante y atronador; el niño se echa atrás y empieza a llorar. Entre nosotros se pierde algo que nunca vuelvo a encontrar.

(Si estás leyendo esta historia en voz alta, llena una lata de refresco con monedas. Cuando llegue el momento, sacúdela con fuerza junto a la cara de quien esté más cerca de ti. Observa su expresión de miedo, de sobresalto, y luego de traición. Fíjate en que nunca vuelven a mirarte de la misma manera durante el resto de tus días.)

Me apunto a la clase de arte para mujeres. Mientras mi marido está en el trabajo y mi hijo en la escuela, yo conduzco hasta la extensión irregular de verde que conforma el campus para dirigirme luego al edificio gris y achaparrado donde se imparten las clases de arte.

Cabe suponer que nos ocultan los desnudos masculinos por decoro, pero la clase cuenta con una energía propia: hay mucho que ver en la silueta desnuda de una mujer desconocida, mucho que contemplar mientras aplicas carboncillo y mezclas pinturas. Veo que más de una modelo se inclina hacia delante y vuelve a apoyarse en el asiento para reactivar el flujo sanguíneo.

Una en particular se vuelve una y otra vez. Lleva una cinta roja atada alrededor de uno de sus finos tobillos. Tiene la piel de color aceituna y una hilera de vello negro le recorre la barriga desde el ombligo hasta el pubis. Sé que no debería desearla, pero no porque sea una mujer y además desconocida, sino porque es su trabajo desvestirse, y me da vergüenza aprovecharme de la situación. La curiosidad de mis ojos viene acompañada de no poca culpa, pero mientras trazo su contorno con el lápiz, en lo más profundo de mi mente hago lo propio con la mano. Ni siquiera estoy segura de que pueda ocurrir algo así, pero las posibilidades me inflaman hasta la locura.

Una tarde, después de clase, doblo el recodo del pasillo y la mujer está allí. Vestida, envuelta en un impermeable. Su mirada me paraliza, y a esa corta distancia observo que sus pupilas están envueltas en franjas doradas, como si fuesen eclipses solares gemelos. Me saluda, y yo le devuelvo el saludo.

Nos sentamos juntas en uno de los reservados de una cafetería vecina y nuestras rodillas se rozan de vez en cuando bajo la formica. Se toma una taza de café solo, lo cual me sorprende, aunque no sé por qué. Le pregunto si tiene hijos. Sí, responde, tiene una hija, una niña preciosa de once años.

–Los once años es una edad terrible –comenta–. No recuerdo nada antes de los once, y luego, de repente, allí estaba todo, lleno de colores, un horror. Menudo número –prosigue–, menudo espectáculo. –Después su rostro se ausenta durante un momento, como si se hubiese sumergido bajo la superficie de un lago, y cuando vuelve, enumera brevemente los logros de su hija en canto y música.

No mencionamos los miedos específicos de criar a una niña. Para ser sinceros, me da miedo hasta preguntar. Tampoco le pregunto si está casada, ni ella ofrece dicha información por propia voluntad, aunque no lleva alianza. Hablamos de mi hijo, de la clase de arte. Me muero por saber qué necesidades la empujan a desvestirse ante nosotras, pero quizá no pregunto porque la respuesta sería como la adolescencia: demasiado horrible para olvidarla.

Me tiene cautivada, esa es la verdad. Hay algo dúctil en ella, pero no dúctil como era yo –como soy yo–. Es como una pasta: se abandona a las manos que la amasan, y disfraza de ese modo su solidez, su potencial. Aparto la vista de ella, vuelvo a mirarla, y me parece el doble de ancha que antes.

–A lo mejor podríamos volver a quedar algún día –le digo–. Ha sido una tarde muy agradable.

Asiente. La invito al café.

No quiero hablarle de ella a mi marido, pero él siente en mí un deseo sin estrenar. Una noche me pregunta qué me ronda por la cabeza y se lo confieso. Incluso le describo con detalle su cinta, lo cual conlleva un flujo de vergüenza adicional.

A él le entusiasma tanto el acontecimiento que comienza a murmurar una fantasía larga y exhaustiva mientras se quita los pantalones y entra en mí; yo ni siquiera consigo oírla entera, aunque me imagino que, según sus criterios, ella y yo estamos juntas, o quizá las dos estamos con él.

34

Siento como si de alguna manera la hubiese traicionado y no vuelvo nunca a clase. Encuentro otros entretenimientos para ocupar mis días.

(Si estás leyendo esta historia en voz alta, fuerza a un oyente a revelar un secreto abrumador; luego abre la ventana más cercana que dé a la calle y cuéntalo a voces.)

Una de mis historias favoritas trata de una anciana y su esposo –un hombre más malo que un dolor–, que la tenía asustada con la violencia de su temperamento y sus prontos imprevisibles. Solo contaba con una manera de aplacarlo: su cocina, de la cual era un completo esclavo. Un día él compró un grueso hígado para que se lo guisase, y así lo hizo ella, usando hierbas y caldo. Pero la fragancia de su propia obra la pilló desprevenida: primero le dio unos mordisquitos, después unos bocados, y pronto no quedó nada de hígado. No tenía dinero para comprar otro, pero le aterrorizaba la posible reacción de su marido cuando descubriera que su comida se había esfumado. Así pues, se acercó a la iglesia de al lado, donde acababan de despedir los restos de una mujer. Se acercó a la figura amortajada, le metió un corte con las tijeras de cocina y le robó el hígado al cadáver.

Aquella noche, el esposo de la señora se enjugó los labios con la servilleta y declaró que nunca había dado cuenta de una comida tan exquisita. Cuando se fueron a dormir, la anciana oyó que se abría la puerta de la calle y un leve quejido flotaba por las habitaciones. *¿Quién tiene mi hígado? ¿Quiéeeen tiene mi hígado?*

La anciana oía que la voz se acercaba cada vez más al dormitorio. Se oyó un rumor al abrirse la puerta. La muerta volvió a formular su pregunta.

La anciana destapó de golpe a su marido.

–¡Él! ¡Él lo tiene! –declaró triunfante.

Entonces contempló la cara de la muerta y reconoció su propia boca, sus propios ojos. Bajó la vista hacia su abdomen, mientras la asaltaba el instantáneo recuerdo de haberse trinchado la barriga. Se desangró allí mismo, en la cama, susurrando algo una y otra vez hasta que murió, algo que tú y yo nunca sabremos. A su lado, mientras la sangre empapaba el colchón por completo, su marido dormía como un tronco.

Quizá no sea esta la versión de la historia que más te suene. Pero créeme, es la que tienes que conocer.

Halloween desencadena un extraño entusiasmo en mi marido. Le he cogido uno de sus abrigos antiguos y se lo he arreglado a nuestro hijo, para que se disfrace de médico en miniatura, o de algún académico aburrido. Hasta le doy una pipa para que se la ponga en la boca. Nuestro hijo la sujeta con los dientes de un modo que me resulta intranquilizadoramente adulto.

–Mamá –pregunta–, ¿tú qué eres?

No voy disfrazada, así que le contesto que soy su madre.

Se le cae la pipa al suelo y se pone a gritar con tanta fuerza que soy incapaz de moverme. Mi marido se abalanza a cogerlo en brazos, hablándole en voz baja y repitiendo su nombre entre los sollozos del niño.

Solo cuando su respiración se normaliza consigo identificar mi error. No es lo bastante mayor para saberse la historia de las niñas que querían un tambor de juguete y se portaron tan mal con su madre que esta se marchó y llegó para sustituirla una nueva, con ojos de cristal y una enorme cola de madera. Es demasiado pequeño para las historias y su verdad, pero sin darme cuenta le he contado una: la historia del niño que descubría en Halloween que su madre no era su madre, salvo el día que todo el mundo llevaba careta. El remordimiento me sube garganta arriba, ardiendo. Intento abrazarlo y besarlo, pero él lo único que quiere es salir a la calle, donde el sol se ha escondido tras el horizonte y un frescor brumoso amorata las sombras.

A mí esta fiesta no me hace mucha gracia. No me apetece llevar a mi hijo a casas de extraños ni hacer bolas de palomitas mientras espero que aparezca alguien en la puerta pidiendo rescate al grito de «¡Truco o trato!». Aun así, espero dentro de casa con una bandeja entera de golosinas pegajosas, abriéndoles la puerta a minúsculas reinas y fantasmas. Pienso en mi hijo. Cuando se marchan, suelto la bandeja y apoyo la cabeza en las manos.

Nuestro hijo regresa a casa entre risas, mascando una golosina que le ha puesto la boca de color ciruela. Me enfado con mi marido. Preferiría que hubiese esperado a llegar a casa antes de permitirle que engullese el botín. ¿Es que no ha oído nunca las historias? ¿Los bombones con agujas dentro, las manzanas rellenas de cuchillas? Es muy propio de él lo de no comprender por qué hay que tener miedo en este mundo, pero sigo estando furiosa. Le examino la boca al niño, pero no tiene ningún trozo de metal afilado clavado en el paladar. El niño se ríe y da vueltas por la casa, atolondrado, borracho de golosinas y entusiasmo. Me abraza las piernas; ya ha olvidado el incidente de antes. El perdón tiene un sabor más dulce que ninguna golosina que te den en una puerta. Cuando se me sube al regazo, le canto hasta que se queda dormido.

Nuestro hijo no deja de crecer. Cumple ocho años, luego diez. Al principio le cuento cuentos de hadas, de los más antiguos, de los que tienen dolor, muerte y matrimonios forzados que intento desprender como hojas de otoño. A las sirenas les salen pies, ¡qué gracioso! Los cerditos traviesos salen de rositas de los grandes banquetes, reformados e intactos. Las brujas malas se marchan del castillo para mudarse a casitas de campo donde pasan el resto de sus días pintando retratos de las criaturas del bosque.

Pero conforme crece va haciendo demasiadas preguntas. ¿Por qué no se comen al cerdo, si estaban hambrientos y se había portado mal? ¿Por qué dejaban en libertad a la bruja después de que hubiera cometido esos actos tan terribles? Y, tras cortarse en la mano con unas tijeras, rechaza de plano que cambiar de aletas a pies pueda provocar algo menos que un dolor atroz.

—«Segulo» que duele —dice, porque está luchando con la «r».

Le doy la razón mientras le vendo la herida. Por supuesto, debe de doler. Así pues, le cuento historias más cercanas a la realidad: niños que desaparecen en una zona determinada de las vías del tren, atraídos por el sonido de un tren fantasma que transita hacia lugares desconocidos; un perro negro que aparece en el umbral de la casa de alguien tres días antes de que esa persona muera; un trío de ranas que te arrinconan en el pantano para decirte la buenaventura por un módico precio. Me parece que mi marido prohibiría estas historias, pero mi hijo las escucha con solemnidad y las guarda para sí.

El colegio organiza la función de *El niño de las hebillas* y mi hijo es el protagonista, el niño de las hebillas; yo me incorporo a un grupo de madres para confeccionarles los trajes a los niños. Soy la costurera principal en una habitación llena de mujeres; todas cosemos pequeños pétalos de seda para los niños-flor y hacemos pantalones blancos de pirata en miniatura. Una de las madres lleva una cinta amarillo pálido en el dedo que se le enreda constantemente en el hilo. Maldice y llora. Un día incluso tengo que usar las tijeras de costura para darles un merecido a los molestos hilos. Hace un gesto con la cabeza cuando la libero de la peonía de seda.

—Qué incordio, ¿verdad? –pregunta. Yo asiento. Al otro lado de la ventana los niños juegan: se tiran uno a otro de los columpios, soplan dientes de león. La función sale de maravilla. La noche del estreno nuestro hijo resplandece con su monólogo. Tono y cadencia perfectos. Es inigualable.

Nuestro hijo cumple doce años. Me pregunta a bocajarro por la cinta. Le explico que todos somos diferentes y que a veces no hay que preguntar. Le aseguro que lo entenderá cuando crezca. Lo distraigo con historias sin cintas: ángeles que desean ser humanos, fantasmas que no se dan cuenta de que han muerto y niños que se convierten en ceniza. Deja de oler como un niño: la dulzura lechosa da paso a un penetrante olor a quemado, como un pelo chisporroteado en el hornillo.

Nuestro hijo cumple los trece, los catorce. Lleva el pelo un poco demasiado largo, pero es que no soporto cortárselo. Mi marido se aplasta los rizos con la mano camino del trabajo y me besa en la comisura de la boca. Nuestro hijo espera al hijo del vecino, que camina con un aparato ortopédico, para ir al colegio. Muestra una compasión de lo más sutil. No alberga instintos crueles, como otros. «Ya hay bastantes abusones en el mundo», le he repetido siempre. Ese año deja de pedirme historias.

Nuestro hijo cumple quince, dieciséis, diecisiete. Es un muchacho brillante. Posee el don de gentes de su padre y mi aire misterioso. Empieza a cortejar a una bonita chica del instituto que tiene una sonrisa resplandeciente y una presencia cálida. Me alegro de conocerla, pero, como recuerdo mi propia juventud, nunca insisto en que los esperemos despiertos.

Cuando nos anuncia que lo han aceptado en la universidad para estudiar ingeniería, me inunda el júbilo. Recorremos la casa cantando y riendo. Mi marido, a su regreso, se une a nuestra alegría, y vamos en coche a un restaurante local de pescado.

—Estamos muy orgullosos de ti —le dice su padre por encima del filete de fletán.

Nuestro hijo se ríe y dice que además quiere casarse con su novia. Nos damos la mano y nos sentimos aún más felices. Qué buen chico. Tiene una vida maravillosa por delante.

Ni la mujer más afortunada del mundo ha sentido tanta dicha.

Hay un clásico, un verdadero clásico, que no te he contado.

Un chico y una chica van a aparcar. Algunos dicen que eso implica besarse en el coche, pero yo conozco la historia. Estaba presente. Habían aparcado a la orilla de un lago. Estaban enrollándose en los asientos de atrás como si faltasen unos minutos para el fin del mundo. A lo mejor era así. Ella se le ofreció y él la tomó, y cuando todo hubo terminado, encendieron la radio.

En la radio, una voz anunció que un asesino loco con un garfio en lugar de mano se había escapado del manicomio local. El chico soltó una risita y cambió a una emisora de música. Cuando la canción terminó, la chica oyó un leve sonido como el que haría un clip al rascar un cristal. Miró a su novio y luego se cubrió los hombros con el suéter mientras se tapaba los pechos con el brazo.

—Deberíamos irnos —dijo.

—Bah —dijo el chico—. Hagámoslo otra vez. Tenemos toda la noche.

—¿Y si viene el asesino? —preguntó la chica—. El manicomio está muy cerca.

—Estamos bien, cariño —dijo el chico—. ¿Es que no confías en mí?

La chica asintió, reticente.

—Entonces... —concluyó él, arrastrando la voz de un modo que ella llegaría a conocer muy bien. Le apartó la mano del pecho y la colocó sobre él. Ella apartó por fin la mirada del río. Fuera, la luna le arrancó un destello al brillante garfio de hierro. El asesino la saludó con una sonrisa y un gesto de la mano.

Lo siento. Se me ha olvidado el resto de la historia.

La casa está muy silenciosa sin nuestro hijo. La recorro, tocando todas las superficies. Soy feliz, pero algo en mi interior se está desplazando a un sitio nuevo y extraño.

Esa noche mi marido me pregunta si tengo ganas de estrenar las habitaciones que acaban de quedar vacías. No habíamos copulado con tanta fiereza desde antes del nacimiento de nuestro hijo. Inclinada sobre la mesa de la cocina, algo antiguo prende en mi interior y recuerdo cómo nos deseábamos antes, cómo disfrutaba él de todos mis recovecos más oscuros; dejábamos manchurrones de amor en todos lados. Grito con ferocidad, sin importarme que me oigan los vecinos, sin importarme que alguien mire por la ventana de cortinas descorridas y vea a mi marido enterrado en mi boca. Si él me lo pidiese saldría fuera, al césped, le dejaría hacérmelo por detrás delante de todo el vecindario. Podría haber conocido a cualquiera en aquella fiesta de mis diecisiete años: a un idiota, o a un mojigato, o a un chico violento. A un chico religioso que me habría hecho mudarme a un país lejano para convertir a sus habitantes, o alguna tontería por el estilo. Podría haber experimentado un número indecible de disgustos o insatisfacciones. Pero mientras me coloco a horcajadas sobre él en el suelo y lo cabalgo entre gritos, sé que tomé la decisión correcta.

Nos quedamos dormidos, exhaustos, desparramados desnudos sobre la cama. Cuando me despierto mi marido está besándome la nuca, explorando la cinta con la lengua. Mi cuerpo se rebela con violencia; pese a que aún late en él el recuerdo del placer, se cierra en banda ante lo que considera una traición. Pronuncio su nombre, pero no responde. Lo repito, pero él me aprieta contra sí y continúa. Le doy un codazo en el costado y según afloja la presión, sorprendido, me enderezo y le planto cara. Parece confuso y herido, como mi hijo el día en que sacudí la lata de monedas.

La determinación me abandona. Toco la cinta. Contemplo el rostro de mi marido, el principio y el fin de sus deseos, allí concentrados. No es un mal hombre y de repente comprendo que esa es la fuente de mi dolor. No es un mal hombre en absoluto. Decir que es malo, malvado o perverso sería una gran injusticia. Y sin embargo...

—¿Quieres desatar la cinta? —le pregunto—. Después de tantos años, ¿eso es lo que quieres de mí?

Su rostro resplandece de alegría y luego de avidez; recorre con la mano mi pecho desnudo hasta llevarla al lazo.

—Sí —afirma—. Sí.

No me hace falta tocarlo para saber que el mero pensamiento se la pone dura.

Cierro los ojos. Recuerdo al chico de la fiesta, que me besó y me abrió en canal a la orilla de aquel lago, que hizo conmigo lo que quiso. Que me dio un hijo y me ayudó a hacer de él un hombre.

—Entonces —digo— haz lo que quieras.

Coge uno de los cabos con dedos temblorosos. El lazo se deshace lentamente; los extremos, atados durante tanto tiempo, guardan la forma por la costumbre. Mi marido gime, aunque no creo que se dé cuenta. Mete el dedo en el nudo final y tira. La cinta cae. Cae flotando y forma un rizo en la cama, o eso me imagino, porque no soy capaz de bajar la cabeza para seguir su descenso.

42

Mi marido frunce el ceño; luego su rostro comienza a abrirse a otra expresión: tristeza, o anticipación de la pérdida. Mi mano revolotea ante mí –un gesto involuntario en busca de equilibrio o cualquier otra insignificancia–, y por detrás ya no está su imagen.

–Te amo –le aseguro– más de lo que puedes imaginarte.

–No –dice, pero no sé a qué se debe su reacción.

Si estás leyendo esta historia en voz alta, quizá te estés preguntando si el lugar que la cinta protegía estaba lleno de sangre y grietas, o si era suave y neutro como la entrepierna de una muñeca. Me temo que no podré contestar, porque no lo sé. Siento estas preguntas, sus respuestas, y su falta de resolución.

Mi peso se desplaza y la gravedad me atrapa. El rostro de mi marido se desvanece y veo el techo y la pared que hay detrás. Conforme la cabeza se desprende de mi cuello para rodar hacia atrás y caer sobre la cama, me siento más sola que nunca.

INVENTARIO

Una chica. Nos tumbamos la una junto a la otra en la alfombra mohosa que hay en su sótano. Sus padres estaban arriba; les habíamos dicho que íbamos a ver *Parque Jurásico*. «Yo soy el padre y tú la madre», dijo. Me levanté la camiseta, ella se levantó la suya, y nos quedamos mirando. El corazón me latía a mil por hora por debajo del ombligo, pero me preocupaban las arañas y que nos descubriesen sus padres. Sigo sin haber visto *Parque Jurásico*. Supongo que ya nunca la veré.

Un chico, una chica. Mis amigos. Estábamos bebiendo unos cócteles de vino en mi dormitorio, en la vasta extensión de mi cama. Nos reíamos, hablábamos, nos pasábamos las botellas. «Lo que me gusta de ti», dijo la chica, «son tus reacciones. Tienes una forma muy divertida de reaccionar ante las cosas. Como si todo fuese muy intenso.» El chico asintió con la cabeza. La chica me enterró la cabeza en el cuello y dijo «Así, mira» contra mi piel. Yo me reí. Estaba nerviosa, excitada. Me sentía como una guitarra que alguien estuviese afinando, tensándole las cuerdas. Me dieron besos de mariposa en la piel y me echaron el aliento en la oreja. Yo gemía y me retorcía, y estuve a punto de correrme durante largos minutos, aunque nadie me tocaba, ni siquiera yo.

Dos chicos, una chica. Uno de ellos, mi novio. Sus padres estaban de viaje, así que montamos una fiesta en su casa. Bebimos limonada mezclada con vodka y él me animó a enrollarme con la novia de su amigo. Nos besamos, vacilantes, y luego paramos. Los chicos también se enrollaron entre sí y los observamos durante largo rato, aburridas pero demasiado borrachas para levantarnos. Nos quedamos dormidos en la habitación de invitados. Cuando me desperté, tenía la vejiga a punto de reventar. Bajé sigilosamente hasta el vestíbulo y vi que alguien había derramado una limonada con vodka por el suelo. Intenté limpiar el estropicio. El mejunje se había comido todo el brillo del mármol. La madre de mi novio encontró mi ropa interior detrás de la cama semanas más tarde y se la entregó, lavada, sin decir una palabra. Se me hace raro echar tanto de menos el olor químico y floral de la ropa limpia. Ahora solo me viene a la cabeza el suavizante.

Un hombre. Alto, esbelto. Tan flaco que se le notaba el hueso pélvico, cosa que yo encontraba extrañamente sexy. Ojos grises. Sonrisa sarcástica. Lo había conocido hacía casi un año, en una fiesta de Halloween celebrada el octubre anterior. (Yo no me había disfrazado; él iba de Barbarella.) Estuvimos bebiendo en su apartamento. Él estaba nervioso y me dio un masaje. Yo estaba nerviosa, así que le dejé hacer. Se pasó un buen rato frotándome la espalda. Después dijo: «Se me están cansando las manos.» Yo respondí: «Ah», y me giré hacia él. Me besó; tenía la cara áspera por la barba de tres días. Olía a levadura y a las notas de salida de un perfume caro. Se tumbó sobre mí y estuvimos un rato enrollándonos. Se me retorcían las entrañas de placer. Me preguntó si podía tocarme el pecho y yo le planté la mano sobre él. Me quité la camiseta y sentí como si una gota de agua se me deslizase espinazo arriba. Comprendí que aquello estaba ocurriendo, ocurriendo de veras. Nos desnudamos. Se puso el condón y se dejó caer sobre mí. Fue lo más doloroso del mundo. Él se corrió y yo no. Cuando se retiró, el condón estaba cubierto de sangre. Se lo quitó y lo tiró. Toda yo latía. Dormimos en una cama demasiado pequeña. Al día siguiente, insistió en llevarme en coche a la residencia de estudiantes. Ya en mi cuarto, me quité la ropa y me envolví en una toalla. Seguía oliendo a él, a nosotros, y quise más. Me sentía bien, como una adulta que de vez en cuando se acuesta con alguien, que tiene vida. Mi compañera de habitación me preguntó cómo había ido y me abrazó.

Un hombre. Un novio. No le gustaban los condones, me preguntó si estaba tomando la píldora, se salió de todos modos. Un desastre terrible.

Una mujer. Una especie de novia a rachas. Compañera de la clase de Organización de Sistemas Informáticos. Con el pelo largo hasta el culo. Era más suave de lo que yo esperaba. Yo quería comerle el coño, pero ella estaba muy nerviosa. Nos enrollamos y me deslizó la lengua dentro de la boca; cuando se fue a casa, me corrí dos veces en la fría inmovilidad de mi apartamento. Dos años después follamos en la azotea empedrada del edificio donde estaba mi oficina. Cuatro pisos por debajo de nuestros cuerpos, el programa de mi ordenador compilaba delante de una silla vacía. Cuando terminamos, levanté la vista y me fijé en que un hombre trajeado nos observaba desde la ventana del rascacielos contiguo; su mano se sacudía por dentro del pantalón.

Una mujer. Gafas redondas, pelo rojo. No recuerdo dónde la conocí. Nos colocamos y follamos; sin querer me quedé dormida con la mano dentro de ella. Nos despertamos antes de que amaneciese y cruzamos la ciudad hasta una cafetería abierta veinticuatro horas. Estaba lloviznando y, al llegar, teníamos los pies entumecidos por el frío dentro de las sandalias. Comimos tortitas. Vaciamos las tazas de café y después buscamos a la camarera con la mirada; estaba viendo las noticias de última hora en la tele desbaratada que colgaba del techo. Se mordía el labio y llevaba en la mano la jarra de café inclinada: unas minúsculas gotas marrones cayeron al linóleo. Nos quedamos mirando mientras desaparecía el presentador y lo sustituía una lista de los síntomas del virus que florecía a un estado de distancia, en el norte de California. Cuando reapareció el presentador, repitió que los aviones que estaban en pleno vuelo habían vuelto a aterrizar, que se habían cerrado las fronteras del estado y que parecía que el virus quedaba aislado. Luego se acercó la camarera, que parecía distraída. «¿Tienes familia allí?», le pregunté, y ella asintió con los ojos llenos de lágrimas. Me sentí fatal por haberle preguntado.

Un hombre. Lo conocí en el bar que había a la vuelta de la esquina de mi casa. Nos enrollamos en mi cama. Olía a vino rancio, a pesar de que había estado bebiendo vodka. Nos acostamos, pero a la mitad tuvo un gatillazo. Nos besamos un poco más. Quería comerme el coño, pero yo no quise. Se enfadó y se marchó, dando un portazo tan fuerte con la puerta mosquitera que la balda de las especias se salió del clavo y se estrelló contra el suelo. Mi perro se comió a lametones la nuez moscada y tuve que darle sal para que vomitara. La adrenalina me tenía tan acelerada que me puse a elaborar la lista de los animales que había tenido en mi vida –siete, incluidos mis dos peces beta, que

48

murieron con una semana de diferencia cuando tenía nueve años–, y una lista de las especias que lleva la sopa pho. Clavo, canela, anís estrellado, cilantro, jengibre, semillas de cardamomo.

Un hombre. Quince centímetros más bajo que yo. Le expliqué que el sitio web donde yo trabajaba estaba perdiendo clientes porque nadie quería consejos para fotografías peculiares durante una epidemia, y que me habían despedido aquella misma mañana. Me invitó a cenar. Follamos en su coche porque compartía piso y yo no me sentía capaz de estar en mi casa en aquellos momentos; me metió la mano por debajo del sujetador y tenía unas manos perfectas, joder, perfectas; nos desplomamos en los asientos traseros, que eran enanos. Me corrí por primera vez en dos meses. Lo llamé al día siguiente y le dejé un mensaje de voz para decirle que me lo había pasado bien y que me gustaría verlo de nuevo, pero nunca me devolvió la llamada.

Un hombre. Se ganaba la vida con un trabajo duro, no recuerdo qué exactamente, y llevaba una boa constrictor tatuada en la espalda con una frase en latín mal escrita por debajo. Era fuerte y podía levantarme para follarme contra la pared: lo más emocionante que había sentido nunca. Hasta rompimos unos cuantos marcos de cuadros así. Usó las manos, yo le arañé la espalda, me preguntó si iba a correrme para él, y le respondí: «Sí, sí, voy a correrme para ti, sí.»

Una mujer. Pelo rubio, voz descarada, amiga de una amiga. Nos casamos. Todavía no estoy segura de si estuve con ella porque quería o porque me daba miedo lo que la gente estaba contrayendo a nuestro alrededor. Al cabo de

49

un año la cosa se fue al garete. Chillábamos más de lo que follábamos, más incluso de lo que hablábamos. Una noche tuvimos una discusión en la que acabé llorando. Después me preguntó si quería follar y se desvistió antes de que pudiese responder. Me entraron ganas de tirarla por la ventana. Al final nos acostamos y yo empecé a llorar. Cuando acabamos y se metió en la ducha, hice una maleta, me metí en el coche y me largué.

Un hombre. Seis meses más tarde, en plena bruma posdivorcio. Lo conocí en el funeral del último miembro de su familia. Él llevaba su duelo, yo el mío. Nos acostamos en la casa vacía donde habían vivido su hermano, la mujer de este y sus hijos, todos muertos. Follamos en todas las habitaciones, incluyendo el pasillo, aunque no conseguía doblar bien la pelvis en el parquet, y le hice una paja delante del armario vacío de la ropa blanca. En el dormitorio principal, vi mi imagen en el espejo mientras lo cabalgaba; las luces estaban apagadas y nuestra piel despedía reflejos plateados. Se corrió dentro de mí y dijo: «Lo siento, lo siento.» Se suicidó una semana más tarde. Yo me mudé al norte, fuera de la ciudad.

Un hombre. Ojos grises de nuevo. Llevaba años sin verlo. Me preguntó qué tal me iba; le conté algunas cosas y otras no. No quería llorar delante del hombre a quien había entregado mi virginidad. De algún modo, me parecía que no estaba bien. Me preguntó a cuántas personas había perdido y yo contesté: «A mi madre y a la chica con la que compartía habitación en la universidad.» No mencioné que había encontrado a mi madre muerta, ni los tres días que siguieron, con los médicos inspeccionándome los ojos en busca de los primeros síntomas, ni que me las arreglé para escapar de la zona en cuarentena. «Qué joven eras cuando te conocí, joder», dijo. Su cuerpo me resultaba familiar, pero también extraño. Él había mejorado, yo había mejorado. Cuando se retiró casi esperaba ver sangre, pero, por supuesto, no había. Los años transcurridos lo habían vuelto aún más guapo, más pensativo. Me sorprendí a mí misma llorando sobre la pila del baño. Abrí el grifo para que no pudiese oírme.

Una mujer. Morena. Una antigua empleada del Centro de Control de Enfermedades. La conocí en una reunión en la que nos enseñaban a almacenar comida y a afrontar posibles brotes en el barrio, por si el virus atravesaba el cortafuegos. No me había acostado con una mujer desde mi esposa, pero cuando se quitó la camiseta me di cuenta de lo mucho que había añorado los pechos, la suavidad, las bocas suaves. Ella quería polla y yo se la di. Después, mientras recorría con la mano las marcas que me había dejado el arnés en la piel, me confesó que no había habido suerte a la hora de intentar desarrollar una vacuna. «Pero esa puta mierda solo se transmite por contacto humano», dijo. «Si la gente se mantuviese alejada...» Enmudeció. Se acurrucó junto a mí y nos quedamos fritas. Cuando me desperté, estaba dándose caña con el vibrador y yo fingí que seguía dormida.

Un hombre. Me preparó la cena en la cocina. No quedaban muchas verduras en el huerto, pero hizo lo que pudo. Intentó darme de comer con una cuchara, pero yo le cogí el mango. La comida no sabía muy mal. Se fue la luz por cuarta vez esa semana, así que comimos a la luz de las velas. Me indignó el toque romántico accidental. Cuando estábamos follando me tocó la cara y me dijo que era muy guapa; yo sacudí la cabeza para apartarle los dedos. Cuando lo hizo por segunda vez le cogí la barbilla con la mano y le dije que cerrase la boca. Se corrió inmediatamente. No le devolví las llamadas. Tras oír por la radio la noticia de que el virus había llegado de algún modo a Nebraska, supe que tenía que dirigirme hacia el este, y eso hice. Abandoné el huerto, la parcela donde estaba enterrado mi perro, la mesa de pino en la que, atenazada por la angustia, había elaborado tantas listas –árboles que empiezan por «m»: manzano, morera, mimosa, magnolia, mangle, mirto; estados en los que había vivido: Iowa, Indiana, Pensilvania, Virginia, Nueva York–, dejando un batiburrillo ilegible de letras grabado en la tierna madera. Cogí mis ahorros y alquilé una casita cerca del mar. Tras unos cuantos meses, el casero, que vivía en Kansas, dejó de cobrar mis cheques.

Dos mujeres. Refugiadas de los estados del oeste que habían conducido sin parar hasta que se les estropeó el coche a un kilómetro y medio de mi casa. Llamaron a la puerta y se quedaron conmigo dos semanas, mientras intentábamos averiguar cómo arrancar el coche. Una noche bebimos vino y hablamos de la cuarentena. Había que arrancar el generador con una manivela y una de ellas se ofreció a hacerlo. La otra se sentó junto a mí y me deslizó la mano por la pierna. Acabamos haciéndonos una paja cada una por su lado y besándonos. El generador arrancó y volvió la electricidad. La otra mujer regresó y dormimos todas juntas en la misma cama. Yo quería que se quedasen, pero dijeron que se dirigían a Canadá, se rumoreaba que era más seguro. Se ofrecieron a llevarme con ellas y yo les respondí en tono de broma: me quedaba a defender la fortaleza por Estados Unidos. «¿En qué estado estamos?», preguntó una. Yo contesté: «Maine.» Tras su partida, empecé a usar el generador solo en ocasiones puntuales; prefería pasar el rato en la oscuridad, a la luz de las velas. El antiguo propietario de la casa tenía un armario lleno.

Un hombre. De la Guardia Nacional. Cuando apareció por primera vez en la puerta supuse que había venido a evacuarme, pero resultó que había desertado de su puesto. Le ofrecí que pasase allí la noche y me dio las gracias. Me desperté con un cuchillo en la garganta y una mano en el pecho. Le dije que no podía follar con él tal y como estaba tumbada. Me dejó levantarme y lo empotré contra la estantería, dejándolo inconsciente. Tras arrastrar su cuerpo hasta la playa, lo hice rodar hasta la orilla. Volvió en sí y se puso a escupir arena. Lo amenacé con el cuchillo y le ordené que echase a andar; si se atrevía siquiera a mirar atrás, acabaría con él. Obedeció. Contemplé cómo se alejaba hasta convertirse en un punto oscuro en la franja gris de costa, y luego nada. Fue la última persona a la que vi durante un año.

Una mujer. Una líder religiosa que arrastraba tras de sí a una congregación de cincuenta personas, todas vestidas de blanco. Los hice esperar tres días en el lindero de la finca. Tras examinarles los ojos, los dejé quedarse. Acamparon todos alrededor de la casa: en el césped, en la playa. Iban bien equipados y solo necesitaban un sitio para recostar la cabeza, según dijo la líder, vestida con una túnica que le daba aspecto de maga. Cayó la noche. Ella y yo dimos la vuelta al campamento con los pies descalzos; el resplandor de la hoguera trazaba sombras en su rostro. Caminamos hasta la orilla del agua y señalé hacia la oscuridad, hacia la isla minúscula que ella no podía ver. Deslizó su mano en la mía. Le preparé una copa —«whisky de maíz, más o menos», dije tendiéndole la coctelera— y nos sentamos a la mesa. Fuera se oían risas, música, niños que jugueteaban en la orilla. La mujer parecía agotada. Advertí que era más joven de lo que aparentaba, pero aquel trabajo le echaba años encima. Le dio un sorbo a la copa; su sabor le arrancó una mueca. «Llevamos muchísimo tiempo andando», dijo. «Nos detuvimos un tiempo cerca de Pensilvania, pero el virus nos alcanzó cuando nos cruzamos con otro grupo. Se llevó a doce antes de que pudiésemos poner distancia.» Nos besamos larga y profundamente; me latía el corazón en el coño. La mujer sabía a humo y miel. El grupo se quedó cuatro días, hasta que ella despertó de un sueño diciendo que había tenido una visión y que debían seguir su camino. Me pidió que los acompañase. Intenté imaginarme con ella, con su congregación siguiéndonos como niños. Decliné la propuesta. Me dejó un regalo en la almohada: un conejillo de peltre del tamaño de mi pulgar.

Un hombre. De no más de veinte años, con el pelo lacio y castaño. Llevaba un mes andando. Tenía el aspecto que podía esperarse: asustadizo. Sin esperanza. En la cama se mostró reverente, demasiado delicado. Tras lavarnos, le di sopa de lata. Me contó que había atravesado Chicago, literalmente atravesado, y que en algún momento habían dejado de molestarse en deshacerse de los cadáveres. Tuvo que llenarse el vaso antes de hablar más del tema. «Después», prosiguió, «recorrí las ciudades.» Le pregunté a qué distancia se encontraba realmente el virus y respondió que no lo sabía. «Aquí se está muy tranquilo», observó, como para cambiar de tema. «No hay tráfico», expliqué. «Ni turistas.» Se echó a llorar y no paró; lo abracé hasta que se quedó dormido. A la mañana siguiente, cuando desperté, ya se había ido.

Una mujer. Mucho mayor que yo. Se había puesto a meditar en una duna a la espera de que transcurriesen los tres días. Cuando le miré los ojos, me fijé en que eran verdes como cristales de playa. El pelo le blanqueaba en las sienes y su modo de reír llenó de placer los escalones que llevaban a mi corazón. Nos sentamos en la penumbra de la ventana en saledizo y todo se desarrolló con mucha lentitud. Se sentó a horcajadas sobre mí; cuando me besó, el panorama del otro lado del cristal se encogió y se deformó. Bebimos y caminamos por la playa con la arena húmeda formando pálidas aureolas alrededor de nuestros pies. Habló de sus hijos ya crecidos, de heridas de la adolescencia, de que tuvo que sacrificar a su gato el día después de mudarse a otra ciudad. Yo le conté lo de que había encontrado a mi madre, la peligrosa travesía por Vermont y New Hampshire, que la marea nunca se quedaba inmóvil, lo de mi exmujer. «¿Qué ocurrió?», preguntó. «Nada, que no funcionó», contesté. Le hablé del hombre de la casa vacía, de su forma de llorar, de cómo le brillaba la lefa en la tripa después de correrse y de que la desesperación se podía atrapar a puñados en el aire. Recordamos sintonías comerciales de nuestras respectivas juventudes, incluyendo la de una cadena de helados italianos a la que acudía al final de los largos días de verano a tomar un helado, mareada por el calor. No conseguía recordar la última vez que había sonreído tanto. Se quedó. Llegaron más refugiados a la casita, con nosotras, la última parada antes de la frontera; les dimos de comer y jugamos con los pequeños. Nos descuidamos. El día en que me desperté y el aire había cambiado, me di cuenta de que tenía que haberlo visto venir. Ella estaba sentada en el sofá. Se había levantado por la noche a prepararse un té. Pero la taza estaba volcada y el charquito estaba frío; reconocí los síntomas por la televisión y los periódicos, y los panfletos, y las noticias de la radio, y luego por los rumores ahogados alrededor de la hoguera. Su piel había adoptado el color púrpura oscuro de

MADRES

Ahí está, en el porche, con su pelo pajizo, sus articulaciones fofas y una grieta que le atraviesa el labio como si toda ella fuese una inmundicia que nunca ha conocido la lluvia. Tiene en sus brazos un bebé: colorado, sin género y que no hace ningún tipo de ruido.

—Mala —digo.

Besa al bebé en la oreja y luego me lo tiende. Me sobresalto cuando extiende los brazos, pero cojo a la criatura de todos modos.

Los bebés pesan más de lo que parece.

—Es tuya —dice Mala.

Bajo la vista hacia el bebé, que me mira con los ojos como platos; le resplandecen como escarabajos japoneses. Sus dedos se enroscan en rizos invisibles y se hinca las afiladas uñitas en la piel. Me embarga una sensación, una sensación profunda-como-una-cerveza, una sensación de no-agitar-más-los-pies-cuando-la-trampa-se-cierre. Le devuelvo la mirada a Mala.

—¿Qué quieres decir con que es mía?

Mala me mira como si fuese inconmensurablemente idiota, o le estuviese vacilando, o las dos cosas.

—Estaba embarazada. Ahora hay un bebé. Es tuya.

Mi cerebro repite la frase. Hace meses que tengo la cabeza confusa. Hay una pila de correo sin leer en la mesa de la cocina y mi ropa forma un montículo gigante en el suelo de mi casa, antaño inmaculado. Mi útero, ofuscado, se contrae en señal de protesta.

—Mira —dice Mala—. Hasta aquí llego. No puedo hacer más. ¿Vale?

Asiento, pero me da mala espina seguir su línea de razonamiento. Me parece peligroso.

—Una solo puede hacer lo que puede hacer —repito pese a todo.

—Bien —dice Mala—. Cuando la niña llora, puede ser de hambre, o de sed, o a lo mejor está enfadada, o enferma, o paranoide, o celosa, o quizá había planeado algo pero se le torció completamente. Así que, cuando ocurra, tendrás que encargarte de lo que sea.

Bajo la vista hacia la niña, que ahora no está llorando. Parpadea somnolienta; me sorprendo preguntándome si los dinosaurios parpadeaban así antes de carbonizarse y convertirse en polvo. La niña se relaja (lo cual añade más peso al cuerpo de lo que habría creído posible) y acurruca la cabeza contra mis pechos. Hasta frunce un poquito los labios, como pensando que quizá pueda amamantarla.

—No soy tu madre, bebé —explico—. No puedo darte de comer.

Me tiene tan hipnotizada que no advierto los pasos que retroceden ni el portazo del coche. Pero cuando Mala se marcha, por una vez no me quedo sola.

Al volver al interior, me doy cuenta de que no sé cómo se llama la niña. Hay una bolsita de tela en el suelo; no recuerdo que me la hayan dado. Entro en la cocina, donde me siento en una silla de mimbre combada. Me imagino que la silla se rompe bajo mi peso, con el bebé en brazos, y me pongo de nuevo en pie para apoyarme en la encimera.

—Hola, bebé —le digo al bebé.

Vuelve a abrir los párpados y atrapa mi rostro con su mirada.

—Hola, pequeña. ¿Cómo te llamas?

La niña no responde, pero tampoco llora, lo cual me sorprende. Soy una desconocida. No me había visto nunca. Lo normal es que llore, tiene razones para hacerlo. Pero ¿qué significa que no llore? ¿Tiene miedo? No parece tener miedo. A lo mejor los bebés no pueden experimentar terror.

Da la impresión de estar dándole vueltas a algo.

Desprende un olor limpio, pero químico. Y tras él hay un rastro de leche, corporal y amargo, como algo que ha rezumado de un envase. Le gotea un poco la nariz, pero no hace gesto alguno de limpiársela.

Se oye un estruendo, un lamento estridente. La niña ha extendido la mano para coger un plátano del cesto de la fruta y ha tirado media docena de peras. Las peras duras salen rodando, las que estaban demasiado maduras se chafan contra el suelo. Ahora la niña parece aterrorizada. Aúlla. Le beso la parte blanda de su cráneo de bebé y la llevo a la habitación contigua.

—Chis, pequeña.

Su boca es una cueva insondable, por la que descienden la luz y el pensamiento para no volver jamás.

—Chis, pequeña. —¿Por qué no me ha dicho Mala su nombre?—. Chis, chiquitina, chis. —El ruido me provoca latidos en la cabeza. Unas lágrimas idénticas se deslizan desde cada uno de sus ojos hasta las orejas, como si fuese la foto de un bebé llorando en vez de un bebé de verdad—. Chis, pequeña, chis.

Fuera, una brisa enérgica remueve el polvo y abre de golpe la puerta mosquitera. Doy un respingo. La niña grita.

Cuando David y Ruth se casaron, celebraron una misa entera en latín. El velo de Ruth le cubría la cara y el dobladillo del vestido arrastraba por el suelo mientras se dirigía al altar. Un océano de sombreros y velos cubría a las mujeres, como a petición de la pareja. La liturgia, bonita y antigua, los unió con las tradiciones milenarias.

En el banquete, una mujer con fajín se situó a mi lado. Eso me hizo estar muy atenta a mi modo de masticar. Casi no me había fijado en ella: en medio de la multitud de parientes y amigos, la había tomado por un hombre muy esbelto, pero no; sus pómulos altos y su feminidad al colocar los pies sobre una línea invisible que recorría el suelo la traicionaron. La observé conforme transcurría la fiesta –durante los brindis, durante el baile de los pajaritos, durante la escandalosa caída de culo de la prima de doce años de Ruth, que molestó a su padre–; cuando la pista de baile se despejó un poco, la mujer avanzó bajo las blancas luces navideñas envuelta en muselina, se levantó las solapas del cuello, se remangó y empezó a bailar.

Yo siempre había oído que las bodas ponen cachondas a las mujeres, y, por primera vez, lo entendí. Se movía con una parsimonia implacable, masculina, llena de confianza. Me di cuenta de que era incapaz de concentrarme en ninguna otra cosa que ocurriese en la sala. Estaba mojada. Me sentía fuera de lugar, demasiado caliente, inexplicablemente hambrienta.

Cuando se acercó a mí, se me ralentizó el corazón. Me dio una vuelta como buena compañera de baile –segura, impertérrita–. Me dejé llevar y solté una risa involuntaria. Ya no existía la gravedad.

Luego bailamos tan despacio que parecía que simplemente estábamos de pie. Inclinó la cabeza hacia mi oído.

–Tienes las manos más bonitas que he visto nunca
–dijo.

La llamé dos días más tarde; nunca había creído con
tanta firmeza en el amor a primera vista, en el destino.
Cuando se rió al otro lado de la línea, algo en mi interior
se abrió con un crujido y la dejé entrar.

La cabeza de esta niña me inquieta porque es como
una fruta estropeada. Ahora es cuando me doy cuenta, en
mitad de este incesante desierto de sonido. Es como el
punto blando del melocotón, donde puedes hundir el pulgar, sin preguntas, sin un «qué-tal-estás» siquiera. No voy
a hacerlo, pero me dan ganas, siento un impulso tan fuerte que la suelto. Grita más fuerte. La cojo de nuevo y la estrecho contra mí, susurrando: «Te quiero, pequeña, no voy
a hacerte daño», pero lo primero es mentira y lo segundo a lo mejor también, solo que no estoy segura. Debería
sentir el impulso de protegerla, pero lo único en lo que puedo pensar es ese punto blando, ese lugar donde podría hacerle daño si lo intentase, donde podría hacerle daño si quisiese.

Un mes después de conocernos, Mala estaba a horcajadas sobre mí, llenando la cazoleta de cristal, aplastando
la hierba suavemente con el dedo. Cuando acercó el mechero e inhaló, su cuerpo se estremeció siguiendo una curva invisible, y de su boca salió el humo miembro a miembro; un animal.
    –No la he probado nunca –le dije.
    Me tendió la pipa, tapó la cazoleta con la mano y en-
cendió. Inhalé; me entró algo en la tráquea y tosí con tanta fuerza que estaba segura de que habría salido sangre.
    –Intentémoslo de otra manera –dijo. Dio una calada

y acercó su boca a la mía, llenándome los pulmones de un humo embriagador. Me lo tragué todo, entero; el deseo me atravesó de lado a lado. Mientras languidecíamos allí, sentí que todo mi ser se aflojaba y mi mente se retiraba a un lugar cercano a mi oreja derecha.

Me enseñó su antiguo barrio, y yo iba tan ciega que la dejé que me cogiese de la mano para guiarme como si fuese una niña, y luego de repente estábamos en el Brooklyn Museum, y había una mesa larguísima que no terminaba nunca, llena de bandejas insinuantes y floridas para la Diosa Primordial, para Virginia Woolf. Estábamos en algún lugar de Little Russia, y luego en una tienda, y luego en una playa, y lo único que sentía era su mano y el cálido abrazo de la arena en mis pies.

—Quiero enseñarte algo —dijo, y cruzamos juntas el puente de Brooklyn mientras el sol se ponía.

Nos tomamos unos días libres. Fuimos en coche hasta Wisconsin a ver al Hombre de Mermelada, pero al parecer se había muerto. Giramos y fuimos hacia el mar, a una isla cerca de la costa de Georgia. Flotamos en un agua caliente como la sopa. La abracé y en la levedad del agua me abrazó.

—El océano —dijo— es un pedazo de bollera. Lo noto.

—Pero no una bollera histórica —dije.

—No —convino—. Espaciotemporal.

Reflexioné sobre aquello. Hice la tijera suavemente con las piernas. Los labios me sabían a sal.

—Sí —respondí.

A distancia, unas chepas grises emergían del agua. Me imaginé que eran tiburones que nos hacían picadillo.

—Defines —murmuró, y así fue.

Nos enfrascamos la una en la otra. Era mucho mayor que yo, pero pocas veces me lo recordaba. Recorría mis muslos con las manos en lugares públicos, me contaba su historia más oscura y luego me preguntaba por la mía. Sentía que estaba grabada a fuego en mi línea del tiempo, que era inmutable como Pompeya.

Me arrastraba a la cama y se ponía en vertical con mi pelvis. Y la dejaba estar ahí, quería que estuviese ahí, sentir su peso, la limpidez que me inundaba. Nos quitábamos la ropa para que no se interpusiese entre nosotras. Miraba su piel suave y pálida, la mata rosa de sus labios mayores, le besaba la boca de un modo que hacía temblar mis fallas geológicas y pensaba: *Gracias a Dios que no podemos tener hijos*. Porque se apoderaba de algo en mi interior y me alumbraba a través de su cama, de su boca, de su coño, de sus ángulos, de su voz queda, para soltarme en mi primera fantasía doméstica, nuestro primer ensueño conjunto: el Uptown Café en Kirkwood, limpiando trocitos blandos de ñoqui de la barbilla balbuceante de un bebé, de nuestro bebé. De broma, la llamábamos Mara, hablábamos de sus primeras palabras, de lo gracioso que era su pelo y de sus malas costumbres. Mara, una niña. Mara, nuestra niña.

De nuevo en la cama de Mala, en la deliciosa cama, mientras deslizaba la mano en mí, y yo me movía, y ella daba, y yo me abría y ella se corría sin tocarse y yo correspondía sin poder articular palabra, pensaba: *Gracias a Dios que no podemos tener hijos*. Podemos follar a lo bestia, sin cesar, corrernos la una dentro de la otra, sin condones ni pastillas ni miedos ni negociar días del mes ni apoyarnos abatidas sobre la pila del baño mirando con ansia el palito blanco, *Gracias a Dios que no podemos tener hijos*. Y cuando decía: «Córrete para mí, córrete en mí», *Gracias a Dios que no podemos tener hijos*.

Pues tuvimos una hija. Aquí está.

Estábamos enamoradas. Yo soñaba con nuestro futuro. La casa en medio de los bosques de Indiana. Una vieja capilla que antaño albergó un claustro de monjas, monjas que rezaban con los hombros apretados contra las demás, que tomaban los votos y se llamaban una a otra «hermana». Un exterior de piedra, mortero seco y apretado que rezuma humedad. Estrechos caminos que serpentean por jardines antiguos, un jardín nuevo donde hemos removido la tierra para plantar cosas, cosas que crecerán si las cuidamos. Un vitral en forma de círculo grande, de mi estatura, que representa un corazón sangrante de curvas torneadas, formado por fragmentos de cristal de color rosa ahumado; dos de los paneles estaban resquebrajados por los años.

Luego una cocina con armarios de madera oscura que se abren para descubrir copas de vino de tallo largo, cajas de teca que contienen la cubertería de plata sin abrillantar, una cocina atestada de ollas y recipientes de setenta y cinco litros, una colección de seis docenas de tazas que con el tiempo nos han acabado pareciendo bonitas o irónicas, pilas de platos con bordes desconchados, la vajilla buena para los invitados que nunca tenemos. Cerca, una mesita con una cesta de mimbre vacía, un surtido de robustas sillas sin pintar, y, a la luz de la ventana, una colección de tarros de cristal sin etiquetas cuyas bandas de pegamento ha quitado un dedo insistente a base de frotar, con la intención de reutilizarlas.

Más allá de la mesa hay un altar, con velas encendidas por Billie Holiday, Willa Cather, Hipatia y Patsy Cline. Al lado hay un viejo podio que antaño sujetaba Biblias y sobre el que hemos adaptado un viejo manual de química para que sea el Libro de Lilith. En sus páginas se encuentra nuestro propio calendario litúrgico: Santa Clementine y Todos los Caminantes; Santas Lorena Hickok y Eleanor Roosevelt, cuya celebración es en verano, con arándanos que simbolizan el anillo de zafiro; la Vigilia de Santa Julieta, acompañada de pastillas de menta y chocolate negro; el Festín de las Poetisas, durante el que se recita a Mary Oliver acompañándola de lechos de lechuga, a Kay Ryan acompañada de un plato de aceite y vinagre, a Audre Lorde con pepinos, a Elizabeth Bishop con zanahorias; la Exaltación de Patricia Highsmith, que se celebra con caracoles cocidos en mantequilla y ajo mientras se recitan relatos de suspense junto al fuego de otoño; la Ascensión de Frida Kahlo con autorretratos y disfraces; la Candelaria de Shirley Jackson, festividad invernal que da comienzo al amanecer y termina al anochecer con un juego en el que se apuestan dientes de leche y piedras. Algunas de ellas tienen sus propios libros: los arcanos mayores y menores de nuestra pequeña religión.

En el frigorífico hay tarros estriados atiborrados de pepinillos en vinagre y judías verdes encurtidas, dos botellas de cristal con leche, una buena, la otra agria, un brik de nata líquida, un anillo vaginal de la época de los hombres que todavía no he tirado, una berenjena casi negra, un envase de salsa de rábano picante con forma de pastilla de jabón, aceitunas, pimientos italianos tensos como corazones, salsa de soja, unas chuletas llenas de sangre ocultas en papel doblado y seco que gotean de modo vergonzoso, la bandeja de los quesos con bolas de mozzarella fresca flotando en su propio caldo de leche y agua, y salami con una envoltura de color blanco polvoriento que huele a semen, según asegura Mala, unos puerros a punto de pudrirse que en algún momento tiraremos a los residuos orgánicos, cebollas caramelizadas, unos chalotes como puños. En el congelador, cubiteras de plástico resquebrajado con cubitos que desbordan de sus cuadrados, pesto hecho con la albahaca del jardín, masa de galletas que nos comeremos cruda a pesar de las advertencias sanitarias. Si se abren los armarios, se ve que están atestados de aceite de oliva, media docena de botellas, algunas llenas de matojos de romero y gruesos dientes de ajo pelado, de aceite de sésamo cuya botella de cristal no parece perder nunca la pátina grasienta exterior, por mucho que la limpiemos con un paño, de aceite de coco que es a medias de un sólido color blanco ceroso y a medias como plasma, de latas de judías carillas y de sopa cremosa de champiñones, de cajas de almendras, de un saquito de piñones orgánicos, de galletas de ostra rancias. En la encimera hay huevos marrones, verdes claros, moteados y de tamaño irregular. (Uno de ellos se ha puesto malo, pero por fuera no se sabe cuál es; solo se puede averiguar si lo metes en un vaso de agua y flota como una bruja.)

En el dormitorio hay una cama de matrimonio, una balsa en medio de un gran océano de piedras. En el tocador, una bombilla clara que revela el tintineo del filamento roto contra el cristal al llevárselo a la oreja y agitarlo. Las viejas botellas de vino llevan el cuello enlazado con collares que parecen sogas, y unos tapones esmerilados silencian decantadores de cristal. Una mesita de noche que, al abrirla, descubre... –cierra eso, por favor–. En el baño, un espejo con salpicaduras de rímel de cuando Mala se acerca, con la ameba de su respiración expandiéndose y encogiendo. Nunca se vive con una mujer, se vive dentro de ella, oí que mi padre le decía a mi hermano una vez, y, en efecto, era como si al mirar al espejo estuvieses parpadeando a través del grueso marco de sus ojos.

Y al otro lado de la puerta, la naturaleza. La catedral vertiginosa e imponente del cielo se arquea por encima de los árboles, árboles que se curvan llenos de yemas, frondosos, de un verde neón en primavera, y luego florecen. La lluvia repentina arranca las tiernas hojas del peciolo y cubre el suelo de una alfombra brillante y gruesa. En la maraña de las ramas, las crías de pájaros –del color gris y rosa de las gambas a medio cocer y con huesos como espaguetis secos– gritan buscando a su madre.

Después entra con paso indolente el zumbido calimoso del verano, y el aire rechina y murmura. Las avispas asesinas de cigarras atrapan a las más débiles, les clavan el aguijón hasta dejarlas inmóviles y luego arrastran el peso de sus cuerpos y de sus alas cristalinas cada vez más arriba, hacia otro sitio. Las luciérnagas encandilan embriagadas la oscuridad. Las hojas son de un verde rico y oscuro, los árboles densos se recogen sobre sí para atrapar secretos y solo el violento desgarrón del trueno y la quemazón abrasiva del rayo pueden desenredar la arboleda.

Y sigue el otoño, el primer otoño, nuestro primer otoño, el primer plato de calabaza, los jerséis, el olor a quemado de la estufa, no salir nunca de debajo de las pesadas mantas, el olor a humo que me recuerda a cuando era una exploradora de doce años y acampaba con niñas que me odiaban. Las hojas prenden, su color verde enfermedad se carboniza. Más lluvia, otra alfombra de hojas, amarilla como el diente de león, roja como la piel de la granada, naranja como las peladuras de zanahoria. Hay anocheceres extraños en los que el sol se pone pero llueve de todas formas, y el cielo está dorado y color durazno, y también gris y púrpura como un moratón. Todas las mañanas una fina niebla envuelve la arboleda. Algunas noches, una luna llena y sangrienta se alza en el horizonte y mancha las nubes como un amanecer alienígena.

Y luego el difusor del secador, la lenta aproximación de la muerte en un radio de centenares de kilómetros, la bestia invernal de perístole perfecta, el suelo más desnudo de lo que se podría pensar, los árboles solos, el aullido-gruñido del viento, el olor de la llegada de la nieve. Toda la noche de tormenta, en medio de los bosques y la oscuridad, sin ninguna iluminación a excepción del haz de una linterna del otro lado de la ventana que capta los gruesos copos en su caída antes de que se desvanezcan, más allá de su alcance. Dentro, piel reseca e irritada, loción refrescante formando círculos en espaldas. Follar, ahogando los gritos, abrazada la una a la otra en una cápsula de calidez bajo el edredón. Y por la mañana abrimos la puerta a empujones, dos cuerpos envueltos que luchan entre gruñidos por acceder a un mundo donde no quieren estar. La nieve acumulada convierte los matices de la naturaleza en protuberancias y nos recuerda que debemos mantener la perspectiva, nos recuerda que para todo hay una razón, nos recuerda que el tiempo expira y que nosotros también lo haremos un día. Y al borde del claro, los mitones convierten las minúsculas manos de nuestra Mara en dibujos animados; lleva la chaqueta acolchada abrochada hasta la naricilla, un gorro de lana le protege el fino cabello castaño, y recordamos que estamos vivas, que nos queremos todo el tiempo y nos caemos bien la mayor parte del tiempo, y que las mujeres pueden traer al mundo a los niños como quien respira. Mara se levanta y extiende la mano, no en busca de nosotras, sino de una presencia invisible, una voz, la sombra de la que una vez fue monja, no-fantasmas de una civilización futura que poblará este bosque con una ciudad mucho después de que hayamos muerto. Mara extiende el brazo y nosotras nos acercamos a ella y le cogemos la mano.

Nuestra niña llora. La cojo en brazos. Es demasiado pequeña para comer, creo. Demasiado pequeña para... Mientras la sujeto contra la cadera, revuelvo el frigorífico medio vacío, apartando a empujones algunos tuppers con restos aterciopelados, una lata cubierta de papel de aluminio. Encuentro una jarra de compota de manzana, pero no tengo ninguna cuchara lo suficientemente pequeña para su boca. Sumerjo el dedo en la compota y se lo ofrezco; chupa con fruición. Le apoyo la mano en la coronilla; beso su piel, delicada a base de aceite para niños. Resopla por la nariz y solloza; de la boca le sale un poco de compota en forma de burbuja.

–¿Huevo? –pregunto.

Estornuda.

–¿Manzana? ¿Perro? ¿Niña? ¿Niño?

La verdad es que la niña se parece a mí y a Mala –tiene mi nariz respingona y el pelo castaño, mis morritos malhumorados, su barbilla redonda y los lóbulos de las orejas separados–. La boca abierta y gritona..., eso es de Mala. Me quedo paralizada; el peligro de la broma se me marca a fuego en la mente aun cuando me doy cuenta de que Mala no está aquí para oírla, para dejar cualquier cosa que esté haciendo y mirarme levantando la ceja, quizá para reñirme por decir algo así delante de nuestra hija, o quizá para tirarme un vaso a la cabeza.

Saco el teléfono del bolsillo con la mano libre y marco. La voz de Mala resuena mecánica al otro lado y excava nuevos espacios en mi interior. Bip. Dejo un mensaje.

Lo que digo: «¿Por qué me la has dejado a mí?»

Lo que quiero decir: «Esto casi me mata, pero no lo ha hecho. Me ha hecho más fuerte que antes. Me has hecho mejor. Gracias. Te amaré hasta el final de los tiempos.»

Quería demasiado de ella, creo. Le exigía demasiado.

«Te quiero», le murmuraba dormida, despierta, en el pelo, en el cuello.

«Por favor, no me insultes», le recordaba. «Yo nunca te hablaría de ese modo.»

«Solo te quiero a ti, lo juro», le juraba cuando la paranoia se introducía en su voz como una infección.

Creo en un mundo donde ocurren cosas imposibles. Donde el amor triunfa sobre la brutalidad, la neutraliza, como si nunca hubiese existido, o la transforma en algo nuevo y más bonito. Donde el amor supera a la naturaleza.

La niña toma el pecho. No sé qué saca. Pero chupa igual. Sus encías aprietan y duele, pero no quiero que pare, porque soy su madre y necesita lo que necesita, aunque no sea de verdad. Me muerde y suelto un grito, pero es tan pequeña que no puedo apartarla.

–Mara –susurro. Me mira directamente, como si hubiese reconocido su nombre. Presiono mis labios contra su frente y la acuno atrás y adelante mientras cojo aire en silencio. Es real, es real, mis brazos notan su solidez, huele a limpio y a nuevo. Sin errores. Todavía no es una niña ni un monstruo ni nada. Es solo un bebé. Es nuestra.

Le hago una cuna a Mara arrastrando la cama hacia una esquina. Le construyo paredes con almohadoncitos bordados. La coloco allí.

De nuevo los chillidos. No vienen de ningún sitio y continúan, incesantes y firmes como el horizonte del mar. No flaquean, no inspira para respirar; al agitar las manos me coge la cara, la araña un poco. La pongo sobre la cama.

–Mara –digo–. Mara, por favor, por favor, no... –Pero ella no para, sigue y sigue. Me paso horas afanándome junto a ella en la cama; sus berridos llenan la habitación y no puedo pasarlos por alto, y el olor a limpio del bebé se ve sustituido por algo ardiendo al rojo vivo, como la resistencia de una cocina eléctrica sin nada encima. Le toco los piececitos y berrea, le hago pedorretas en la barriga y berrea; algo en mi interior se está rompiendo: soy un continente pero no lo soportaré.

Una profesora oyó a Mala gritándome por teléfono desde el cubículo contiguo del servicio. Sabía que estaba allí, vi sus zapatos de tacón alto separados sobre los baldosines, la oí inspirar cuando la voz de Mala se volvió queda y fría y empezó a gotear como gas del auricular. Esperó hasta que yo saliese para irse. Incómoda, me lo soltó aquella tarde en el pasillo, mientras retorcía con las manos el capuchón de un bolígrafo.

—Lo único que quiero decirte es que eso no es normal —comentó—. Estoy preocupada por ti.

—Es muy amable por su parte —dije.

—Solo digo que si siempre es así, entonces, aunque tú creas que hay algo, no hay nada. —El capuchón del bolígrafo se le cayó sin querer de las manos y se deslizó por el largo pasillo—. Si quieres que llame a alguien, me lo dices, ¿vale?

Asentí, y ella se alejó. Cuando desapareció al doblar la esquina, yo seguí asintiendo.

Mara se detiene a tomar aliento. Ha pasado tanto tiempo que la luz forma estrías en el cielo, al otro lado de la ventana. Vuelve a recibirme, todo mi ser en sus ojos, toda mi vergüenza, mi dolor y la verdad de sus madres, su verdad honesta. Siento un sobresalto, se me escapan los secretos sin querer. Luego los gritos vuelven a empezar, pero puedo soportarlo a causa de ese preciado momento, de esa pausa. Tengo de nuevo tolerancia fresca, mi amor se ha renovado. Si me concede una de esas pausas más o menos cada día, creo que me las apañaré. Puedo hacerlo. Puedo ser una buena madre.

Le acaricio los rizos con el dedo y le canto una canción de mi infancia.

—«Bill Grogan tenía una cabra estupenda, se comió tres camisas sin soltar prenda. Bill cogió un palo, le dio un palizón y la ató a los raíles de la estación...»

Mi voz se quiebra y se apaga. La niña pedalea en el aire berreando; me pitan los oídos y me arrastro a la cama de al lado, mientras su voz engulle mis súplicas.

No quiero marcharme de la habitación. No quiero dormir. Me da miedo dormirme y que al despertar Mara no esté, que la entropía tome el control del silencio, que mis células se expandan y me convierta en aire. Si me aparto, aunque sea un segundo, cuando vuelva la cabeza solo habrá una masa de mantas y almohadas y una cama tan vacía como siempre. Si parpadeo, su forma se desvanecerá bajo mis dedos y estaré sola de nuevo: indigna, desamparada.

Cuando despierto sigue allí. Parece una señal. Si ha llorado durante la noche yo no la he oído. Es de esas veces que te levantas y sabes que no has estado dando tumbos como un puto pez enganchado al anzuelo, que no me has tenido toda la maldita noche despierta con tus sollozos nocturnos, por Dios, sabes que has sido buena y has estado calladita. Siento como si mis articulaciones fuesen esas gomas gruesas con las que atan el brócoli. Tengo la cara surcada de líneas en la parte que he apoyado contra la costura del edredón. Mara no llora. Bombea piernas y brazos como si fuesen pistones. Abre y cierra los ojos: campanillas doradas entrelazadas con fuerza al sol de mediodía, venus atrapamoscas con la boca abierta de par en par a las vibraciones y el calor.

Me pongo en pie y escudriño la mañana. Mara suelta un chillido. La cojo. Parece que pesa más que ayer. ¿Es posible?

En cuanto salgo de la habitación, se pone a chillar de nuevo.

Cogemos un autobús a Indianápolis, hacemos trasbordo aturdidas. La niña duerme en mis brazos y no se mueve si no es para gritar: los decibelios absorben cualquier pensamiento consciente. Los cuerpos de alrededor, estancados y llenos de arrugas, no reaccionan de forma positiva ante el silencio ni con enfado ante el ruido, lo cual agradezco.

Cuando nos bajamos del autobús en Bloomington, me doy cuenta –me acuerdo– de que es primavera. Nos lleva en coche una señora amable que me recuerda a alguien que ya he olvidado. Conduce por la autopista hasta que le pido que se detenga.

–Pero ahí no hay nada –dice. Su lenguaje corporal es relajado, casi como a propósito.

Las hojas crujen, a modo de respuesta.

–Te llevo a la ciudad, anda –propone–. ¿O quieres que llame a alguien?

Salgo con Mara en el hueco del brazo.

Ha llovido hace poco. El barro se solidifica alrededor de mis zapatillas de deporte, más y más con cada paso. Camino como un monstruo colosal listo para reducir a escombros una ciudad.

Allí, subiendo la ladera de una colina, hay una casa. Nuestra casa. Reconozco las vidrieras, el humo que sale de la chimenea y se enrosca en el dosel de árboles. La mesa para pícnics que tenemos fuera necesita una buena mano de pintura. Tumbado en el borde del porche hay un pastor alemán anciano que se ha quedado en los huesos y que menea la cola de felicidad conforme nos acercamos.

–Otto –digo, y me deja apretarle la cerviz. Me da unos golpecitos con la quijada en la mano y luego me la lame.

La puerta no está cerrada porque Mala y yo confiamos en nuestros vecinos, los pájaros. En el interior, los suelos son baldosas de piedra.

Reconozco los armarios, la cama. Mara guarda silencio entre mis brazos. Ni siquiera se agita. A lo mejor lloraba tanto porque no estaba en casa, pero ahora está en casa y se queda calladita. Me siento en un escritorio y hago rodar un grueso bolígrafo por la madera. Recorro con los dedos la fila de libros que hay en la pared. Tras la estantería, una fina grieta serpentea por la escayola, pensativa. La toco con el dedo, sigo su trazo hasta arriba, y más arriba, hasta que escapa a mi altura. Una parte de mí quiere mover la estantería para mirar por detrás, pero no es necesario. Sé lo que hay ahí.

Desenvuelvo un poco de salmón marinado del frigorífico y lo observo. La carne se retira de las espinas como las encías enfermas de los dientes. Hundo el dedo en la carne hasta dejar una señal, y algo en mi interior queda saciado.

Apoyo la mejilla contra la hoja ondulada de la vidriera. Otto nos ha seguido al interior y viene tras de mí, dando toquecitos con el hocico frío en los pies de Mara. Cojo un libro de cocina de la encimera, lo abro y lo hojeo. La tapa cae con un golpe seco. Ensalada de judías de la tía Julia, leo. Mucho eneldo.

La última noche que pasamos juntas, Mala me arrojó contra la pared. Ojalá recordase por qué. El contexto podría ser importante. Era toda huesos, músculos, piel, luz y risa y al minuto era un tornado; una sombra le ocultaba la cara como un eclipse solar. Agrieté la escayola con la cabeza. Una luz me chispeó detrás de los ojos.

–Zorra –gritó–. Te odio. Te odio, joder. Siempre te he odiado.

Me arrastré hasta el cuarto de baño y me encerré. Desde fuera arreciaban los puñetazos en la pared como si fuese granizo; abrí el grifo de la ducha, me desvestí y me metí en ella. Soy cáncer. Niña de agua, siempre. Durante un momento estuve allí, en los bosques de Indiana, con la lluvia azotando las hojas, la suave llovizna de domingo por la mañana mientras nosotras dormíamos y solo nos despertábamos para ver a una Mara soñolienta y preadolescente que entraba quejándose de una pesadilla y se acurrucaba en nuestros brazos. Esto no durará para siempre, un día será demasiado mayor para estas cosas, y para nosotras, sus viejas madres. Entonces el no-recuerdo se desvaneció como una pintura húmeda en medio de una tormenta, y de repente estaba en la ducha, temblando, y ella estaba fuera, perdiéndome, y no tenía modo de decirle que no lo hiciera. No tenía modo de decirle que estábamos muy cerca, por favor, no lo estropees, estamos tan cerca.

–¿Qué te parece, Mara? –le pregunto, dando unas cuantas vueltas completas antes de apoyarme en la pared para descansar. La tumbo sobre el edredón, recuerdo de familia; queda de lo más elegante sobre la gran cama. Un día quiero enseñarle a Mara a tejer esos edredones, como su abuela, y como yo estoy aprendiendo a hacer. Podríamos empezar por uno pequeño. Edredones de bebé. Se hacen en una noche.

Otto ladra.

La puerta se abre y asoma un brazo flacucho. Luego una cara y una mochila amarillo canario. Una niñita de diez u once años, con el pelo recogido en una trenza medio deshecha. Es Mara, lo bastante mayor para caminar, lo bastante mayor para hablar. Lo bastante mayor para que se metan con ella y para enfrentarse a quien lo hace. Lo bastante mayor para preguntar cosas que no tienen respuesta y afrontar problemas sin solución. Tras ella, un niño –su hermano, Tristan–. Recuerdo su nacimiento como si hubiese ocurrido la semana pasada, como si estuviese ocurriendo ahora, estaba lleno de sangre, venía de lado, lo tenía en las costillas y rechazaba las maniobras de la comadrona. Mi barriga nunca ha vuelto a ser la misma, una vez que serraron y abrieron las paredes. Y crecerá, y creció, y Tristan siempre seguía a Mara, y aún la sigue. Ella decía que no le gustaba eso pero le encantaba, yo notaba que le encantaba tanta atención. Mara y Tristan, niños de pelo castaño. Castaño como... la abuela de alguien. Quizá la mía.

Tras ellos hay un hombre y una mujer. Ambos me miran.

La mujer le dice a Mara que se aparte, el hombre aprieta al pequeño Tristan contra el pecho. Me preguntan quién soy y les respondo. Otto ladra. La mujer lo llama, pero él le ladra a ella, luego a mí, y no da marcha atrás.

Mara, ¿te acuerdas de aquella vez que al dar una patada le llenaste los ojos de arena al hijo de un vecino? Te pegué un grito y te hice ir a pedir perdón con tu vestido más elegante; aquella noche lloré yo sola en el baño porque eres hija de Mala tanto como mía. ¿Te acuerdas cuando te chocaste contra el vidrio del ventanal y te hiciste unos cortes tan horribles en los brazos que hubo que llevarte al hospital más cercano en la camioneta, y cuando ya pasó todo Mala me pidió que cambiase el asiento de atrás porque estaba lleno de sangre? ¿O cuando Tristan nos anunció que quería invitar a un chico al baile de promoción y tú le pasaste el brazo por encima, así? ¿Te acuerdas, Mara? ¿De tus propios hijos? ¿De tu marido con su barba de capitán Ahab, sus manos callosas y la casa que os comprasteis en Vermont? ¿Mara? ¿De que sigues queriendo a tu hermano pequeño con la ferocidad de una estrella, con un amor que solo acabará cuando uno de los dos caiga? ¿De los dibujos que nos regalabais de pequeños? ¿De que tú dibujabas dragones y Tristan fotografiaba muñecas, de que tú escribías sobre la ira y él componía poemas sobre ángeles? ¿De los experimentos de ciencia en el patio que dejaban el césped negro como el barniz? ¿De vuestras vidas saciadas y sólidas, extrañas pero seguras? ¿Te acuerdas? Por qué lloras, no llores, no. Lloraste mucho de bebé pero desde entonces has sido muy estoica.

Una voz en mi interior: *Nada te ataba a ella y de todos modos lo hiciste, los tuviste de todos modos, que te den, los tuviste de todos modos.*

Les digo a Mara y a su hermano: «No corráis, que os vais a caer, no corráis, que os vais a romper algo, os verá vuestra madre, os verá, se enfadará y chillará, y no podemos, no podemos, no puedo.»

Digo: «No os dejéis el grifo abierto. Vais a inundar la casa, no lo hagáis, prometisteis que no volvería a pasar. No inundéis la casa, las cuentas, no inundéis la casa, las alfombras, no inundéis la casa, amores míos, o podríamos perderos a los dos. Hemos sido malas madres y no os hemos enseñado a nadar.»

ESPECIALMENTE PERVERSOS
272 visionados de *Ley y Orden: Unidad de Víctimas Especiales*

1.ª TEMPORADA

«LA RECOMPENSA»: Stabler y Benson investigan la castración y el asesinato de un taxista de Nueva York. Descubren que la víctima había usurpado la identidad de otro hombre años atrás, porque era un fugitivo de la policía. Al final, Stabler descubre que la identidad usurpada era a su vez otra usurpación, y él y Benson tienen que empezar de cero la investigación. Esa noche, mientras Stabler intenta dormir, sin éxito, oye un ruido extraño. Un redoble grave, dos toques. Parece provenir del sótano. Cuando examina el sótano, suena como si viniese de fuera.

«UNA VIDA DE SOLTERA»: La anciana ya no soportaba vestirse sola. Ponerse los zapatos en solitario le rompía el corazón día tras día. Sobre el hecho de que la puerta delantera estuviese abierta y pudiera entrar cualquier vecino habrían pensado después, pero después nadie pensó nada.

«O PARECER UNO»: Agreden a dos modelos menores de edad cuando vuelven a casa de una discoteca. Las violan y las matan. Para más inri, las confunden con otras dos modelos menores de edad a las que han violado y ma-

79

tado, que resultan ser sus respectivas gemelas, y entierran a ambos pares con las lápidas equivocadas.

«HISTERIA»: Benson y Stabler investigan el asesinato de una joven; al principio creen que es una prostituta, la última de una larga relación de víctimas. «Odio esta maldita ciudad», le dice Benson a Stabler, enjugándose los ojos con una servilleta de cafetería. Stabler hace un gesto de exasperación y arranca el coche.

«ANSIAS DE VIAJAR»: La antigua fiscal del distrito se plancha el pelo antes del juicio, como le enseñó su madre. Tras perder el caso, mete tres mudas en una maleta y se monta en el coche. Llama a Benson desde el móvil. «Lo siento, colega. Me largo. No sé cuándo volveré.» Benson le ruega que se quede. La antigua fiscal del distrito lanza el móvil a la carretera y arranca. Un taxi que pasa por allí lo hace pedazos.

«LA MALDICIÓN DE LA CHICA DE SEGUNDO»: La segunda vez que el equipo de baloncesto encubre un asesinato, el entrenador decide que aquello ya pasa de castaño oscuro.

«INCIVILIZADO»: Encuentran al niño en Central Park; parece que nadie lo había querido nunca. «Le corrían hormigas por el cuerpo», dice Stabler. «Hormigas.» Dos días más tarde, arrestan a su profesor, que resulta que lo había querido, ¡y tanto!

«ACOSADOS»: A Benson y Stabler no les permiten hacer muescas en los muebles de la comisaría, así que cada uno encuentra su propio sistema. El cabecero de Benson tiene ocho marcas que surcan el borde curvado de la madera de roble como si fuese una columna vertebral. La silla de la cocina de Stabler tiene nueve.

«RESERVAS Y ATADURAS»: Benson saca la bolsa de verdura podrida del maletero cuando Stabler no está mirando. La tira a un contenedor de basura; la bolsa cae a plomo en el fondo, húmeda y pesada. Se abre y se deshace como un cadáver pescado en el Hudson.

«SUPERACIÓN»: «Esto ha estado dentro de mí», dijo la mujer mientras estiraba la pajita hasta deformarla, como un acordeón mal usado. «Pero ahora está fuera. Prefiero que la cosa siga así.»

«MALA SANGRE»: Stabler y Benson nunca olvidarán el caso en el que resolver el crimen fue mucho peor que el crimen en sí mismo.

«POEMA DE AMOR RUSO»: Cuando la madre sube al estrado, la nueva fiscal del distrito le pide que diga su nombre. La madre cierra los ojos, niega con la cabeza, se balancea adelante y atrás en la silla. Comienza a susurrar una canción entre dientes, pero no en inglés; las sílabas brotan de su boca como humo. La fiscal del distrito mira al juez pidiendo ayuda, pero él observa a la testigo con una mirada tan lejana como si se hubiese perdido en el bosque de su propia memoria.

«SIN ROPA»: Encuentran a una mujer embarazada, desnuda y confundida vagando por Midtown. La arrestan por exhibicionismo.

«LIMITACIÓN»: Stabler descubre que incluso Nueva York tiene un fin.

«DEIFICADOS»: «¡No podéis hacerme esto!», grita el hombre mientras lo llevan al estrado. «¿Es que no sabéis quién soy?» La fiscal del distrito cierra los ojos. «Caballero, solo necesito confirmar que le dijo a la policía que vio un Honda azul huyendo de la escena del crimen.» El hombre, desafiante, da un puñetazo en el estrado. «¡No reconozco su autoridad!» La madre de la chica muerta comienza a gritar con tanta fuerza que su marido la saca de la sala.

«EL TERCER HOMBRE»: Stabler nunca le había hablado a Benson de su hermano pequeño. Tampoco le había hablado de su hermano mayor, lo cual es comprensible, dado que él tampoco conocía su existencia.

«EL EQUÍVOCO»: El padre Jones nunca ha tocado a un niño, pero cuando cierra los ojos por la noche, aún recuerda a su novia del colegio: sus muslos suaves, las líneas de sus manos, la manera en que se tiró de aquel tejado, como un halcón.

«CANAL DE CHAT»: Un padre, convencido de que su hija adolescente está en peligro a causa de los ciberdepredadores, destroza con una palanca el ordenador de la familia. Arroja los pedazos a la chimenea, enciende una cerilla. Su hija se queja de mareos y de una quemazón en el pecho. Lo llama «mamá» con la voz teñida de llanto. Muere un sábado.

«CONTACTO»: Stabler descubre que su mujer cree haber visto un ovni poco después de cumplir los veinte. Se pasa toda la noche despierto, preguntándose si aquello explica las pérdidas de memoria, el estrés postraumático, los terrores nocturnos. Como a propósito, su mujer se despierta llorando y chillando.

«REMORDIMIENTOS»: Por la noche Stabler hace una lista con los remordimientos del día. «No se lo he contado a Benson», garabatea. «He comido más burritos de los que me cabían. He malgastado la tarjeta de regalo. Le di más fuerte de lo que pensaba al tío ese.» Su mujer aparece por detrás y le frota el hombro despreocupada antes de meterse en la cama. «No se lo he contado a mi mujer hoy. Probablemente tampoco se lo cuente mañana.»

«NOCTURNO»: El fantasma de una de las modelos menores asesinadas y erróneamente enterradas empieza a acosar a Benson. Tiene campanas en lugar de ojos, unas campanitas diminutas de latón que le cuelgan de las cuencas y cuyos badajos no llegan a tocar los pómulos. El fantasma no sabe su propio nombre. Se inclina sobre la cama de Benson, con la campanilla derecha tintineando débilmente, y luego la izquierda, y luego la derecha otra vez. Esto ocurre cuatro noches seguidas, a las 2.07. Benson empieza a dormir con un crucifijo y fétidas ristras de ajos, porque no conoce la diferencia entre los vampiros y las adolescentes asesinadas. Todavía no.

«ESCLAVOS»: Los becarios de la comisaría son monstruos. Cuando no hay mucho movimiento, se ponen a hacer el capullo por teléfono. Dicen entre tono y tono de llamada: «¡Unidad de Víctimas Especiales, el Departamento de Policía más violón de Manhattan!» Elaboran conjeturas sobre Stabler y Benson. Hacen apuestas. Colocan lilas en la taquilla de Benson (son sus flores favoritas) y margaritas en la taquilla de Stabler (las favoritas de él). Los becarios echan droga en los cafés de Benson y Stabler y luego, cuando ambos se quedan dormidos en la sala de atrás, juntan los catres y ponen a los inspectores en posiciones comprometidas. Benson y Stabler se despiertan horas más tarde, con las manos en las mejillas del otro, ambas húmedas de lágrimas.

2.ª TEMPORADA

«EL MAL Y EL BIEN»: Benson se despierta en plena noche. No está en la cama. Lleva el pijama y está en la oscuridad. Tiene la mano sobre el pomo de una puerta abierta. Un panda de aspecto confuso la observa con ojos húmedos. Benson cierra la puerta. Adelanta a dos llamas que mascan pensativas el letrero de un puesto de perritos calientes. Deja el coche al ralentí en el aparcamiento del zoológico, junto a una columna de cemento. Se quita la ropa y se pone las prendas que guarda en el maletero. Pide ayuda. «Ecoterroristas», le dice a Stabler. Él asiente, anota algo en su cuaderno y luego levanta la vista de nuevo hacia ella. «¿Hueles a ajo?», pregunta.

«HONOR»: Stabler sueña que un hombre insulta a su mujer en el mercado medieval y él le suelta un puñetazo en su jeta engreída. Cuando Stabler despierta, decide contarle la historia a su mujer. Se da la vuelta en la cama. Ella no está. Stabler nunca ha ido a un mercado medieval.

«SUPERACIÓN, 2.ª PARTE»: «No es que odie a los hombres», dice la mujer. «Es solo que me dan pánico. Y no me importa tener miedo.»

«LEGADO»: Mientras desayunan, la hija de Stabler le pregunta por la familia de Benson. Stabler contesta que Benson no tiene familia. «Tú siempre dices que la familia es la auténtica riqueza del hombre», observa la hija de Stabler. Stabler reflexiona. «Es cierto», dice. «Pero Benson no es un hombre.»

84

«MATANIÑOS»: Benson sustituye los condones de su mesilla de noche y tira los caducados. Además se toma la pastilla diligentemente a la misma hora cada mañana. Concierta citas con ligues y siempre acude.

«INCUMPLIMIENTO»: La chica-con-campanas-en-los-ojos le dice a Benson que vaya a Brooklyn. Ahora ya se comunican a través de las campanas. (Benson ha aprendido código Morse.) Benson nunca va a Brooklyn, pero asiente. Sube al tren, tarde, por la noche, tan tarde que hay solo un hombre en el vagón, dormido sobre una bolsa de viaje. Mientras atraviesan los túneles, el hombre le echa una mirada vidriosa a Benson, luego abre la cremallera de la bolsa de viaje y vomita en ella, casi con educación. El vómito es blanco, como cereales con leche. Vuelve a cerrar la cremallera. Benson se baja dos paradas antes de su destino y acaba caminando largo rato por Prospect Park.

«POR PARTES»: Stabler hace ejercicio cada mañana en la comisaría. Extensiones de tríceps, abdominales, cinta de correr. Le parece oír la voz de su hija gritando su nombre. Sobresaltado, tropieza en la cinta y se estampa contra la pared de hormigón. La cinta gira hacia él en un bucle interminable.

«RAPTADA»: «Estaba oscuro», dice la mujer de Stabler. «Iba caminando a casa sola. Estaba lloviendo. Bueno, más que lloviendo, chispeando. Lloviznando. Estaba lloviznando y la luz de las farolas formaba unos charcos dorados y espesos como aceite. Yo inspiraba profundamente, me sentía sana, sana y bien por ir caminando aquella noche.» Stabler oye de nuevo el redoble. Provoca un temblor en el vaso de agua que hay sobre la mesilla de noche. La mujer de Stabler no parece darse cuenta.

«HADITAS»: «¡Largo!», grita Benson mientras le arroja almohadas a la chica-con-campanas-en-los-ojos. Esa vez se ha llevado a una amiga, una chiquilla con trenzas africanas y labios cosidos. Benson se levanta de la cama e intenta echarlas a empujones, pero tanto sus manos como el torso las atraviesan como si no fuesen nada. Le dejan un sabor a moho en la boca. Le recuerda a cuando tenía ocho años y se arrodillaba ante el humidificador para absorber el vapor como si fuese la única manera de beber.

«CONSENTIMIENTO»: «¿Stabler?», pregunta con cautela Benson. Stabler levanta la vista de sus rodillas en carne viva. Benson despliega la diminuta toallita con alcohol y se la tiende. «¿Puedo sentarme aquí? ¿Puedo ayudar?» Él asiente sin decir palabra, la deja que le frote las rodillas. Sisea entre dientes del dolor. «¿Qué has hecho?», pregunta Benson. «¿Ha sido con la cinta? ¿Esto es de la cinta?» Stabler niega con la cabeza. No puede decirlo. No puede.

«ABUSOS»: Más remordimientos. Los renglones atiborran la página. «Le enseñé a Benson las rodillas despellejadas. La dejé que me ayudase. Le dije a mi mujer que no pasaba nada. Cuando mi mujer me dijo que no pasaba nada, no le respondí que sabía que me estaba mintiendo.»

«SECRETOS»: La chica-con-campanas-en-los-ojos le dice a Benson que vaya a Yonkers. Benson se niega y comienza a quemar salvia en su casa.

«VÍCTIMAS»: Benson tiene la casa tan infestada de fantasmas que, por primera vez que ella recuerde, se queda a pasar la noche en casa de un ligue. Se trata de un banquero de inversiones, un hombre aburrido e idiota con un gato atigrado, gordo y malvado, que intenta asfixiar a Benson con su peso. Cuando vuelve a casa, a la mañana siguiente, dolorida, enfadada y oliendo a pis de gato, las chicas-con-campanas-en-los-ojos la están esperando, tumbadas por todas las superficies como relojes de Dalí. Se amontonan a su alrededor mientras ella se lava los dientes despacio. Escupe, se enjuaga y se vuelve. «De acuerdo», dice. «¿Qué queréis que haga?»

«PARANOIA»: «¡No estoy reprimiendo nada!» La mujer de Stabler habla a voces. «Cuéntame lo de la noche con los alienígenas», pide Stabler. Intenta enterarse. Intenta averiguarlo. «Había neblina», dice ella. «Estaba lloviznando.» Stabler oye de nuevo el redoble, el toque, que suena desde algún lugar de la casa. Le da dolor de cabeza. «Ya, ya lo sé», responde Stabler. «La luz formaba charcos alrededor de las farolas. Como aceite. Había muchos portones de hierro. Los dejé atrás, tras pasar la mano por las espirales y volutas, y luego me olían los dedos a metal.» «Vale», dice Stabler. «Y luego, ¿qué?» Pero su mujer se ha dormido.

«CUENTA ATRÁS»: El loco jura que hay una bomba escondida bajo un banco de Central Park. «¿Tú sabes la cantidad de bancos que hay en Central Park?», chilla Stabler, agarrando a uno de los becarios por el cuello de la camisa. Mandan agentes de policía a Central Park, a echar a la gente de los bancos como si fuesen palomas o indigentes. No ocurre nada.

«FUGITIVA»: La chica-con-campanas-en-los-ojos manda a Benson por todos los barrios. Benson va en metro. Al cabo de un tiempo, ha visto todas las paradas al menos una vez. Empieza a saberse de memoria los murales, los charcos de agua, los olores. La estación de Columbus

Circle huele a letrina. Cortelyou desprende un inquietante olor a lilas. Benson piensa en Stabler por primera vez desde hace un tiempo. Cuando vuelve a casa, una de las chicas-con-campanas-en-los-ojos intenta contarle una historia. *Yo era virgen. Cuando él me poseyó, estallé como una palomita.*

«LOCURA»: «Hay un caso», dice el comisario. «Un niño ha acusado a su madre de apalearlo con un desatascador hasta dejarlo inconsciente. Pero la cosa tiene su intríngulis. El chaval es hijo de un peso pesado de la política, uno forradísimo. Juega al golf con el alcalde. Su mujer es... ¿Benson? Benson, ¿estás escuchando?»

«CAZAHOMBRES»: Stabler ha decidido que no es ni un poquito gay. Se traga la desilusión. Le sabe la boca a cáscara de naranja.

«PARÁSITOS»: «Ay, joder», dice la mujer de Stabler. «Joder. Cariño, las niñas tienen piojos. Necesito que me ayudes.» Ponen a las niñas de pie en la bañera. La hija mayor pone cara de impaciencia. Su madre las ayuda a frotarse el cuero cabelludo y las tres pequeñas lloriquean porque dicen que el champú quema. Stabler se siente sereno por primera vez en meses.

«DESPECHO»: «La víctima tiene relación con el mundillo de las modelos», dice el comisario. «Pero nos está costando dar con su domicilio. A lo mejor era de otro país. Solo tenía catorce años.» Cuelga la foto de la autopsia en el tablón de anuncios, que muestra una cara corriente y pálida. La chincheta se hunde en el corcho y Benson da un bote en la silla.

«EL AZOTE»: Stabler vuelve a oírlo. El sonido, el redoble. Parece que proviene de la sala de descanso. Cuando acude allí, suena como si viniese de la sala de interrogatorios. Allí dentro vuelve a oírlo. Golpea con las manos el espejo de dos caras con la esperanza de atraerlo hacia sí, pero todo está en silencio.

3.ª TEMPORADA

«REPRESIÓN»: En mitad de un sermón, el padre Jones comienza a gritar. Sus parroquianos se quedan mirándolo aterrorizados mientras él se aferra al púlpito y vocifera una y otra vez el mismo nombre. Convencido de que aquello es una confesión de culpabilidad de algún tipo, la diócesis llama a Benson y a Stabler. En el despacho parroquial, Benson tira un bolígrafo al suelo y el padre Jones se lanza tras él, aullando.

«IRA»: Benson tiende los brazos desde la cama, como un bebé. Una chica-con-campanas-en-los-ojos se cierne sobre ella, como una madre. Benson se aferra a las campanas y tira de ellas con todas sus fuerzas. La chica-con-campanas-en-los-ojos da una violenta sacudida y todas las bombillas de la casa de Benson explotan, dejando la alfombra cubierta de cristales.

«ROBADO»: Primero es una barra de caramelo. Al día siguiente, un mechero. Stabler quiere parar, pero hace tiempo que aprendió a elegir sus batallas.

«AZOTEA»: «Limítese a contarme lo que recuerda, padre.» Clic. «De acuerdo. Se llamaba... Bueno, no quiero decirlo. Odiaba el agua y el césped, así que hicimos un pícnic en la azotea del edificio donde vivía con su madre. Yo la quería. Me perdía en su cuerpo. Colocamos una

89

manta sobre la gravilla. Le daba rodajas de naranja en la boca. Me dijo que era profeta y que había tenido la visión de que un día yo arrebataría una vida inocente. Y yo, que no, que no. Se encaramó a la tapia de cemento que rodeaba la azotea. Se subió allí y declamó de nuevo su visión. Dijo que lo sentía. Ni siquiera cayó como yo lo esperaba. Simplemente se arrodilló en el aire.»

«ENCERRADA»: Stabler se encuentra a Benson durmiendo en un catre hundido en la sala de atrás de la comisaría. Al abrirse la puerta se despierta. Va «de mal en peor», como solía decir la madre de Stabler antes de marcharse. Ahora que lo piensa, es la última frase que Stabler recuerda antes de que la puerta se cerrase de un portazo.

«REDENCIÓN»: Benson pilla por casualidad a un violador cuando rastrea por Google a su nuevo ligue de OkCupid. No sabe si colocar el incidente en la columna de «éxitos» («violador pillado») o «fracasos» («cita arruinada»). Al final lo coloca en las dos.

«SACRIFICIO»: Benson deja a su guapísimo ligue en la mesa del restaurante, esperando las bebidas. Gira en una bocacalle vacía. Se quita los zapatos y camina hasta el medio de la calzada. Hace demasiado calor para ser abril. Siente que los pies se le ennegrecen a causa del asfalto. Debería tener miedo de los cristales rotos, pero no es así. Se detiene frente a un solar. Se agacha y toca el suelo, que respira. Su latido bitonal le provoca una vibración en la clavícula. Lo nota. De repente siente la irrevocable certeza de que la tierra está respirando. Se da cuenta de que Nueva York cabalga a lomos de un monstruo gigante. Se da cuenta de ello con una claridad mayor de la que nunca ha experimentado.

90

«HERENCIA»: Stabler no consigue quitarse de la cabeza la frase «ir de mal en peor», como agua que gotease y corriese por su oído interior. Aprieta los músculos que hacen de bisagra de su mandíbula y los hace crujir. El crac ocupa el lugar de una palabra cada vez. Lo repite. «Ir de crac en peor. Ir de mal en cracpeor.»

«CUIDADOS»: Stabler está preocupado por Benson, pero no puede decírselo.

«RIDÍCULO»: Benson hace una de sus dos expediciones mensuales a la tienda de comestibles. Va en coche a una tienda de Queens y compra frutas y verduras por valor de trescientos dólares. Va a convertir su frigorífico en el Jardín del Edén. No comerá nada de eso; mascará torrijas correosas de la bandeja de poliestireno comprada en la cafetería. La fruta y la verdura acabarán por pudrirse. El frigorífico adquirirá un olor abrumador a suciedad. Lo meterá todo en bolsas de basura que tirará en el contenedor que hay junto a la estación antes del siguiente viaje.

«MONOGAMIA»: Stabler se despierta una noche y se encuentra a su mujer mirando al techo, con la parte de la almohada que hay junto a su cara empapada de lágrimas. «Estaba lloviznando», dice. «Me olían los dedos a metal. Estaba muy asustada.» Stabler comprende por primera vez.

«PROTECCIÓN»: Benson cruza la calle sin mirar. El taxista da un frenazo y el parachoques no golpea las piernas de Benson por los pelos. Cuando mira por el parabrisas ve a un chaval en el asiento del copiloto, con los ojos cerrados. Cuando los abre, el sol arranca destellos de las curvas de las campanas. El taxista le grita a Benson, que sigue mirando.

«PRODIGIO»: «¡Mírame, papá!», dice la hija de Stabler, riéndose mientras da vueltas. Con la misma claridad que si estuviese viendo una película, la ve dentro de dos años, apartando las zarpas de un novio a manotazos en un asiento trasero, cada vez con más intensidad. Grita. Stabler da un brinco. La niña se ha caído al suelo y se agarra el tobillo con la mano, llorando.

«FALSIFICACIÓN»: «No lo entiende», le dice el padre Jones a Benson. Tiene unas curvas oscuras bajo los ojos, unas bolsas del color de manzanas golpeadas. Lleva un albornoz de rizo en el que pone «Susan» con letras cursivas bordadas a máquina en el bolsillo del pecho. «No puedo ayudarla. Estoy pasando por una crisis de fe.» Intenta cerrar la puerta, pero Benson lo detiene con la mano. «Yo estoy pasando por una crisis de funciones», dice ella. «Dígame. ¿Qué sabe usted de fantasmas?»

«EJECUCIÓN»: El forense aparta la sábana de la cara de la chica muerta. «Violada y estrangulada», dice, con voz hueca. «Tu asesino le apretó la tráquea con los pulgares hasta que la chica murió. Sin embargo, no hay huellas.» Stabler piensa que la chica se parece un poco a su mujer en la foto del instituto. Benson está segura de ver que la gelatina de los ojos de la chica retrocede tras los párpados cerrados, segura de oír el sonido de campanas. Ambos guardan silencio en el coche.

«POPULAR»: Interrogan a todas las personas que se les ocurren: a sus amigos, a sus enemigos. A las chicas con las que se metía, a los chicos que la querían y que la odiaban, a los padres que pensaban que era maravillosa y a los padres que pensaban que no podía traer nada bueno. Benson llega trastabillando a la comisaría, con los ojos empañados. «Mi teoría», dice bebiéndose el café despacio, con manos temblorosas, «mi teoría es que fue su entrenador, y mi teoría es que encontraremos la ropa interior desaparecida en su despacho.» Consiguen tan rápido la orden de registro que encuentran la ropa interior en el primer cajón de su escritorio, aún húmeda de sangre.

«VIGILANCIA»: Benson no sabe cómo explicarle a Stabler lo del latido bajo el suelo. Ahora está segura de poder oírlo todo el rato, profundo y grave. A las chicas-con-campanas-en-los-ojos les ha dado por llamar antes de entrar. A veces. Benson coge taxis rumbo a barrios alejados, se pone a cuatro patas en la calle y en la acera; una vez, incluso, en la huerta que ocupa la diminuta porción de césped de una mujer. Lo oye en todos los sitios. El redoble que no deja de resonar en las profundidades.

«CULPA»: Benson ya traduce de maravilla las campanas. No hay desfase entre el tintineo y su comprensión. Se tapa la cabeza con la almohada hasta que apenas puede respirar. *Danos voces. Danos voces. Danos voces. Díselo. Díselo. Díselo. Encuéntranos. Encuéntranos. Encuéntranos. Por favor. Por favor. Por favor.*

«JUSTICIA»: A Benson le llegan un grupo de niñas pequeñas. Tienen unas campanas especialmente minúsculas, de tono más agudo que la mayoría. Benson está borracha. Se aferra a la cama, con la impresión de estar en una atracción de la feria que se levanta y se mueve. *Nosotras no volveremos a montarnos en la Cazuela Loca nunca más. ¡Levanta! ¡Levanta!,* le ordenan. Pone la cabeza en el móvil y usa el marcado rápido. «Mi teoría», le dice a Stabler, «mi teoría es que tengo una teoría.» Stabler se ofrece a pasar por su casa. «Mi teoría», dice ella, «mi teoría es que no hay dios.» Las campanas de las niñas tintinean con tanta furia que Benson ni oye la respuesta de Stabler por encima del estruendo. Cuando Stabler llega a su casa y entra con su copia de la llave, se encuentra a Benson inclinada sobre el váter, con arcadas, llorando.

«CODICIA»: «Es la ciudad entera», dice Benson para sí mientras conduce. Se imagina a Stabler en el asiento contiguo. «He ido por todas partes. Es la puta ciudad entera. Los latidos. Las niñas.» Carraspea y lo intenta de nuevo. «Sé que parece una locura. Pero es que tengo una intuición.» Se detiene y luego pregunta: «Stabler, ¿crees en los fantasmas?» Y después: «Stabler, ¿confías en mí?»

«NEGACIÓN»: Stabler encuentra el informe de la policía sobre la violación de su esposa. Es tan antiguo que tiene que pedirle un favor a un tipo del Departamento de Registros. El sonido del papel al rascar el delgado sobre de papel manila ralentiza el corazón de Stabler.

«COMPETENCIA»: Stabler y Benson responden a una alerta por violación en Central Park. Cuando llegan allí, el cadáver mutilado ya ha sido trasladado a la oficina del forense. Un policía novato y aturdido se encarga de poner la cinta amarilla de árbol en árbol para delimitar la escena del crimen. «Pero ¿no estabais aquí ahora mismo?», les pregunta.

«SILENCIO»: Benson y Stabler toman unas cervezas en un pub que hay en la calle de la comisaría. Cogen con fuerza las jarras heladas con las manos, dejan huellas brillantes que gotean y parecen ángeles. No dicen nada.

4.ª TEMPORADA
«CAMALEÓN»: Abler y Henson responden a una alerta por violación en Central Park. Examinan el cuerpo muti-

lado. «Secta», dice Abler. «Ocultistas», dice Henson. «Una secta ocultista», dicen al unísono. «Llevaos el cuerpo.»

«ENGAÑO»: Henson duerme de un tirón todas las noches. Se despierta renovada. Se come un panecillo con sésamo y queso fresco a las finas hierbas para desayunar, todo ello acompañado de una taza de té verde. Abler arropa a sus hijos y hace la cucharita con su mujer, que se ríe en sueños. Cuando se levantan, le cuenta a él el chiste tan gracioso con el que ha soñado y él también se ríe. Los niños hacen tortitas. El parquet está inundado de charcos de luz.

«VULNERABLE»: Durante tres días seguidos no hay ni una sola víctima en todo el distrito. Ni violaciones. Ni asesinatos. Ni asesinatos con violación. Ni secuestros. Ni se hace pornografía infantil, ni se compra, ni se vende. Ni abusos sexuales. Ni agresiones sexuales. Ni acoso sexual. Ni prostitución forzada. Ni tráfico de personas. Ni tocamientos en el metro. Ni incesto. Ni exhibicionismo. Ni persecuciones. Ni una llamadita guarra no deseada. Luego, un miércoles al anochecer, un hombre le silba a una chica que se dirige a una reunión de Alcohólicos Anónimos. La ciudad al completo deja de contener la respiración y todo vuelve a la normalidad.

«LUJURIA»: Abler y Henson se acuestan juntos, pero nadie lo sabe. Para Abler es el mejor amante que ha tenido nunca. Henson los ha tenido mejores.

«DESAPARICIONES»: «¿Qué están haciendo aquí otra vez?», les pregunta la abuela de la víctima. Benson mira a Stabler, Stabler a Benson, y se giran de nuevo hacia la mujer, confusos. «Ya les he contado todo lo que sé», dice la anciana echándolos con un gesto de la mano nudosa. Da un portazo tan fuerte que un tiesto se cae de la barandilla de la entrada y aterriza en el césped. «¿Has venido a verla?», le pregunta Benson a Stabler, que niega con la cabeza. «¿Y tú?», le pregunta él. Dentro de la casa, un disco de los hermanos Mills empieza a sonar entre crujidos y saltos. *Shine little glowworm, glimmer, glimmer.* «No», dice Benson. «Nunca.»

«ÁNGELES»: Los hijos de Abler traen a casa unas notas maravillosas y ni siquiera necesitan ortodoncias. La multitud de amantes de Henson la llevan a niveles ascendentes de trascendencia extática en cuanto al clítoris, en cuanto a preguntarle lo que quiere, *sí,* lo que, *sí,* que, *sí sí sí sí, joder.*

«MUÑECAS»: Las campanas tintinean y tintinean, tintinean por la noche; su repique le arranca piel del cuerpo a Benson, o al menos eso es lo que ella siente. *Más rápido, más rápido, ve más rápido.* «Necesito dormir», dice Benson. «Necesito dormir para ir más rápido.» *Eso no tiene sentido. Nosotras nunca dormimos. Nunca dormimos. Perseguimos la justicia incansables, a todas horas.* «¿No recordáis que necesitabais dormir?», pregunta Benson con cansancio desde las sábanas sin lavar. «Una vez fuisteis humanas.» *No no no no no no no.*

«DESPERDICIOS»: Hay tantas muescas en el cabecero de Benson —tantos éxitos y tantos fracasos, ¿tendría que haberlos puesto por separado?— que da la impresión de que las termitas hubiesen mascado la madera. Cuando se oye el sonido bitonal, las astillas y virutas tiemblan en la alfombra y la mesita de noche.

«JUVENILES»: «Niños de cinco años asesinan a niños de seis», dice Benson con indiferencia; la piel que hay bajo sus ojos muestra un color ceniza oscuro por la falta de sueño. «Las personas pueden ser monstruosas o vulnerables como corderitos. Son... No, somos víctimas y verdugos al mismo tiempo. Hace falta poquísimo para inclinar la balanza a un lado o a otro. Así es el mundo en que vivimos, Stabler.» Le da un ruidoso sorbo a su Coca-Cola Light. Intenta apartar la mirada de los ojos húmedos de Stabler.

«RESISTENCIA»: Benson ve un montón de tele en sus días de descanso. Se le ocurre una idea. Forma una línea de sal en el umbral de la casa, en el alféizar de la ventana. Esa noche, por primera vez desde hace meses, las chicas-con-campanas-en-los-ojos se quedan fuera.

«DAÑOS IRREPARABLES»: Stabler le acaricia los hombros a su esposa. «¿Podemos hablar?» Ella niega con la cabeza. «¿No quieres hablar?» Ella asiente. «¿Quieres hablar?» Niega con la cabeza. «¿No quieres hablar?» Asiente. Stabler le besa el pelo. «Más tarde. Hablaremos más tarde.»

«RIESGO»: Abler y Henson resuelven el noveno caso seguido y el comisario los invita a chuletones y cócteles para celebrarlo. Abler se echa al coleto unos trozos de chuletón demasiado grandes y Henson se pule un martini sucio tras otro. Diez. Once. Al otro lado del restaurante, un hombre que ha estado picoteando como un pajarito una ensalada César empieza a toser. Se pone azul. Un desconocido le hace la maniobra de Heimlich y un cacho de carne a medio masticar aterriza en la mesa de un abstemio de toda la vida que está empezando a sentirse un poco raro. «Me siento como si me hubiese tomado doce copas», dice Henson entre risitas e hipidos. Es que se las ha tomado. Henson lleva a Abler a casa, se ríen. A treinta bocacalles del restaurante, se meten mano y se besan mientras salen del coche tropezando. Henson coge la mano de Abler y se la planta en el pecho; el pezón se le pone duro.

«PODRIDO»: Alguien tira continuamente bolsas de frutas y verduras maduras al contenedor. Con frecuencia, Henson se sorprende sacándolas, llevándoselas a casa, frotando con fuerza las remolachas. Qué locura. Qué raro dejar que algo bueno se estropee.

«COMPASIÓN»: El secuestrador armado deja marchar a todos los rehenes, incluido él mismo.

«PANDORA»: Benson se siente sola sin las campanas. Su apartamento está muy silencioso. Se queda de pie en el umbral, mirando la línea blanca. Se pone a toquetearla con el dedo gordo del pie. Recuerda que de pequeña estaba en la playa con su madre y se quemaba el pie en la arena caliente y suave. Empuja con el dedo y rompe la línea; deja escapar un «¡Ups!», pero es de mentira. Las niñas acuden a ella a toda prisa, como una inundación que relampaguea por un estrecho desfiladero. Sus campanas emiten un tintineo caótico, jubiloso, entusiasta e iracundo, como un enjambre de abejas eufóricas. Con su frenesí, le hacen cosquillas en la piel. Nunca se ha sentido tan querida.

«TORTURADAS»: *Solo confiamos en ti,* le dicen a Benson las niñas-con-campanas-en-los-ojos. *En nadie más.* Benson supone que se refieren a Stabler.

«PRIVILEGIO»: Abler y Henson descubren el casquillo de bala enterrado entre la suciedad. Descubren el manchurrón de sangre cerca del quicio de la puerta, la orientación de la calle. Se miran y saben que ambos están calculando la luz que había en la avenida en el momento del crimen.

Cuando entran, ya saben que tienen que arrestar a la esposa. Ni siquiera hace falta preguntarle nada.

«DESESPERACIÓN»: «Si estáis muertas, podéis verlo todo», les dice Benson a las chicas-con-campanas-en-los-ojos. «Decidme quiénes son los otros. Los... los *Doppelgängers*. ¿Por qué se les da todo mucho mejor que a mí y a Stabler? Decídmelo, por favor.» Las campanas repican, repican y vuelven a repicar.

«APARIENCIAS»: Benson ve a Henson saliendo de la comisaría. Le gruñe el estómago. La misma cara, pero más bonita. La misma melena, pero con más volumen. Tiene que enterarse de qué se pone en el pelo. Antes de matarla.

«DOMINACIÓN»: «Eres una lunática», dice Henson mientras lucha con las esposas, las cuerdas, las sillas y las cadenas. Benson le deja otro mensaje a Stabler. «Mi compañero vendrá a buscarme, ya lo verás», dice Henson. «Vendrá a buscarme.»

«FALACIA»: «Stabler vendrá a echarme una mano. Sabe lo que habéis estado haciendo. Robarnos los casos. Fingir que erais nosotros.»

«INÚTIL»: Stabler saca el móvil cuando el tono de llamada se apaga. *14 mensajes de voz nuevos*. No se ve capaz, no. El teléfono le vibra en la mano como un insecto. *15*. Lo apaga.

«DOLOR»: Abler va a buscar a Henson. Por supuesto que sí. La quiere. Benson observa cómo la desata con suavidad, cómo le quita las cadenas, cómo abre las esposas y la deja que se levante sola de la silla. Benson lleva la pistola en la mano. Le descerraja tres tiros a cada uno, sin muchas esperanzas. Siguen moviéndose como si no pasara nada. Siguen calle abajo bailando un foxtrot hasta perderse de vista.

«PERFECTO»: «Inspectora, ¿cómo se atreve a no dar cuenta de las balas que faltan en su pistola? ¿Qué está escuchando? ¡Benson! [...] No, no lo oigo. No se oye nada, ¿de qué está hablando?»

«DESALMADO»: «Padre Jones», dice Benson, con la frente apoyada en la basta alfombra del vestíbulo, «me pasa algo grave.» Posa la copa en el suelo y se sienta junto a ella. «Ya», dice. «Sé lo que se siente.»

5.ª TEMPORADA

«TRAGEDIA»: A pocos kilómetros de distancia de la comisaría, un adolescente y su hermana de siete años caen muertos a mitad del camino de regreso de la escuela. Cuando se les practica la autopsia, les extraen balas de la carne púrpura de sus órganos, a pesar de que no hay orificios de entrada en ninguno de los cuerpos. El forense está perplejo. Las balas hacen clinc clinc clinc clinc clinc clinc en la bandeja metálica.

«MANÍACA»: La fiscal del distrito no para de reírse. Se ríe con tanta fuerza que le da la tos. Se ríe con tanta fuerza que se orina un poco. Se cae al suelo y se revuelca un poquitín, aún riéndose. Llaman a la puerta del baño y Benson empuja la puerta, vacilante. «¿Estás bien? El jurado ya ha regresado. ¿Estás... estás bien?»

«MADRE»: «Hoy ha llamado tu madre», le dice la esposa de Stabler. «Por favor, llámala, no quiero tener que

100

inventarme una excusa.» Stabler levanta la mirada de su escritorio, sobre el que reposa el sobre manila, tan anémico y fino que le dan ganas de gritar. Posa la mirada en la madre de sus hijas, en el hueco en la base de su garganta, en el fino fleco de sus pestañas, en la gruesa espinilla del mentón que seguramente está a punto de reventarse. «Necesito hablar contigo», contesta él.

«PÉRDIDA»: «Tiene que entenderlo», dice el padre Jones. «Yo la amaba. La amaba más de lo que he amado nada en el mundo. Pero estaba triste, muy triste. No aguantaba seguir aquí. Había visto demasiado.»

«SUERTE»: El padre Jones enseña a Benson a rezar. Ella une sus manos como una niña, porque era pequeña la última vez que lo intentó. Él le sugiere que abra su mente. Ella sube las rodillas hasta el pecho. «Si abro más la mente, sacarán todo a borbotones.» Cuando él le pregunta qué quiere decir con eso, ella se limita a negar con la cabeza.

«COACCIÓN»: «Me lo inventé», dice la mujer con indiferencia. Benson levanta la vista de su cuaderno amarillo. «¿Está segura?», pregunta. «Sí», responde la mujer. «De cabo a rabo. Me lo inventé todo de cabo a rabo, seguro, segurísimo.»

«DILEMA»: Fuera de los tribunales se oyen los gritos y empellones de los manifestantes; las astas de madera de las pancartas chocan ruidosamente una contra otra. Suena a percusión. La peor percusión. Benson y Stabler usan sus cuerpos para proteger a la mujer, que solloza mientras arrastra los pies. Benson mira a la izquierda, mira a la derecha. Disparos. La mujer se derrumba. Su sangre se escurre por una alcantarilla y muere con los ojos entreabiertos, como un eclipse entrecortado. Benson y Stabler sienten la vibración al mismo tiempo, por debajo del suelo, por debajo de los gritos, de la multitud aterrorizada, las pancartas y la mujer muerta, muerta, ahí está, el *uno-dos*, e intercambian una mirada. «Tú también lo oyes», acusa Stabler con voz ronca, pero antes de que Benson pueda contestar, el tirador se lleva por delante a otra manifestante. Su pancarta cae boca abajo en medio de la sangre.

«ABOMINACIÓN»: La fiscal del distrito rueda en sueños colina abajo, tropezando, precipitándose con estruendo hacia abajo, a las profundidades. En sus sueños hay un trueno, pero el trueno es de color ruibarbo y retumba doblemente. Cada vez que suena el trueno, las briznas del césped cambian de forma. Entonces, bajo su cuerpo, la fiscal del distrito ve a Benson, tumbada de espaldas, tocándose, riendo. La fiscal del distrito sueña que se quita la ropa, sueña que rueda hasta que su cuerpo topa con el de Benson, y el trueno también rueda, aunque en realidad no; más bien camina. Dum-dum. Dum-dum. Dum-dum. La fiscal del distrito se corre y se despierta. O quizá se despierta y luego se corre. En la combustión posterior al sueño, está sola en la cama, con la ventana abierta y las cortinas revoloteando al viento.

«CONTROL»: «¿Por qué lo has leído?», pregunta la mujer de Stabler. «¿Por qué? Lo único que quería era enterrarlo. Quiero que esté escondido. ¿Por qué lo has hecho? ¿Por qué?» Llora. Aporrea con sus puños un cojín gigante, demasiado abultado. Comienza a caminar de un extremo a otro de la habitación, sujetándose el torso tan fuerte con los brazos que Stabler se acuerda de un hombre que llegó una vez a la comisaría, cubierto de sangre. También él se agarraba así con los brazos, y, cuando los dejó caer, su abdomen herido se abrió en dos y asomaron su estómago y sus intestinos, como si estuviesen a punto de nacer.

«TURBADA»: «Hola», le dice Benson a la fiscal del distrito, sonriendo. La fiscal del distrito aprieta las manos con fuerza. «Hola», responde con rapidez antes de girar sobre los talones y salir caminando a toda prisa en dirección contraria.

«HUIDA»: La muchacha entra a trompicones en la comisaría, sin nada más que un saco de arpillera puesto. Stabler le da un vaso de agua. Ella se lo bebe de un solo trago y luego vomita sobre su mesa. Contenido: el agua ya mencionada, cuatro uñas, virutas de madera contrachapada y una tira de papel plastificado con un código lateral que parece proceder de una biblioteca. Dice cosas incoherentes, pero que le resultan familiares; Benson reconoce una cita de *Moby Dick* y otra de *Carol o El precio de la sal*. Meten a la chica en un albergue para menores, donde sigue expresando su pena y sus lamentaciones con las palabras de otros.

«FRATERNIDAD»: Stabler solo quería hijas cuando se casó con su esposa. Había tenido un hermano. Sabía lo que se decía. Ahora el temor por ellas lo tiene paralizado. Ojalá nunca hubiesen nacido. Ojalá siguiesen flotando a salvo en el espacio nonato, que imagina de un azul grisáceo, como el Atlántico, tachonado de puntos de luz en forma de estrella y espeso como jarabe de maíz.

«ODIO»: La mujer de Stabler no ha vuelto a hablarle desde lo del sobre manila. Está cortando verduras con un cuchillo ancho y él preferiría que se lo clavase en las entrañas a soportar ese silencio chispeante. «Te quiero», le dice. «Perdóname.» Pero ella no deja de cortar. Hace limpias hendiduras en la tabla de cortar de plástico, toda llena de marcas. Secciona las cabezas de las zanahorias. Deshace los pepinos.

«RITUAL»: Benson acude a una tienda esotérica del Village. «Necesito un hechizo», le dice al propietario, «para encontrar lo que estoy buscando.» Él se da unos golpecitos en la barbilla con un bolígrafo durante unos momentos y después le vende: cuatro judías secas de origen desconocido, un pequeño disco blanco que resulta ser una astilla de hueso de conejo, un minúsculo frasco vacío –«el recuerdo de una joven que pierde la virginidad», dice–, una palangana de granito y una cuña de arcilla seca de las orillas del río Hudson.

«FAMILIAS»: Stabler invita a Benson a su casa el día de Acción de Gracias. Benson se ofrece a ayudar a destripar el pavo, cosa que siempre quería hacer de pequeña. La mujer de Stabler le entrega un bol de color naranja brillante y va a atender a sus hijas, que se están peleando. Benson se da cuenta de que la mujer de Stabler no le dirige la palabra a su marido. Suspira y niega con la cabeza. Benson hunde la mano en las profundidades de las entrañas del pavo. Sus dedos atraviesan cartílago, carne y huesos para cerrarse sobre algo. Tira. Del pavo sale una ristra de entrañas sobre las que hay suspendidas unas campanitas minúsculas, resbaladizas de sangre. La comida es un éxito rotundo. Hay una foto de ella en el disco duro de Stabler. Todo el mundo sonríe. Todo el mundo lo está pasando en grande.

«HOGAR»: Benson y Stabler van a la biblioteca pública de Nueva York. Muestran la foto de la muchacha salvaje a los bibliotecarios. Una dice que no la conoce, pero se

104

le van los ojos hacia arriba cuando lo dice. Benson sabe que está mintiendo. Sigue a la bibliotecaria a la sala de descanso y la estampa contra una máquina expendedora, en cuyo interior crujen bolsas de patatas y de galletas saladas. «Sé que la conoces», dice Benson. La mujer se muerde el labio y lleva a Benson y a Stabler al sótano. Allí abre una puerta metálica que da a un antiguo cuarto de las calderas, de la que cuelga un candado roto. Hay un catre contra la pared más alejada. Pilas y más pilas de libros construyen una metrópoli en miniatura en el suelo. Benson abre una tapa, luego otra. Todos tienen un sello rojo: RETIRADO. La bibliotecaria le quita la pistola de la funda a Stabler. Benson se gira justo a tiempo para que una fina niebla roja le tiña la piel.

«MALDAD»: «¿Cómo has podido dejar que te coja la pistola?», le chilla Benson a Stabler. «¿Qué hacías tú mirando libros con una bibliotecaria secuestradora en la habitación?», le chilla él a su vez. «A veces...», comienza ella enfadada, pero se le apaga la voz.

«DESCUIDO»: El comisario quita la última foto del tablón de anuncios. Necesita una copa; hace años que no necesitaba tanto una. «Lo único que habría hecho falta», dice, con la voz alzándose en cada sílaba, «para que UNA MUJER sobreviviera habría sido que mis inspectores tuviesen los ojos ABIERTOS», y tras decir eso estampa la foto contra la mesa con más fuerza de la que en realidad la mató, «en horas de TRABAJO». Benson mira su cuaderno, donde ha realizado anagrama tras anagrama de la pista del asesino en serie, pero en vano.

«ENFERMA»: Así fue la cosa. La muchacha estaba enferma de profecías. Le tocó el brazo al joven Ben Jones, que luego sería el padre Jones, antes de morir lanzándose de rodillas desde una azotea de Brooklyn. Él la llevó en el interior de su cuerpo durante décadas. Stabler fue quien lo redujo cuando le dio un ataque durante la misa y ahora también padecía el mal. Ve a sus hijas, lanzadas a sus terroríficos futuros. Ve a su mujer, que vivirá mucho y recordará siempre. Pero no consigue ver a Benson. Algo oculta su visión. Ella es humo, es escurridiza.

«SECRETO»: Stabler está haciendo la compra con su hija mayor cuando ve que un hombre coge manzanas, las examina con cuidado y luego las devuelve al montón. Lo reconoce. El hombre levanta la vista. Él también reconoce a Stabler. Lo llama por su nombre de pila, solo que en realidad no es su nombre de pila. «¡Bill!», dice. «¡Bill!» Mira a la hija de Stabler. Stabler la coge del brazo y la arrastra al pasillo contiguo. «Bill», dice el hombre, que parece alegrarse, mientras derriba un mostrador con tortitas de maíz. «¡Bill! ¡Bill! ¡Bill!»

«CRIMINAL»: Un hombre con pasamontañas atraca un banco con una pistola de plástico y se lleva cincuenta y siete dólares. El cajero salva el día rajándose la cara con el machete que guarda debajo del mostrador.

«SIN DOLOR»: «No se preocupe», le dice el ginecólogo a la mujer de Stabler. «Esto no va a doler nada.»

«DECIDIDA»: Benson decide probar el hechizo. Combina los ingredientes como el hombre le mostró. Tritura las judías y el hueso. Le quita el tapón al frasco. «Inclínalo rápido», le había dicho, «y tápalo con la mano del mortero, si no saldrá flotando por el aire.» Gira la botellita sobre el mortero, pero de repente su cerebro se convulsiona y recuerda algo que nunca ocurrió, un grito, un dolor ardiente, una habitación oscura con ventanas y las cortinas corridas, una mesa fría y negra. Se tambalea a ciegas hacia atrás y tira el mortero y la mano. Se cae al suelo temblando, agitándose. Cuando por fin se acaba todo, ve a una chica-con-campanas-en-los-ojos que la mira fijamente. Le devuelve un tintineo. *La primera de muchas veces,* dice. Benson se pasa la noche soñando, soñando, soñando.

«VENENOS»: Una tarde, en su despacho, Benson siente el cosquilleo revelador. Se mueve en la silla. Cruza y descruza las piernas. De camino a casa, se detiene en la tienda de la esquina. Se pone de cuclillas en el baño. Camina con cuidado hacia la cama y se pone en horizontal. Siente que la bala se derrite en su interior, la hace sentirse mejor. Una chica-con-campanas-en-los-ojos se acerca a un lado de la cama con las campanas balanceándose con fuerza, como si fuese una iglesia azotada por un fuerte viento. *Ven.* «No puedo.» *¿Por qué no?* «No puedo levantarme. No puedo moverme. No puedo ni toser.» *¿Qué te está pasando?* «No lo entenderías.» *Levántate.* «Que no puedo.» Su núcleo está suave y calmado y no puede moverse porque si no se saldrá todo. La chica-con-campanas-en-los-ojos se acerca todo lo que puede a la cama sin atravesarla. Comienza a resplandecer. La habitación de Benson se está llenando de luz. Al otro lado de la calle, un hombre con un telescopio levanta la cabeza de la mirilla y traga saliva.

«CABEZA»: «Vale, pues esta es mi teoría», le dice Stabler a Benson cuando vuelve al coche con los cafés. «Órganos humanos. Son húmedos y gruesos y encajan unos con otros como las piezas de un puzle. Es casi como si alguien abriese la cremallera de los cuerpos antes de nacer y los volcase dentro, como si fuese avena. Solo que eso no es posible.» Benson mira a Stabler y aprieta su taza con tanta fuerza que un pedo de café ardiendo le corre por la mano. Mira tras de sí y luego vuelve a mirar a Stabler. «Es casi como si creciesen en el interior, como si tuviesen que tomar forma a la vez», dice él pensativo. Benson parpadea. «Es casi como si creciésemos», dice ella. «En el útero. Y no dejásemos de crecer.» Stabler parece entusiasmado. «¡Exacto!», dice. «Y luego muriésemos.»

6.ª TEMPORADA

«DERECHO DE NACIMIENTO»: Dos de las hijas de Stabler empiezan a pelearse por un cuenco de sopa. Cuando él llega a casa, la mayor tiene una bolsa de hielo en la frente y la pequeña está dando patadas en las baldosas del suelo de la cocina. Stabler entra en el dormitorio, donde su mujer está tumbada de espaldas en la cama, mirando al techo. «Son tus hijas», le dice a Stabler. «No las mías.»

«DEUDAS»: Benson y Stabler ya no juegan al Monopoly.

«OBSCENIDAD»: Benson compra el doble de verduras de lo normal y ni siquiera espera a que se pudran. Tira una verdura madura en todos los contenedores en un radio de veinte manzanas. Es agradable dispersar así los desperdicios.

«CARROÑERO»: Cuando retiran el cuerpo, Benson y Stabler se quedan de pie junto al charco seco de sangre. Un agente de policía entra en el dormitorio. «El casero está fuera», anuncia. «Quiere saber cuándo puede limpiar la casa para alquilarla.» Benson toca la mancha con la punta del pie. «¿Tú sabes con qué se quitaría esto?» Stabler la mira, con el ceño fruncido. «OxiClean. Sacaría esta mancha en un pispás», continúa ella. «Se podría alquilar la casa la semana que viene.» Stabler mira a su alrededor. «El casero todavía no está aquí», dice él con lentitud. «Esto se quita en un momento con OxiClean», repite ella.

«PROTESTA»: El comisario de policía solo se digna salir a hacer declaraciones después de que desaparezcan seis niñas negras; interrumpe el final de temporada de un popular culebrón. Poco después comienzan a recibir cartas enfurecidas. «¿¿¿¿Me va a contar usted si el bebé de Susan es de David o no, señor comisario general????», dice una. Otra persona manda ántrax.

«CONCIENCIA»: El redoble no se detiene. Stabler piensa que es su conciencia la que hace ese sonido tan horripilante.

«CARISMA»: A Benson le gusta demasiado su ligue del martes por la noche para irse a casa con él.

«DUDAS»: El padre Jones se prepara para dar la eucaristía. Los primeros de la fila se parecen a Stabler y Benson, pero son distintos. Raros, de alguna manera. Cuando coloca la hostia en la lengua del primero, el hombre cierra la boca y sonríe. El padre Jones siente que el perdón se le deshace en la parte trasera de su propia garganta. Después, también la mujer la toma y sonríe. El padre Jones casi se ahoga en esta ocasión. Se disculpa. Se balancea de atrás adelante en el baño, aferrado al lavabo, llorando.

«DÉBIL»: Stabler sale a trabajar tres veces al día. Insiste en ir haciendo footing a las escenas del crimen en lugar de con el coche patrulla. Cada vez que sale de la comisaría, con la camisa y la corbata metidos por dentro de unos pantalones cortos de deporte de color rojo vivo, Benson se coge un café de la tienda latina, lee el periódico y luego conduce hasta la escena del crimen. Stabler siempre llega unos cuantos minutos más tarde, tomándose el pulso con los dedos mientras sus zapatillas golpean el suelo con un ritmo constante. Sigue corriendo sin moverse del sitio mientras entrevistan a los testigos.

«OBSESIONADA»: En el metro, Benson cree ver a Henson y a Abler en el tren que pasa en dirección opuesta. Se dejan atrás en un relámpago de color mantequilla; la ventanilla centellea como las secuencias de un rollo de película, y Henson y Abler parecen estar en todas, moviéndose a sacudidas como si estuviesen rotando en un fenaquistiscopio. Benson intenta llamar a Stabler, pero no hay cobertura bajo tierra. Enfrente de ella, una niña que juega con el móvil de su madre se quita de un puntapié una de las chanclas. Benson se da cuenta con absoluta certeza de que la niña va a morir pronto. Se baja del tren y vomita en un contenedor.

«CONTAGIO»: Benson se queda en casa, tiene la gripe porcina. Llega a cuarenta de fiebre; en pleno delirio, cree que ella es dos personas. Extiende la mano hacia la otra almohada, vacía desde hace años, buscando a tientas su cara. Las chicas-con-campanas-en-los-ojos intentan hacerle sopa, pero sus manos atraviesan los tiradores de los armarios.

«IDENTIDAD»: Stabler se ofrece a sacar a las niñas en Halloween. Él va de Batman, se compra una careta de plástico duro. Las niñas hacen un gesto de exasperación. Antes de salir, su mujer se planta ante él. Extiende la mano y le arranca la careta de la cara. Él se la arrebata de nuevo y vuelve a ponérsela. Ella tira otra vez, con tanta fuerza que la goma se rompe y le da en la cara a Stabler. «Ay», exclama. «¿Por qué haces eso?» Ella le estampa la careta en el pecho. «No es agradable, ¿a que no?», sisea con los dientes apretados.

«PRESA»: El hombre saca el rifle, lo apoya en el hombro bueno y aprieta el gatillo con la misma fuerza de seducción que pondría en un gesto de llamada. La bala impacta en el cuello de la mujer desaparecida, que se desploma, desprendiéndose de la vida antes de aterrizar en las hojas y lanzarlas hacia arriba como cenizas.

«JUEGOS»: El hombre deja salir a otra mujer sollozante. Cuando ella comienza a correr en dirección al bosque, el hombre toma conciencia de que está cansado y quiere ir a prepararse la cena. Él da unos cuantos pasos hacia los árboles y ella se reúne con su hermana.

«ATRAPADA»: «Yo he elegido esta vida», le dice la prostituta a la trabajadora social de ojos preocupados. «De veras. Por favor, concentren su energía en ayudar a chicas que no hacen esto por elección.» Qué razón tiene. Pues la matan igual.

«FANTASMA»: Asesinan a una prostituta. Está demasiado cansada para convertirse en espíritu.

«IRA»: Asesinan a una prostituta. Está demasiado enfadada para convertirse en espíritu.

«PUREZA»: Asesinan a una prostituta. Está demasiado triste para convertirse en espíritu.

«EBRIA»: La chica-con-campanas-en-los-ojos –la primera que, hacía tanto tiempo, había buscado el amargo aliento y los párpados temblorosos de Benson mientras dormía– entra en el dormitorio de Benson. Camina hasta la cama. Le mete los dedos en la boca a Benson. Benson no se despierta. La chica se mete más y más; cuando los ojos de Benson se abren, no es Benson quien los abre. Benson está acurrucada en la esquina de su mente. Ve a través de sus ojos a lo lejos, como si fuesen ventanas al lado opuesto de un amplio salón. Benson-que-no-es-Benson camina por el apartamento. Benson-que-no-es-Benson se quita el camisón y se toca el cuerpo de mujer crecida, inspeccionándolo hasta el último centímetro. Benson-que-no-es-Benson se viste, pide un taxi y llama a la puerta de Stabler; a pesar de que son las 2.07, Stabler no parece nada soñoliento, aunque sí confuso. «Benson», dice. «¿Qué haces aquí?» Benson-que-no-es-Benson lo coge de la camiseta, lo atrae hacia ella y lo besa con más fuerza y avidez de la que Stabler ha sentido nunca en su propia boca. Le suelta la camiseta. Benson grita contra los tenebrosos muros de su propio cráneo. Benson-que-no-es-Benson quiere más. Stabler se limpia la boca con la mano y luego se mira los dedos, como esperando ver algo. A continuación cierra la puerta. Benson-que-no-es-Benson regresa a su casa. Benson levanta la vista de sus rodillas y ve que la chica-con-campanas-en-los-ojos está de pie ante ella. «¿Quién conduce?», pregunta, obtusa. Las campanas tintinean. *Nadie*. Y en efecto, el cuerpo de Benson yace pesado como un golem inerte sobre la cama. Las campanas tintinean. *Lo siento*. La chica-con-campanas-en-los-ojos hunde los dedos en la cabeza de Benson y

«NOCHE»: Benson se despierta. Le late la cabeza. Se tumba de lado sobre la parte fresca de la almohada mientras el sueño se aleja de ella como un patito de goma oscilando con suavidad en dirección al mar.

«SANGRE»: El carnicero apunta la manguera hacia el suelo y la sangre forma remolinos antes de colarse por el desagüe. No era sangre de animal, pero cómo iba a saber él lo que ha estado cortando su ayudante. Se destruyen las pruebas. Las chicas permanecen perdidas para siempre.

«ÓRGANOS»: «¿Es cosa mía o este filete huele fuerte?», le dice el ligue de Benson a Benson. Ella se encoge de hombros y baja la vista hacia sus vieiras. Pincha con un cuchillo una, que se separa un poco en el centro, como una boca que se abre o algo peor. «Es que... sabe raro», observa él. Otro bocado. «Pero bien, creo. Bien.» Benson no se acuerda de a qué se dedica él. ¿Es la segunda vez que salen o la tercera? Él mastica con la boca abierta. Ella se autoinvita a su casa.

«GOLIAT»: Stabler da otro largo trago de whisky. Se hunde en el sillón. En la planta de arriba duerme su mujer, sueña, se despierta, duerme más, lo odia, se despierta, lo odia, duerme. Stabler piensa en Benson, en cómo se plantó allí, en que llevaba puesta la ropa de forma extraña, en cómo bebió de él como si estuviese muerta de sed, en lo soñador de su mano al recorrer la verja de metal y el portón acabado en hierro como si estuviese dormida, como si estuviese colocada, como si fuese una mujer enamorada, enamorada, enamorada.

7.ª TEMPORADA
«DEMONIOS»: Pasan unas sombras por los mármoles de los tribunales, por la comisaría de policía, por calles abarrotadas y desiertas. Se deslizan por paredes y enreja-

dos, bajo las puertas, se arquean a través de los cristales de las ventanas. Se llevan lo que quieren, dejan lo que quieren. La vida se crea y se destruye. Sobre todo se destruye.

«EL PLAN»: «Si este niño es parte del Plan, entonces el Plan contemplaba que me violasen. Si este niño no es parte del Plan, entonces mi violación era una traición al Plan, y en ese caso el Plan no es para nada un Plan, sino una Puta Sugerencia Amable.» Benson hace amago de coger la mano de la superviviente, pero la mujer baja la vista hacia el agua, se arrodilla en la barandilla y ya no está.

«EMERGENCIAS»: «Mire, es que estoy dando vueltas por ahí con la sensación de que voy a vomitar hasta mis propias uñas del pie, y me quiero morir, y a veces quiero matar a alguien, siento que estoy a punto de disolverme en un charco de órganos y agua sucia. Agua sucia de órganos.» Una pausa. «Ejem, esto... esto.. Lo siento. Mire, llamaba para denunciar un acto vandálico en mi barrio.»

«COLOCADO»: Encuentran a la actriz horas después de su desaparición, atada al mástil de un barco en el puerto de Nueva York, con una reproducción de mosquete atada entre los rollos de cuerda y encajada entre sus voluminosos pechos. Lleva el corsé de la Feria Medieval a medio desatar y la camisa desgarrada. Él quería que opusiera resistencia, le dice a Stabler. Quería que lo abofetease, que lo llamase canalla y que luego se casase con él. Se llamaba Reginald.

«ESTRAGOS»: Benson pilla la gripe. Vomita: espinacas, virutas de pintura, medio lápiz de los pequeños y una única campana, del tamaño de la uña del meñique.

«CRUDO»: El restaurante favorito de sushi de Benson y Stabler ha dejado de usar bandejas para empezar a usar modelos. Benson coge con los palillos una tira roja de atún del hueso de la cadera de una morena que parece esforzarse mucho por no respirar. El propietario se detiene junto a la mesa y, al ver el ceño fruncido de Benson, dice: «Es más rentable.» Stabler extiende la mano para coger un trozo de anguila y la modelo respira de repente. Se le escapa el trozo de los palillos: una, dos veces.

«SIN NOMBRE»: Por toda la ciudad, los peatones se detienen a mitad de camino, como si se quitasen un pequeño peso de encima, como si un recuerdo se extinguiese. La empleada de una cafetería, con el rotulador a punto de posarse en el vaso, le hace a un hombre la misma pregunta dos veces en cuestión de diez segundos. Él la mira y parpadea. «No sé», responde. En tumbas y zanjas, en depósitos de cadáveres y tanatorios, en pantanos y ciénagas, hundiéndose y arrastrándose por la piel de los ríos, los nombres localizan los cuerpos de los muertos como llamas prendiendo, como electricidad. Durante cuatro minutos, la ciudad se llena de los nombres, de sus nombres, y a pesar de que el hombre no le puede decir a la empleada que Sam quiere su *latte,* sí que puede decirle que Samantha no va a volver a casa, sino que está en algún sitio, aunque no está en ningún sitio, y que no sabe nada, aunque lo sabe todo.

«FRÁGIL»: Stabler intenta convencer a su hija mayor de que coma algo, cualquier cosa. Se come la servilleta de papel en siete mordisquitos.

«INOCENCIA PERDIDA»: Cuando las niñas se duermen, Stabler se sienta junto a su mujer, que está acurrucada bajo la ropa de cama. Tiene incluso la cara envuelta en ella. Stabler da unos suaves golpecitos en la abertura del edredón y pronto ella asoma la punta de la nariz, un corazón de piel alrededor de sus ojos. Está llorando. «Te quiero», le dice ella. «De verdad. Estoy furiosa contigo. Pero te quiero.» Stabler la coge entre sus brazos, todo ese yo semejante a un burrito envuelto en tela en vez de maíz, y la acuna entre sus brazos, susurrándole al oído: «Perdón, perdón.» Cuando él apaga la luz, su mujer le pide que le cubra de nuevo la cara. Él coloca de nuevo los trozos doblados sobre ella con suavidad.

«LA TORMENTA»: El viento arrecia. Las nubes se precipitan hacia la ciudad como si hubiesen estado esperando.

«ALIEN»: Un nuevo comisario de policía llega a la ciudad. Promete muchas cosas. Tiene los dientes del color y la forma de los Chiclets, demasiado uniformes. Stabler intenta contar el número de dientes que aparecen cuando el comisario sonríe a la cámara, pero siempre se confunde.

«CONTAGIO»: Cuando las chicas-con-campanas-en-los-ojos llegan a la puerta de Benson, están en silencio. Cuando por fin Benson les abre la puerta para ir al gimnasio, están allí, bloqueando el pasillo. Las campanas tintinean, pero no sale ningún sonido. Cuando Benson se acerca, se da cuenta de que alguien les ha quitado los badajos. Las campanas se balancean de atrás adelante y de adelante atrás. Están más en silencio de lo que han estado nunca.

«RÁFAGA»: Stabler lleva a su mujer a bailar. Le sorprende que acceda. Cuando dejan atrás las puertas del club de salsa, ella, entre sudores y giros, se muestra ágil y sexy. No la ve así desde que eran jóvenes, justo antes de casarse. La capa de sudor y su olor lo ponen caliente, dejan al descubierto su deseo de un modo que él había olvidado que existía. Bailan muy pegados. Ella desliza la mano por la parte delantera de los pantalones de Stabler, se muerde el labio, lo besa. En lo más profundo de su cuerpo late algo. Dum-dum. Dum-dum. Dum-dum. Casi como un latido de corazón. Cogen un taxi para ir a casa, y en el dormitorio desgarran el vestido de ella al quitarlo, llevan años sin hacer aquello, y aquello, y aquello, y ella le clava las uñas en la espalda mientras susurra su nombre, llevan años sin estar así, desde aquel momento antes, antes de antes, pero después. Él pronuncia su nombre.

«TABÚ»: Después de correrse, a Benson le da un fuerte calambre en el brazo, como si el músculo se le estuviese doblando por la mitad. Se frota la frente y se muerde el labio. Oye el lejano palpitar de la música de salsa que llega de un apartamento, al otro lado de la calle. Una película de sudor sella su culpa como film transparente.

«MANIPULADO»: Los becarios notan que algo ha cambiado entre Benson y Stabler, pero no saben qué. Anotan sus movimientos en un cuaderno de la clase de bioquímica que consagran a este fin. Les sacan fotos con los móviles. Espolvorean cantárida sobre la máquina de café. Convocan a un demonio con sangre de sus propios cuerpos, ceniza de una ofrenda catedralicia, hueso de ardilla, tiza y manojos de savia seca. Le piden ayuda al demonio, que, molesto, se lleva a uno de ellos con él al infierno, como castigo por haberlo hecho venir de tan lejos.

«DESAPARECIDOS»: «Lucy, ¿tú sabes dónde está Evan?», le pregunta Stabler. «Nunca llega tan tarde.»

«CLASE»: «Lucy, ¿tú sabes dónde está Evan? Nunca ha faltado a bioquímica.»

«VENENO»: Benson apura el café. Le quema un poco la boca. Se siente algo aturdida. Se tumba en la sala trasera.

«CULPA»: Benson oye el latido en sueños. Está en una calle vacía de Nueva York. No corre brisa alguna. No obstante, el suelo se mueve, como si algo respirase. Benson comienza a seguir el eco del latido calle abajo. Ve un portal oscuro sobre el que hay un letrero que pone SHAHRYAR BAR & GRILL. En el interior hay unos mostradores pulidos de color rojo oscuro. Las botellas y los vasos centellean como la superficie de un río y cada vez que se oye el latido tiemblan. Hay una puerta disimulada en la esquina, bajo la cual resplandece una franja de luz. Risas. Benson piensa que suena como cuando era pequeña y su madre daba una fiesta, y Benson tenía que quedarse sentada en su habitación, con una bandeja de aperitivos minúsculos y medio vaso de zumo de manzana colocados sobre la mesilla de noche. Mordisqueaba un champiñón que estaba relleno de algo fundido, luego se tomaba el zumo y al otro lado de la puerta oía las risas, el tintineo de los vasos, voces que subían y bajaban hasta el murmullo antes de volver a subir. Intentaba leer pero acababa metida en la cama a oscuras, escuchando aquellas voces que estaban tan lejos y tan cerca, mientras distinguía las risotadas de su madre entre el barullo como quien tira de un hilo elástico que se ha soltado de la braguita, tirando, apretando, estropeándola. Eso es lo que siente ahora, con las voces al otro lado de la puerta. Extiende la mano en dirección al pomo, la distancia entre su mano y él se divide con cada nanosegundo transcurrido, el metal frío antes incluso de tocarlo con la mano. Cuando Benson se despierta está gritando.

«GORDOS»: «Solo un mordisquito más», le suplica Stabler a su hija mayor. «Solo uno, cariño. Solo una zanahoria. Vamos a empezar con una zanahoria.» La ve carcomida, como cuando una duna se queda sin forma a causa del viento. «Una. Solo una.»

«LA RED»: Benson busca en Google. «Chicas muertas ojos campanas martillos desaparecidos», «chicas ojos campanas», «fantasmas rotos», «¿qué pasa si veo un fantasma?», «¿cómo se hacen los fantasmas?», «arreglar fantasmas». Los anuncios de su buscador se pasan meses intentando venderle: set de campanas de bronce, equipamiento para cazar fantasmas, cámaras de vídeo, CD de coros de campanas, muñecas y palas.

«INFLUENCIA»: El nuevo comisario de policía levanta la vista de la carpeta. Frente a él, Abler y Henson no toman notas. Tienen una memoria perfecta. «Que así sea», dice el nuevo comisario. «Que así sea.»

8.ª TEMPORADA
«INFORMADA»: Benson está segura de que su teléfono inteligente es más inteligente que ella, cosa que le parece de lo más irritante. Cuando le proporciona información se lo lleva al rostro, dice «NO» y hace lo contrario.

«RELOJ»: La fiscal del distrito mira cómo la manecilla horaria y el minutero pellizcan el tiempo entre ellas. Cuando el juez inquiere si tiene alguna pregunta para el testigo, niega con la cabeza. En casa la espera Henson, repanchigada en el sofá con un ejemplar de *Madame Bovary,* mordisqueándose un mechón de pelo y riéndose en los momentos adecuados. Hacen la cena juntas. Miran la lluvia.

«DEVUELTAS»: El canal de noticias veinticuatro horas cuenta una y otra vez la misma historia. Verduras contaminadas, dicen. Col china, brócoli, apio, coles de Bruselas, todo sucio, malo, dañino. Benson oye el final de una noticia mientras pincha con el tenedor la verdura salteada de la sartén. «Devuelvan la fruta y la verdura a sus tiendas para que les reintegren el dinero», dice el periodista, con aspecto serio. Benson mira la sartén. Se termina hasta el último brote verde. Va al frigorífico y comienza a preparar más.

«TÍO»: «Papá», dice la hija menor de Stabler, «¿quién es el tío E?» Stabler levanta la vista del periódico. «¿El tío E?» «Sí», dice ella. «Hoy, después de clase, se me ha acercado un hombre. Me ha dicho que se llamaba tío E y que era mi tío.» Stabler lleva diez años sin hablar con su hermano menor, Oliver. Está bastante convencido de que Oliver sigue viviendo en Suiza. Ni siquiera está seguro de si Oliver sabe que es tío.

«CONFRONTACIÓN»: En el juzgado, Stabler levanta la vista del lavabo y ve a Abler de pie tras él. Abler esboza una sonrisita. Stabler da media vuelta y levanta los puños a medio enjabonar. El baño está vacío.

«INFILTRADA»: «Mira, Benson», dice Henson desde el otro lado del teléfono. Su voz suena metálica y lejana, como si estuviese inclinada sobre el cuerpo de Benson mientras esta muere. «La cosa es que estás sufriendo. No quieres sufrir más, ¿a que no?» Benson presiona el auricular con más fuerza contra el hombro y la carcasa de plástico resbala por la grasa de su cara sin lavar. No responde. «Solo eso», prosigue Henson, «que podríamos detener todo esto. Lo de las chicas. Lo de los ruidos. La incompetencia.» Benson levanta la vista. Stabler arrastra los pies entre una pila de informes, rascándose distraído la barbilla, canturreando entre dientes. «Lo único que tienes que hacer es traérnoslo. Tráenoslo y acordaremos una tregua.»

«BAJO VIENTRE»: Benson localiza la llamada en un almacén de Chelsea. Una vez allí, ella y Stabler usan cizallas para entrar. La entrada está oscura. Del techo solo cuelga una bombilla cuyo filamento lucha por arder. Benson y Stabler sacan las pistolas. Avanzan tanteando las paredes con las manos libres hasta que llegan a otra puerta. Una sala grande, tan grande como un hangar de aviones, vacía. Sus pisadas resuenan. Benson ve otra puerta, al otro lado de la sala. De aspecto distinto. Por debajo se ve un destello rojo. Siente que le palpita el corazón a mil por hora en el pecho. Dum-dum. Dum-dum. Dum-dum. Se da cuenta de que el sonido es mayor que ella, de que viene del exterior, de su alrededor. Mira a Stabler, aterrorizada, y él parece confundido. «¿Estás bien?», pregunta él. Ella niega con la cabeza. «Tenemos que marcharnos. Tenemos que marcharnos ahora mismo.» Él le señala la puerta que hay al otro lado de la sala. «Comprobemos esa puerta.» «No.» «Pero, Benson...» «¡No!» Lo coge del brazo y tira de él. Ambos emergen a la luz del sol.

«JAULA»: Violan al violador. Los violados son violadores. «Algunos días», dice el médico de la cárcel mientras cose otro recto desgarrado, «me pregunto si son las rejas las que crean los monstruos, y no al revés.»

121

«COREOGRAFÍA»: El juzgado. Un pasillo. Seis puertas. Dentro y fuera de cada una de ellas: inspectores, agentes de policía, abogados, jueces, los condenados. La gente entra por un lado de la puerta y sale por el otro. Benson y Stabler nunca llegan a pillar a Henson y Abler.

«SCHEREZADE»: «Te voy a contar una historia», le susurra Henson a la fiscal del distrito mientras ambas se acurrucan en la cama, el ambiente denso por el olor a sexo. «Cuando termine, te contaré lo que quieres saber sobre Benson y Stabler y todo eso. Hasta lo de los ruidos.» La fiscal del distrito emite un murmullo de asentimiento, está atontada. «La primera historia», susurra Henson, «trata de una reina y su castillo. Una reina, el castillo y una bestia hambrienta que vive bajo él.»

«ARDIENTE»: El padre Jones siente al demonio, aunque no lo ve. Huele a azufre en la cama, siente que el mal reside en su interior. «¿Qué quieres?», pregunta. «¿Por qué has venido?»

«FORASTERO»: Llaman al psicólogo forense para el caso de un violador y asesino en serie que desmiembra a sus víctimas como si diseccionase ranas en el instituto. «Para él tiene más sentido de lo que ustedes piensan», dice con tono impasible mientras contempla por el espejo de dos caras cómo se ríe el hombre. Stabler frunce el ceño. No se fía del juicio del psicólogo.

«AGUJERO LEGAL»: Benson compra mil campanas y les quita los badajos. Intenta dárselos a las chicas-con-campanas-en-los-ojos, pero los badajos no sirven. Intenta dibujarlos en una hoja de papel, pero se le corre la tinta al apretarlo contra sus caras. Las chicas se amontonan en la cocina. Hay tantas y brillan tanto que el vecino que espía a Benson con el telescopio está seguro de que la casa de Benson se está incendiando, así que llama a los bomberos. Benson está sentada en la silla de mimbre, con las manos sobre las rodillas. «De acuerdo», dice. «Entrad.» Y así lo hacen. Entran en ella, una a una, y una vez dentro puede sentirlas, oírlas. Se turnan para usar sus cuerdas vocales. «Hola», dice Benson. «¡Hola!», dice Benson. «Esto está fenomenal», dice Benson. «¿Qué es lo primero que deberíamos hacer?», pregunta Benson. «Espera», dice Benson. «Sigo siendo yo.» «Sí», dice Benson, «pero también eres legión.» A lo lejos, las sirenas desgarran la noche.

«DEPENDIENTE»: «¿Sabía usted que han raptado a Evan?», le pregunta Benson al comisario, que da golpecitos con su moneda de Alcohólicos Anónimos en la madera barnizada. «¿Quién es Evan?» «¡El becario! El becario. ¡El becario que se sentaba en esa mesa!» Señala a Lucy, que solloza suavemente sentada en la silla de despacho con ruedas. Cada vez que se sorbe los mocos retrocede un milímetro hasta que está casi en el vestíbulo.

«PAJAR»: Benson le promete a Lucy que buscará a Evan. Visita todos los lugares que frecuentaba. Las chicas se le arremolinan en la cabeza y le hablan. «No está aquí», dicen. «Está en Otro Sitio. Se lo han tragado.» Cuando Benson le habla a Stabler de su búsqueda, él suspira profundamente. «Lo escupirán en algún sitio», dice en tono cómplice. «Solo que no aquí.»

«FILADELFIA»: Evan, el becario, molestaba a todo el mundo en el infierno, así que el diablo lo devolvió. Pero se le fue la mano y sin querer lo depositó en Pensilvania.

Evan decide quedarse allí. De todos modos, nunca le gustó Nueva York. Demasiado caro. Demasiado triste.

«PECADO»: El padre Jones absuelve a los árboles que florecen y a las flores. Cuando el polen sale volando para obstruirle los pulmones a la gente, el padre Jones sonríe. Las toses redentoras.

«LA RESPONSABILIDAD»: Lucy, la becaria, mira la hoja de papel que tiene en la mano, donde Benson ha garabateado la dirección del padre Jones. Cuando levanta de nuevo la vista se abre la puerta delantera y el padre Jones se apoya contra el quicio, con aspecto agotado. «Entra, niña», dice. «Parece que tenemos mucho de que hablar.»

«FLORIDA»: A lo largo de tres semanas, cinco personas diferentes apresan y abren en canal cinco caimanes diferentes en los Everglades. Dentro de cada barriga, un brazo izquierdo idéntico –con una pulsera de goma de un púrpura brillante, un barniz verde desconchado, y una fina cicatriz blanca donde el meñique se une a la palma–. Cuando comparan las huellas, comprueban que es el brazo de una niña desaparecida de Nueva York. La forense mira los cinco brazos puestos en fila. Asustada, descarta cuatro. «Resto del cuerpo no recuperado», anota. «Víctima presuntamente muerta.»

«ANIQUILADAS»: Benson acaba por sentarse a contar. Revisa archivos en papel y en el ordenador. Cuenta, tacha marcas en grupos de cinco y recorre páginas, páginas y más páginas. Se va a casa y saca la hoja de su navaja de bolsillo en cuanto la puerta se cierra tras ella. Comienza a hacer muescas en la mesa de la cocina, los bordes de los armarios, contando, contando, contando, perdiendo la cuenta y volviendo a empezar.

«FINGIR»: Stabler abre la puerta de Benson. Está tumbada en el suelo de la cocina, con los brazos extendidos, de cara al techo. A su alrededor, las sillas, las mesas y los taburetes están hechos pedazos. «Hay muchísimas», susurra Benson. Stabler se arrodilla junto a ella. Le acaricia el pelo con suavidad. «Todo irá bien», dice. «Todo irá bien.»

«JODIDOS»: La fiscal del distrito llama, otra vez enferma. «La sexagésima quinta historia», le susurra Henson al oído, «trata de un mundo que nos observa, a ti, a mí y a todos. Observa nuestro sufrimiento como si fuese un juego. La gente no puede detenerse. No puede echarse atrás. Si pudiese, también podríamos nosotros, pero como no lo hace, pues nosotros tampoco podemos.»

9.ª TEMPORADA

«SUPLENTE»: El martes la mujer de Stabler vuelve de la tienda y se encuentra a un hombre sentado en las escaleras del porche que le enseña las palmas de las manos a modo de disculpa. «He perdido las llaves», dice. Ella suelta la bolsa de verduras en el suelo, hurga en busca de las suyas. Lo observa con el rabillo del ojo. Es idéntico a Stabler. Su sonrisa le deja el mismo hoyito en la parte izquierda de la boca. Pero algo en su cerebro grita: «Este no es mi marido.» La puerta se abre de par en par. En el interior de la casa, la hija pequeña sale de la habitación y se frota los ojos para quitarse el sueño. Señala al hombre. «¡Es el tío E!», exclama. La mujer de Stabler coge un pesado jarrón de la mesa vecina y lo balancea, pero el hombre ya ha salido pitando calle abajo hasta que lo pierden de vista.

«AVATAR»: En la fila de atrás del cine, el brazo de Henson repta sobre los hombros de la fiscal del distrito. La fiscal del distrito mira el rostro de Henson en la semipenumbra parpadeante. Aquí más que en cualquier otro sitio es idéntica a Benson. La besa en la boca.

«IMPULSO»: En el bar de policías suena Wilson Phillips. No parece que a Stabler le haga mucha gracia, pero Benson sonríe recordando su adolescencia. Canturrea en silencio mientras clava la mirada en su cerveza. Balancea la cabeza cada vez que la canción menciona «beso» y «temerario».

«SABIO»: El muchacho elabora listas y más listas de desaparecidos que se remontan a antes de su nacimiento, ordenadas cronológicamente por la fecha de desaparición. Tacha con gruesas líneas negras la mayor parte, pero no todos. Su madre no entiende los nombres, ni los tachones, y quema las listas en la barbacoa del patio trasero.

«DAÑO»: Cuando la mujer de Stabler le cuenta lo del tío E, él le ordena que coja a las niñas y se vaya a casa de su madre, a Nueva Jersey. Se sienta en las escaleras del porche a esperar que vuelva Abler. Se imagina estampándole un ladrillo en la cabeza. Le suena el teléfono. «¿Tú te crees que iría dos veces al mismo sitio?», ronronea Abler. Stabler intenta pensar dónde pueden estar Abler y Henson. Pero no tiene ni idea.

«MANIPULACIÓN»: La fiscal del distrito besa a Henson; llevan doce horas follando, durmiendo, follando, durmiendo. Le susurra promesas al oído. El padre Jones le enseña a Lucy cómo ahuyentar a los demonios. Stabler peina Nueva York en busca de Abler, tenso como una cuerda de piano, vibrante de rabia. Benson se lleva a sí misma y a las chicas que hay dentro de ella al centro a bailar, a tomar botellas de cerveza empañadas, a enseñarles cómo hay que divertirse.

126

«CEGADA»: Benson sueña que Henson y Abler cogen sus globos oculares y tiran de ellos lentamente; los manojos de nervios se tensan y se marchitan como esas masas viscosas de juguete.

«LUCHA»: Stabler los retaría directamente, pero ni siquiera sabe dónde arrojar sus guantes.

«PATERNIDAD»: La triste verdad es que Benson no tiene padre.

«SOPLÓN»: Como los becarios abandonan sus funestas convocaciones, los dioses se dedican a otros trucos.

«AVISPADA»: Lo único que sabe Benson es que está segura de que la calle respira. Las chicas le cuentan lo que necesita saber. Tiene razones para estar asustada.

«FIRMA»: Benson está tan llena de chicas que le resulta casi imposible garabatear su nombre.

«POCO ORTODOXO»: «No me importa lo que digan las pruebas», dice entre risas el juez. «Está claro que eres inocente. ¡Clarísimo! Anda, sal de aquí. Y saluda a tu padre de mi parte.»

«INCONCEBIBLE»: Stabler va a visitar a su mujer y sus hijas a casa de su suegra. Ven todos juntos *La princesa prometida* y las niñas se quedan dormidas antes del final. Juntos en el sofá, entre las pilas de cojines, a oscuras salvo por el resplandor de la pantalla, Stabler y su mujer observan su creación.

«INFILTRADOS»: «¿De qué os habéis enterado?», les pregunta el nuevo comisario de policía a Henson y a Abler.

No es un hombre religioso, pero las expresiones de sus rostros lo perturban tanto que se santigua, cosa que lleva sin hacer desde que era niño.

«ARMARIO»: La fiscal del distrito sale a la luz del sol, parpadeando y tapándose la cara. Casi se choca con Benson, que va paseando por la acera. Benson le sonríe. «Hace tiempo que no te veía. ¿Has estado enferma?» La fiscal parpadea y se limpia pensativa la boca para eliminar el churrete de pintalabios ajeno. «Sí», dice. «No. Bueno, sí, un poco.»

«AUTORIDAD»: Solo en la casa familiar, Stabler se bebe cinco old fashioned. Le inquieta lo fácil que es. Piensa en sus hijas, en su mujer. En su hermano, de repente, su hermano pequeño. Lucha por recordar a su hermano pequeño, que revolotea por sus sinapsis. Convencido de repente de algo, Stabler sale corriendo a la calle y levanta la vista hacia el cielo. «Detente», suplica. «Deja de leer. Esto no me gusta. Algo no va bien. Esto no me gusta.»

«INTERCAMBIO»: Benson empieza a cavar en un cementerio. Le duele la espalda; los músculos se le congelan, se le contraen y le arden. Desentierra a la primera chica, luego a la segunda, luego a la tercera, luego a la cuarta. Arrastra un ataúd a la izquierda, un ataúd a la derecha, un ataúd arriba y un ataúd abajo. Los suelta respectivamente bajo los nombres correctos. Cuatro chicas hablan en su interior. «Gracias», dice Benson. «Sí, gracias», añade Benson. Su mente se despeja por un momento. Respira. Le resulta más fácil.

«FRÍO»: Stabler se reúne con Benson en su casa. Está sentada en una montaña de astillas de madera que antaño fueron la mesa de la cocina. Da un largo y lánguido sorbo de cerveza antes de esbozar una sonrisa acuosa. «Mi teoría», dice. «Nuestra teoría. Nuestra teoría es que hay un dios, y está hambriento.»

10.ª TEMPORADA

«JUICIOS»: «Estoy muy cansada», le dice la fiscal del distrito a su jefe. «Cansada de perder casos. Estoy cansada de dejar libres a violadores. También estoy cansada de ganar. Estoy cansada de la justicia. La justicia es agotadora. Soy una máquina de justicia. Esto es pedirme demasiado. ¿Podemos fingir mi muerte? ¿O algo?» No está diciendo la verdad: quiere ver qué hará Benson en su funeral.

«CONFESIÓN»: Stabler y su mujer van a dar un paseo por Nueva Jersey. Caminan por una playa sucia –con los zapatos puestos, no vayan a cortarse los pies con trozos de botellas rotas–. «Me encerró en la habitación», le cuenta ella. «Corrió el pestillo y me sonrió. No me podía mover. No me tenía atada, pero no me podía mover. Esa es la peor parte. No hay excusa. Vosotros lucháis para no dejar muertos sin nombre, pero no todas las víctimas quieren salir a la luz. No todos podemos enfrentarnos a la exposición que implica la justicia.» Agacha la cabeza y él recuerda el momento en que la conoció. «Además», dice ella con un hilo de voz, «deberías saber que Benson te quiere.»

«COLUMPIO»: Stabler empuja a su hija menor cada vez con más fuerza. Piensa en lo que le había contado su mujer. «¡Fuerte, papá! ¡He dicho fuerte!» Se da cuenta de que está chillando a pleno pulmón. Ella, su hija, no su mujer. Y, por supuesto, no Benson. Definitivamente, Benson no.

«LUNÁTICA»: Benson no piensa muy a menudo en la luna, pero, cuando lo hace, siempre se desabrocha los primeros cuatro botones y tiende la garganta al cielo.

«RETRO»: Una anciana mata al propietario de una charcutería local. Le dice a Benson y a Stabler que la violó cuando eran adolescentes. No encuentran valor para decirle que no fue él, sino su gemelo.

«BEBÉS»: Todas las camareras de la cadena Hooters se quedan embarazadas a la vez. Nadie sabe decir por qué. «Esto no es un caso de verdad», dice Benson, exasperada. Stabler dibuja en su cuaderno: un árbol. ¿O quizá sea un diente?

«VIDA SALVAJE»: Ciervos, mapaches, ratas, ratones, cucarachas, moscas, ardillas, pájaros, arañas, todos desaparecidos. Los científicos se dan cuenta de inmediato. El estado destina dinero a la investigación. ¿Adónde han ido? ¿Qué significa su desaparición? ¿Qué habría que hacer para que volvieran?

«PERSONA»: A Benson le gusta su ligue, pero las chicas de su interior lo echan todo a perder hablando de ellas en plural. «¡Joder con el "nosotras"!», grita después que él se eche atrás.

«TRASTORNO DE ESTRÉS POSTRAUMÁTICO»: Benson sueña todas las noches con las muertes de las chicas. Entra y sale de apuñalamientos, tiroteos, estrangulamientos, envenenamientos, mordazas, cuerdas y *No no no,* todos lúcidos y entremezclados con los sueños normales de Benson: sexo con Stabler, apocalipsis, dientes que se caen, dientes que se caen encima de Stabler mientras follan en un bote y la Inundación se lo lleva todo por delante.

«PROCACIDADES»: La fiscal del distrito ve veinticuatro horas al día los canales de noticias veinticuatro horas.

«DESCONOCIDO»: «¿Qué quiere decir?», balbucea Stabler al teléfono. «Tres certificados de nacimiento a nombre de Joanna Stabler en esos diez años», dice la empleada. «Oliver, usted y un tal Eli.» «Yo no tengo ningún hermano que se llame Eli», alega Stabler. «Según este documento, sí», dice ella, sorbiendo ruidosamente una gran masa de chicle. Stabler odia que la gente masque chicle.

«INVERNADEROS»: Benson cubre su apartamento de tiestos y largos comederos llenos de suciedad negra que coloca entre los restos destrozados del mobiliario. Planta albahaca, tomillo, eneldo, orégano, remolachas, espinacas, col rizada y acelga roja. El tamborileo del agua que cae de una regadera es tan hermoso que le dan ganas de llorar. Es hora de sembrar algo.

«SECUESTRADA»: Un hombre con abrigo gris se lleva de la calle a una diminuta chica dominicana. No se la vuelve a ver.

«TRANSICIONES»: Cada vez que Benson enciende o apaga la luz de su dormitorio oye el sonido. Dum-dum. Lo nota en los dientes.

«INICIATIVA»: Cuando está cansada, Benson deja que las chicas tomen el relevo. Llevan su cuerpo de un lado a otro de la ciudad, compran limonada con vodka, menean el pecho ante los seguratas y, una vez, antes de que Benson pueda tomar de nuevo el control, besan con dulzura a un ayudante de camarero en la boca, una boca que sabe a metal y menta.

131

«BAILARINA»: Ella pasa dos años bailando cuatro noches a la semana. Él se compra billete para todas las funciones, se sienta en el gallinero y nunca acude a los camerinos para pedir un autógrafo. Ella siempre experimenta la angustiosa sensación de que alguien la observa con agresividad, pero nunca sabe quién es.

«INFIERNO»: El padre Jones manda a Lucy la becaria al mundo, contaminada como Stabler. Él se lanza arrodillado desde la azota del edificio y se lleva al demonio con él.

«EQUIPAJE»: «Sí», le dice la madre de Stabler por teléfono, con cautela. «Sí que tuve un hijo mayor, Eli. Pero no lo veo desde que tú eras pequeño.» «¿Adónde se fue?», pregunta Stabler. «¿Por qué nunca nos lo dijiste?» «Algunas cosas», responde ella, con la voz anegada en lágrimas, «es mejor no decirlas.»

«EGOÍSTA»: La forense no consigue obligarse a admitir que a veces es ella quien quiere que la abran en canal, para que alguien le cuente sus propios secretos.

«PERDER LA CABEZA»: «De veras me importas», dice Stabler. «Y sé lo que sientes. Siento haberte confundido. Siento no haber sido más franco. Pero amo a mi esposa. Hemos pasado una mala racha, pero la quiero. Debería habértelo dicho cuando nos besamos. Debería haberte dicho que aquello no iba a ningún lado.» «¿Nos hemos besado?», pregunta Benson. Rebusca entre sus recuerdos y solo encuentra sueños.

«LIBERTADES»: «Quiero decir, no..., no todo, todo el mundo», exclama en tono de mofa el especialista constitucional, divertido y escandalizado a partes iguales. «¿Te ima-

ginas que todo, pero todo el mundo tuviese esos derechos?
Pura anarquía.» Abler sonríe y se sirve otra copa.

«CEBRA»: Benson se despierta otra vez en el zoo. Escala la tapia sin importarle que se active la alarma, sin importarle que pasen como un relámpago unos coches de policía mientras ella corre, buscándola a ella y solo a ella. Va descalza, le sangran los pies, la calle respira, la calle se calienta, la calle espera, ¿qué más está esperando? Por debajo, por debajo, por debajo.

11.ª TEMPORADA

«INESTABLE»: Stabler escucha a Benson. Ella se lo cuenta todo –lo de las chicas y las campanas ahora silenciosas–, hasta las cosas que él ya sabe –los latidos del suelo, que respira, su amor–. Mira a su alrededor, al apartamento lleno de plantas, más invernadero que casa. «Y me dices que ahora están dentro de ti.» «Sí.» «En este mismo instante.» «Sí.» «¿Te dicen cosas?» «A veces.» «¿Como qué?» «Dicen: "Ay, sí, no, para, ese, ayúdanos, aquí, pero por qué, pero cuándo, tengo hambre, tenemos hambre, bésalo, bésala, espera, vale..." Y además he comprado unas campanas.» Señala una caja de cartón hecha polvo, hasta arriba de envases de cacahuetes y de destellos de bronce. Stabler frunce el ceño. «Benson, ¿cómo puedo ayudar?»

«PAPI»: Un apuesto caballero de cierta edad dobla su pañuelo de tela por la mitad antes de enjugarse la boca. «Lo que yo digo», le cuenta a Benson, «es que si la cosa sigue así, espero que deje usted su trabajo. Por supuesto, la recompensa será mucho mayor que su salario actual. Yo solo le pediría absoluta disponibilidad.»

133

«SOLITARIA»: Benson poda las plantas y ahuyenta el arrepentimiento por haber dicho que no.

«MACHACADA»: Benson se despierta y ve a Henson de pie sobre su cama. Lleva una bolsa de basura y está sonriendo. Tira sobre la cama de Benson el contenido, que se desparrama como camarones fantasmales. Los badajos que les robaron a las campanas de las chicas. No pesan nada y, sin embargo, Benson los siente, de algún modo. Dentro de su cabeza las chicas rompen a parlotear. Cuando los puntos de luz dejan de relampaguear en los ojos de Benson, se da cuenta de que Henson se ha marchado. Intenta coger los badajos, pero se disuelven entre sus dedos como niebla.

«PROGRAMADO»: La fiscal del distrito va a casa de Benson a hablar sobre un caso. «Me gusta tu invernadero», dice. Benson parpadea, incrédula. Luego, con una tímida sonrisa, se ofrece a enseñarle sus plantas. Le enseña a la fiscal del distrito cómo conectar de nuevo un foco de calor. Se ríen en plena noche.

«ASUSTADA»: «Solo tiene que aprender a vivir con ello», le dice el agente aburrido a la mujer que está sentada en la silla ante él, temblando.

«USUARIOS»: Todos los participantes del foro se despiertan y encuentran una raja irregular que recorre sus espejos de baño.

«CAOS»: Abler y Henson le dan la vuelta a los semáforos, inundan cuartos de baño y roban las piezas interiores de todos los cerrojos de seguridad.

«PERVERTIDO»: «No podéis detenerme», pone la nota, pegada al cuerpo con una chincheta. «Yo lo controlo todo. EL LOBO.» Benson y Stabler abren un caso nuevo. Stabler llora.

«ANCLA»: No pueden probar que el oficial de marina sea el culpable, porque las pruebas no son resistentes al agua.

«UNA RAPIDITA»: La fiscal del distrito echa por fin a Henson de su cama. «No eres ella», dice, con la voz teñida de tristeza. «Una historia más», dice Henson, apoyándose contra el quicio de la puerta. «¿No quieres oír una más? Esta es buena. Es la bomba.»

«SOMBRA»: Si hubiese sido un día soleado y no nuboso, ella lo habría visto acercarse. Todo el mundo le echa la culpa al hombre del tiempo.

«CORRECCIÓN POLÍTICA»: «Solo que mi sentido del humor es bastante subversivo, ¿sabes? No me adapto a los panfletos de la corrección política. Soy una especie de rebelde. Un pensador independiente, ¿comprendes?», dice el tío mientras menea la cabeza lleno de confianza. Por primera vez desde hace siglos, Benson deja plantada a su cita. Está desesperada, pero no tanto.

«EL SALVADOR»: Una noche, Lucy llama a la puerta de Benson. «Tu pistola», dice. Benson la mira con el ceño fruncido. «¿Qué?» Lucy arrebata la pistola de la funda de Benson, que hace amago de cogerla, pero a Lucy le da tiempo a embadurnarle algo en la culata. «Un regalo del padre Jones», dice al devolvérsela.

«CONFIDENCIAL»: «Ha sido agradable que viniese por aquí», le dice Benson a sus plantas, refiriéndose a la fiscal del distrito. Benson odia los diarios. «Es una compañía estupenda. Verdaderamente estupenda.» Se imagina que las plantas se arquean en dirección a su voz.

«TESTIGO»: No hay ninguno. La fiscal no puede someter el caso a juicio.

«DISCAPACITADO»: Stabler va a visitar a su mujer y sus hijas. Le preocupa que Abler lo esté siguiendo. Detiene el coche. Conduce de vuelta a Nueva York. Coge un tren. Hace autostop hasta la casa.

«HORA DE ACOSTARSE»: La mujer de Stabler se acurruca contra él. Le susurra al oído. «¿Cuándo crees que podré irme de casa de mi madre?», pregunta. «Cuando atrapemos al tío E», dice. Siente que la cara de su mujer se estira en una sonrisa soñolienta. «¿A ti qué te parece que significa la E de tío E?», pregunta amodorrada.

«ENGAÑADO»: Stabler derriba a Abler y lo sujeta contra el suelo. «¡Sé quién eres!», le dice Stabler al oído. «Eres mi hermano, Eli. El tío E, claro.» Abler suelta una risotada desde abajo. «No», dice. «No lo soy. Solo me puse ese nombre para vacilarte. Eli murió en prisión hace años. Tu hermano era un violador. Tu hermano era un monstruo.» Benson contiene a Stabler. «No le hagas caso», dice. «No.» Abler sonríe. «¿Queréis que os diga quién es Henson? Es...»

«CARNE»: A la hamburguesa le importa un carajo a quién mate.

«ANTORCHA»: Violan a una chica y le prenden fuego. Llega a la cabeza de Benson chillando, saliéndole humo de la piel quemada, sin comprender. Es la noche más larga de la vida de Benson hasta ese momento.

«AS»: Abler y Henson notan lo que se avecina. Follan, comen, beben, fuman. Se van a bailar, se marcan un tango sobre las sillas; una gavota sobre el acabado de nogal. Cuando la familia Beasley vuelve a casa, hay marcas de tacones en la madera tierna de la mesa del comedor y la mitad de los platos están rotos.

«ASPIRANTE»: Delincuentes imitadores le dan la vuelta a las señales de tráfico y atan los cordones de ambos zapatos de la gente. Cuando Stabler se cae por quinta vez, da un puñetazo en el suelo. «YA-BAS-TA.»

«DESTROZADOS»: «¿No te das cuenta?», aúlla Abler mientras Benson y Stabler se ponen en pie con dificultad. Henson no para de reírse. «Creéis que se trata de una conspiración global, pero no. Es solo que las cosas son así.» Benson saca la pistola de la funda y los acribilla a balazos. Abler se desmorona de inmediato, con una expresión de sorpresa pintada en el rostro. A Henson le brota sangre de la boca y le chorrea por la barbilla. «Como en las pelis», jadea Benson.

12.ª TEMPORADA

«SUSTITUTOS»: Sin Henson y Abler, Benson y Stabler no saben qué hacer consigo mismos. Vuelven poco a poco a casos antiguos. A las chicas y mujeres desaparecidas. A las muertas. «Saquémoslas», dice Stabler, recuperando la confianza. «Liberémoslas.»

«EN EL OJO DEL HURACÁN»: «La razón de que no lo cogiésemos antes es que tenía una coartada infalible. Pero ahora ya sabemos.»

«PÓRTATE BIEN»: Empiezan a reaccionar ante el no.

«MERCANCÍA»: Arrestan a la madame que había permitido que muchas de sus chicas muriesen ahogadas. «¡No las ahogué yo!», chilla mientras la arrastran al coche patrulla. «¡No las ahogué yo!»

«MOJADOS»: Benson no sabe cómo lo sabe, pero lo sabe. Caminan a lo largo del Hudson. Localizan ocho cuerpos, asesinados por personas diferentes en fechas diferentes. Los va nombrando mientras los camilleros pasan corriendo junto a ella.

«MARCADOS»: Cogen al marcador en serie. Sus víctimas lo señalan en una rueda de reconocimiento; en sus rostros quemados se abren paso unas sonrisas extrañas. «¿Cómo lo han cogido?», le pregunta una mujer a Benson. «Con trabajo policial del bueno, a la antigua usanza», dice ella.

«TROFEO»: «Estoy buscando esposa», dice el tipo con el que ha quedado Benson. Es guapo. Es brillante. Ella se levanta, deja la servilleta doblada en la mesa y saca tres billetes de veinte dólares de la cartera. «Me tengo que ir. Es que... Me tengo que ir.» Corre calle abajo. Se rompe un tacón del zapato. Va cojeando el resto del camino.

«PENETRACIÓN»: «No.» «Sí.» «No.» «¿No?» «No.» «Vaya.»

«GRIS»: Benson planta unas flores.

«RESCATE»: Benson y Stabler se cargan al secuestrador antes incluso de que llegue a su destino.

«PUM»: A Benson y Stabler les parece oír tiros, pero cuando salen en estampida de la cafetería-restaurante, se encuentran con unos diminutos fuegos artificiales tres pisos por encima de su cabeza.

«POSEÍDA»: «No mucho más tiempo», Benson se dice para sí mientras duerme.

«MÁSCARA»: Stabler y su mujer bailan por toda la casa con unas caretas de ratón puestas. Las niñas contemplan la escena horrorizadas y corren hacia su cuarto, donde una se entretiene olvidando y la otra recordando lo que un día será un capítulo de sus memorias, bien acogidas por la crítica. El padre Jones no tocó solo a Stabler y a Lucy, claro.

«SUCIEDAD»: La fiscal del distrito ayuda a Benson a barrer las virutas de madera del suelo. Limpian las ventanas. Piden pizza y hablan de sus primeros amores.

«VUELO»: La ciudad sigue hambrienta. La ciudad siempre está hambrienta. Pero esa noche, el latido se frena. Vuelan, vuelan, vuelan.

«ESPECTÁCULO»: Un miércoles cogen a tantos malos que Benson vomita a diecisiete chicas en una tarde. Se ríe mientras las escupe, mientras tropiezan en su vómito, que parece una mancha de petróleo, y se desvanecen en el aire.

«PERSECUCIÓN»: Persiguen. Atrapan. No se escapa nadie.

«BRAVUCONA»: La última chica se aferra al interior del cráneo de Benson. «No quiero estar sola», dice Benson. «Yo tampoco», dice Benson, «pero tienes que marcharte.» Stabler va a casa de Benson. «Se llama Allison Jones. Tenía doce años. La violó su padre y su madre no la creyó. Entonces él la mató y la enterró en Brighton Beach.» Dentro, la niña menea la cabeza, como para quitarse la arena del pelo. «Vete», dice Benson. «Vete.» La chica sonríe pero no se va, sus campanas apenas se mueven. «Gracias», dice Benson. «De nada», dice Benson. Se oye un ruido –un ruido nuevo–. Un suspiro. Y luego se va. Stabler abraza a Benson. «Adiós», le dice, y se va él también.

«BOMBAZO»: La fiscal del distrito se acerca a la puerta de Benson. La cabeza de Benson, despejada de nuevo, es como un hangar de aviones vacío, como un desierto. Extensa, pero vacía. Sabe que hay más –siempre habrá más–, pero de momento disfruta del espacio. La fiscal del distrito lleva la mano a la cara de Benson y recorre la mandíbula con el peso justo. «Te deseo», le dice a Benson. «Te he deseado desde la primera vez que te vi.» Benson se inclina hacia delante. El latido del corazón es un ansia. Tira de la fiscal hacia dentro.

«TÓTEM»: «Al principio, antes de la ciudad, había una criatura. Sin género, sin edad. La ciudad vuela sobre su espalda. Lo oímos todos, de un modo u otro. Exige sacrificios. Pero solo puede comer lo que le demos.» Benson le acaricia el pelo a la fiscal del distrito. «¿Dónde has oído esa historia?», pregunta. La fiscal del distrito se muerde el labio. «Me la contó alguien que siempre parecía tener razón», dice.

«REPARACIÓN»: Stabler y su mujer tienen una charla. Deciden coger a las niñas y marcharse lejos, muy lejos. «A un sitio nuevo», dice Stabler, «donde podamos tener los nombres y las historias que queramos.»

«BANG»: Estalla una bomba en Central Park. Llevaba tiempo debajo de un banco. No hay nadie sentado en el banco cuando estalla y la única baja es una paloma que pasaba por allí. El asesino en serie les manda una nota a Benson y a Stabler. Lo único que dice es: «Ups.»

«NEGLIGENCIA»: Benson y la fiscal del distrito llegan tarde al trabajo y llevan la una el olor de la otra. Stabler envía su dimisión por correo urgente.

«AHUMADAS»: La fiscal del distrito y Benson asan verduras a la plancha, entre risas. El humo sube y sube, pasa flotando por encima de los árboles, se enreda entre pájaros, descomposición y flores. La ciudad lo huele. La ciudad inspira.

LAS MUJERES DE VERDAD TIENEN CUERPO

A mí me parecía que mi lugar de trabajo, Glam, era como el panorama que se ve desde un ataúd. Al recorrer el ala este del centro comercial, de repente se ve una entrada metida hacia dentro, como un agujero negro, entre un estudio de fotografía para niños y una boutique de paredes blancas.

La falta de color es para resaltar los vestidos. Aterra a nuestros clientes hasta el punto de la crisis existencial y después, pum, compran. Por lo menos, eso es lo que dice Gizzy.

–El negro –dice– nos recuerda que somos mortales y que la juventud se nos escapa. Y además nada favorece al tafetán rosa tanto como un fondo oscuro y vacío.

A un lado de la tienda hay un espejo que fácilmente mide el doble que yo de altura, con un marco barroco dorado. Gizzy es tan alta que puede quitarle el polvo a la parte de arriba del espejo gigante solo con un taburete de escalón. Tiene la edad de mi madre, quizá hasta unos años más, pero su rostro sin arrugas resulta extrañamente juvenil. Se pinta la boca de un color melocotón mate cada día, con tanta uniformidad y nitidez que si la miras con demasiada intensidad, te sientes desfallecer. Creo que tiene el lápiz de ojos tatuado en los párpados.

Mi compañera Natalie cree que Gizzy lleva esta tienda porque añora la juventud perdida, cosa que para ella es la respuesta a cualquier presunta tontería que haga un «adulto de verdad». Natalie pone cara de exasperación a espaldas de Gizzy y siempre vuelve a colgar los vestidos con cierta brusquedad, como si ellos tuviesen la culpa del salario mínimo, de la inutilidad de los títulos universitarios o de los préstamos estudiantiles. Yo voy detrás de ella alisando las faldas, porque odio verlas más arrugadas de lo que deben estar.

Yo sé la verdad. No porque sea especialmente receptiva ni nada de eso. Es que un día oí a Gizzy hablando por teléfono. He visto cómo pasa la mano por los vestidos, cómo remolonean sus dedos sobre la piel de la gente. Su hija se desvaneció como las demás y no puede hacer nada al respecto.

–Me encanta este –dice la chica de pelo sellado. Parece que acaba de salir del océano. El vestido es del mismo color que los zapatos de Dorothy y lleva escote de pico en la espalda. «Pero no quiero ganarme mala fama», murmura sin dirigirse a nadie en particular. Se pone las manos en las caderas, da un giro completo y lanza una sonrisa. Durante un momento parece Jane Russell en *Los caballeros las prefieren rubias,* luego vuelve a ser la chica del pelo sellado, y luego solo una chica.

Su madre le lleva otro vestido; este es dorado, con un brillo cobalto en la superficie. Es el primer día de la nueva temporada y todavía hay mucho donde elegir: vestidos tipo combinación de color agua brillante, repollescencias de tul color rosa crepúsculo, la serie «Bella», que es de color abeja. Vestidos con corte sirena de un blanco sal; con corte trompeta, rojo alga; trajes de princesa en color púrpura hígado. El «Ofelia», que da la impresión de estar siempre mojado. El «Emma-quiere-otra-oportunidad», que tiene el contorno perfecto de la sombra de una cierva de pie. El «Banshee», con su seda lechosa estratégicamente rasgada. Las faldas llevan rizos de volantes y capas de tafetán, a no ser que sean de las que arrastran por el suelo para dar un toque provocativo al caminar. Llevan bustos crujientes con lentejuelas de color coral cosidas a mano, o corpiños engastados de guijarros, o aberturas de malla de color mar congelado, crema pastelera neón o cantalupo maduro. Hay uno que está hecho solo de miles de cuentas de un negro azabache engastadas en un negro noche y se mueve con solo respirar. El vestido más caro cuesta más de lo que yo gano en tres meses; los menos caros doscientos dólares, rebajados desde cuatrocientos porque se les ha roto un tirante y la madre de Petra ha estado demasiado ocupada para arreglarlo.

Petra lleva los vestidos a Glam. Su madre es una de nuestras mayores proveedoras. A la gente de Sadie's Photo les ha dado por merodear por la entrada de Glam; se quedan mirando a los clientes y hacen comentarios desagradables a voces, pero Chris, Casey y los demás capullos de turno no se meten nunca con Petra. Siempre lleva una gorra de béisbol sobre el pelo castaño corto y unas botas militares con los cordones muy apretados. Cuando se pone a sacar los vestidos de gasa envueltos en plástico parece como si estuviese luchando con las manos desnudas contra un monstruo gigante vestido para el baile de promoción –con sus enaguas por abajo y sus tentáculos de imitación diamante–; no es el tipo de mujer con el que uno se metería porque sí. Una vez, durante una pausa para fumar, Casey la llamó bollera, pero no se atrevería a decirle nada a la cara; le tiene demasiado miedo.

A mí me pone nerviosa, me da por salivar en exceso. Hemos mantenido exactamente dos diálogos desde que empecé a trabajar en Glam. El primero se desarrolló del siguiente modo:

–¿Necesitas ayuda?

–No.

Y el otro, tres semanas después:

–Debe de estar lloviendo –dije yo, mientras la criatura vestida para el baile de promoción le temblaba en los brazos y la funda de plástico esparcía gotas de agua.

–A lo mejor llueve lo suficiente para que nos ahoguemos todos. No estaría mal, para variar.

Es muy atractiva cuando sale de debajo de toda esa tela.

Los primeros incidentes tuvieron lugar en el momento álgido de la recesión. No se había visto en público a las primeras víctimas –a las primeras mujeres– durante semanas. Muchos de los amigos y familiares que irrumpieron en sus hogares, llenos de preocupación, esperaban encontrarse cadáveres.

Supongo que lo que en realidad se encontraron fue peor.

Hace unos años se hizo viral un vídeo: la grabación de aficionado que realizó un casero de Cincinnati; se había llevado una cámara de vídeo para cubrirse las espaldas mientras desahuciaba a una chica que no le pagaba el alquiler. Iba de habitación en habitación, llamándola, balanceando la cámara de un lado a otro y soltando gracietas. Tenía mucho que decir sobre la decoración, sobre los platos sucios, sobre el vibrador de la mesilla de noche. Uno corría el riesgo de no pillar los chistes si no miraba con suficiente atención. Pero de repente la cámara giró y allí estaba ella, en el rincón más bañado en luz del dormitorio, oculta por la luz. Estaba desnuda e intentaba esconderlo. Se le veían los pechos a través de los brazos y la pa-

146

red a través del torso. Estaba llorando. Era un sonido tan suave que la charla insustancial del casero lo había tapado hasta ese momento. Pero entonces se oyó: triste, aterrorizado.

Nadie sabe qué es lo que lo provoca. No se transmite por el aire. No se transmite por vía sexual. No es un virus ni una bacteria, o, si lo es, los científicos no han conseguido aislarlo. Al principio todos le echaron la culpa a la industria de la moda, luego a los *millennials,* y al final al agua. Pero al agua le han hecho pruebas, las *millennials* no son las únicas que se vuelven incorpóreas y no se puede decir que a la industria de la moda le venga de perlas que las mujeres se evaporen. No puedes vestir al aire. Y mira que lo han intentado.

Durante nuestra pausa compartida de quince minutos, detrás de la salida de emergencia, Chris le pasa el cigarrillo a Casey. Se lo pasan de uno a otro mientras el humo sale en espirales de su boca, como si fuesen peces.

–Caderas –dice Chris–. Eso es lo que hace falta. Caderas y bastante carne para agarrar, ¿no? ¿Qué haríamos si no tuviésemos dónde poner las manos? Es como... como...

–Como intentar beber agua sin vaso –termina Casey.

Siempre me sorprende lo poéticos que se ponen los chicos al describir un polvo.

Me ofrecen un cigarrillo, como siempre. Como siempre, lo rechazo.

Casey lo aplasta contra la pared y deja caer la colilla; la ceniza se queda pegada a los ladrillos como una mala tos.

–Lo único que digo –dice Chris– es que, total, para follarme al humo, prefiero esperar a una noche de niebla y sacar la polla al aire.

Me pellizco el músculo entre el hombro y el cuello.

–Al parecer, a algunos tíos les gusta eso.

147

–¿A quién? A ninguno que yo conozca –dice Chris. Extiende la mano y presiona con el pulgar mi clavícula, rápidamente–. Estás como una piedra.

–¿Es un cumplido? –Le doy un manotazo.

–Quiero decir, eres sólida.

–Vale.

–Esas otras chicas... –comienza Chris.

–Tío, ¿te he contado lo de que una vez fotografié a una mujer que había empezado a evaporarse? –pregunta Casey. Sadie's Photo se dedica sobre todo a retratos infantiles; les dan algún objeto y los colocan en esos dioramas infernales (una granja, una casa de árbol, un cenador junto a un estanque que en realidad es un trozo de cristal rodeado de fieltro verde), pero de vez en cuando trabajan con adolescentes, o incluso parejas adultas.

Chris niega con la cabeza.

–Estaba intentando limpiar el retrato en el ordenador y no hacía más que ver reflejos extraños, como si la lente estuviese sucia o dañada. Y al final me di cuenta de que lo que veía estaba detrás de ella.

–Joder, tío. ¿Se lo contaste?

–Qué va. Me imaginé que se enteraría pronto.

–Oye, chica de piedra –me grita Casey por encima del estruendo de una carretilla elevadora–. ¿Vienes?

Cuando vuelvo del descanso, Natalie está de morros, paseándose por el interior de Glam como un tigre enjaulado. Gizzy hace un gesto de desesperación mientras ficho.

–No sé por qué no la echo –comenta con voz seca–. Petra llegará dentro de un rato con más vestidos. No dejes que Natalie le corte la cabeza a nadie.

Natalie desenvuelve cuatro chicles y se los mete en la boca uno a uno, dándole vueltas en la boca a la masa mientras mastica despacio y sin placer aparente. Chris y

Casey pasan por allí, pero cuando los mira se largan como si escupiese ácido.

–Gilipollas –murmura entre dientes–. Yo tengo un puto título de fotografía y no puedo ni conseguir un curro en Sadie's sacándoles fotos a esos bebés chillones. ¿Cómo cojones han conseguido esos capullos el trabajo?

Le suelta un manotazo a la primera percha que ve. El polisón azul montaña tiembla. Lo detengo.

–¿Te preguntas alguna vez si las chicas que entran aquí se dan cuenta de que van a acabar igual de jodidas que nosotros de mayores? –pregunta.

Me encojo de hombros y le suelta un manotazo a otro vestido. Después, la dejo rabiar por la tienda vacía. Me quedo cerca del perchero más cercano, del que cuelga una colección que va desde el aguamarina pálido y sedoso hasta la densidad del verde bosque, mientras aliso las faldas y vigilo la puerta. Los vestidos parecen aún más tristes de lo normal esta noche, aún más como marionetas sin cuerdas. Canturreo entre dientes mientras arreglo unas lentejuelas que se han enganchado. Una de ellas se desprende y revolotea por el aire. Me arrodillo y la cojo apretándola con la yema del dedo; luego tiro de los dobladillos para que se balanceen exactamente dos centímetros por encima de la moqueta negra. Cuando levanto la vista, veo un par de botas militares y un ramillete de faldas en tecnicolor.

–¿Te queda mucho para salir? –me pregunta Petra.

La contemplo largamente, con el índice doblado y coronado por una resplandeciente lentejuela, y siento que un caluroso rubor me sube por el cuello.

–Eh... Termino a las nueve.

–Ya son las nueve.

Me pongo de pie. Petra deposita suavemente los vestidos sobre el mostrador. Natalie está de nuevo junto a la caja registradora, mirándonos con curiosidad.

–¿Te importa cerrar tú? –le pregunto. Niega con la cabeza; la ceja izquierda forma un arco tan pronunciado que corre el riesgo de alcanzar el nacimiento de su pelo.

Nos sentamos a una mesa pequeña en la zona de restaurantes, enfrente de Glam y de la pista de patinaje sobre hielo. El centro comercial acaba de cerrar, así que esa parte está vacía, a excepción de los empleados que apagan las luces y bajan estruendosamente las persianas metálicas de los escaparates.

–Podíamos pedir unos cafés para llevar, o...

Me toca el brazo y siento que una descarga de placer me recorre desde el coño hasta el esternón. Lleva un collar que no he visto nunca: un cuarzo ahumado encajado en un manojo de viñas de cobre enredadas. Tiene los labios un poco agrietados.

–Odio el café –dice.

–¿Y si pedimos...?

–Tampoco me gusta.

La madre de Petra regenta un motel cerca de la autopista; se hizo cargo de él tras la muerte de su padre, unos años atrás. Los clientes son sobre todo camioneros, explica Petra mientras conduce, por eso está tan lejos, cerca de la carretera. Entre la entrada y el edificio lejano hay una tundra de hielo grueso y nudoso sobre la que se balancea la vieja ranchera de Petra, como una canoa embestida por la marea. Poco a poco nos vamos acercando al motel, que allí, ante nuestros ojos, parece una casa encantada. En el edificio desvencijado que hay junto al motel brilla un rótulo con tres letras: B-A-R; el letrero centellea tres veces antes de iluminarse por completo; luego se queda a oscuras. Petra conduce con una mano en el volante; la otra va dibujando un lento círculo en mi mano.

Petra aparca el coche en una fila de espacios desiertos.

Las puertas numeradas están cerradas, silenciosas, contra el frío.

–Necesito una llave –dice. Sale y da la vuelta hasta el lado del coche donde estoy yo. Abre la puerta–. ¿Vienes?

En el vestíbulo, una mujer ancha con un camisón color melocotón está usando una máquina de coser tras el mostrador. Parece un cono de helado derritiéndose: igual de deshecha. Una larga cabellera le brota de la cabeza y desaparece por su espalda. El aire, poblado por un ronroneo metálico, es cálido y suave.

–Eh, mamá –dice Petra. La mujer no reacciona.

Petra da un manotazo en el mostrador.

–¡Mamá!

La mujer levanta la mirada brevemente tras la mesa antes de volver a su trabajo. Sonríe pero no dice nada. Sus dedos revolotean como abejas al salir de una colmena en un día de invierno demasiado cálido: confusas, llenas de determinación, aturdidas. Traslada un retal de algodón fuerte de un lado a otro de la máquina: está haciendo el dobladillo.

–¿Quién es? –pregunta. No separa los ojos de su obra.

–Es de la tienda de Gizzy, la del centro comercial –responde Petra, hurgando en un cajón. Saca una tarjeta llavero blanca y presiona unos cuantos botones al pasarla por una pequeña máquina gris–. Voy a darle unos cuantos vestidos nuevos para que los lleve.

–Muy bien, hija.

Petra se mete la tarjeta en el bolsillo.

–Vamos a dar un paseo.

–Muy bien, hija.

Petra me folla en la habitación 246, que queda por la parte trasera del edificio. Enciende la luz y el ventilador de encima de la cama y se quita la camiseta agarrándola por la parte de la nuca. Yo me tumbo en la cama y ella se sienta a horcajadas sobre mí.

–Eres una verdadera preciosidad –me dice contra la piel. Frota su pelvis con fuerza contra la mía, yo gimo, y en algún momento el frío colgante de su collar se me cuela en la boca y me choca contra los dientes. Yo me río, ella se ríe. Se quita el collar y lo coloca en la mesilla de noche; el cordón serpentea como arena. Cuando se incorpora de nuevo, el ventilador del techo le enmarca la cabeza como si fuese un halo luminoso, como si fuese la Madonna de una pintura medieval. Hay un espejo en la parte opuesta de la habitación y pillo fragmentos de su reflejo–. ¿Puedo...? –Comienza ella. Asiento antes de que termine. Me tapa la boca con la mano, me muerde el cuello y mete tres dedos dentro de mí. Me río tragando saliva contra su palma.

Me corro rápido y con fuerza, como una botella que se rompe contra un muro de ladrillos. Como si hubiese estado esperando a que me diesen permiso.

Después Petra me tapa con una manta y nos quedamos allí tumbadas, escuchando el viento.

–¿Cómo estás? –pregunta un rato después.

–Bien –digo–. Quiero decir, guay. Ojalá terminasen así todos los días laborables. No me perdería nunca un turno.

–¿Te gusta trabajar allí? –pregunta.

Resoplo, pero no sé cómo seguir después.

–¿Tan mal está la cosa?

–Bueno, supongo que no. –Me recojo el pelo en un moño–. Podría ser peor. Es solo que estoy peladísima y no es eso lo que yo quería hacer con mi vida, pero otra gente lo tiene mucho peor.

–Eres muy cuidadosa con los vestidos –observa ella.

—Es que no me gusta que Natalie los trate mal, aunque sea medio de broma. No sé, me resulta... Indignante.

Petra me escruta con la mirada.

—Lo sabía. Sabía que lo notabas.

—¿Qué?

—Ven. —Se levanta y se enfunda la camisa, la ropa interior y los pantalones. Tarda un rato en apretarse las botas tanto como antes. Yo busco por ahí mi camiseta un minuto antes de encontrarla enganchada entre el colchón y el cabecero.

Petra me hace atravesar el aparcamiento hasta llegar al vestíbulo. Su madre no está allí. Se mete tras el mostrador y abre la puerta.

Al principio, me llevo la impresión de que la habitación está iluminada de forma extraña —como si la hubiesen salpicado de franjas azules irisadas, como fuegos fatuos que nos extraviasen en medio de un pantano—. Maniquíes en posición de firmes, un ejército inútil, rodeados de largas mesas por las que hay esparcidos alfileteros, carretes de hilo, cestitas de lentejuelas, cuentas y abalorios, una cinta de medir que parece un caracol medio desenrollado, rollos de tela. Petra me coge de la mano y me guía a lo largo de la pared.

No estamos solas en la habitación. La madre de Petra flota junto a un vestido, con un alfiletero atado a la muñeca. Cuando mis ojos se acostumbran a la oscuridad, las luces se funden en siluetas y me doy cuenta de que la habitación está llena de mujeres. Mujeres como la del vídeo que se hizo viral, transparentes y levemente resplandecientes, como ocurrencias de última hora. Vagan a la deriva y de vez en cuando bajan la vista para mirarse el cuerpo. Una de ellas, con un rostro duro y pesaroso, está muy cerca de la madre de Petra. Se mueve hacia la prenda colgada del maniquí, de un amarillo mantequilla, con la falda recogida en algunos puntos, como el telón de un teatro. Se aprieta contra ella hasta entrar, sin resistencia, solo como un cubito de hielo que se deshace al aire en verano. La aguja –enhebrada con un hilo de oro cándido– suelta un destello mientras la madre de Petra lo hunde en la piel de la chica. También la tela recibe la puntada.

La chica no grita. La madre de Petra da puntos apretados y limpios a lo largo del brazo y del torso de la chica; la piel y el tejido se unen como si fuesen los dos lados de una incisión. Me doy cuenta de que estoy hincándole el dedo en el brazo a Petra y de que ella me lo permite.

–Déjame salir –digo, y Petra me hace franquear la puerta. Estamos las dos de pie en mitad del luminoso zaguán. Hay un atril con un cartel que pone DESAYUNO CONTINENTAL DE 6.00 A 8.00.

–¿Qué...? –pregunto señalando la puerta–. ¿Qué hace? ¿Qué están haciendo?

–No lo sabemos. –Petra comienza a picar de un bol de frutas. Saca una naranja y la hace rodar con la mano–. Mi madre siempre ha sido modista. Cuando Gizzy le propuso que hiciese vestidos para Glam, aceptó. Las mujeres comenzaron a aparecer hace unos años; se colaban entre las agujas, como si fuese eso lo que quisiesen.

–¿Y por qué iban a hacer algo así?

–No lo sé.

–¿No les ha pedido que no lo hagan?

–Lo intentó, pero siguieron viniendo. Ni siquiera sabemos cómo conocen este sitio. –La naranja empieza a gotear y el aire se impregna de la acidez del cítrico.

–¿Se lo has contado a Gizzy?

–Por supuesto. Pero contestó que mientras fuesen ellas las que nos buscasen, no había problema. Y los vestidos se venden muy bien: tienen más salida que cualquier

154

otra cosa que haya hecho mi madre hasta ahora. Es como si la gente los quisiese así, aunque sin saberlo.

Me marcho del motel a pie. Camino despacio sobre el hielo, cayéndome con frecuencia. Una vez me vuelvo y veo la silueta de Petra en la ventana del vestíbulo. Se me quedan las manos dormidas del frío. Me late el coño, me duele la cabeza, y aún noto su collar en la boca. Siento el sabor del metal y de la piedra. Cuando llego a la carretera principal, llamo a un taxi.

Al día siguiente voy temprano a Glam. No tengo la llave —me doy cuenta de que debo de habérmela dejado en el tocador del motel y suelto unos tacos entre dientes—, así que espero a que llegue Natalie. Una vez dentro, la dejo con las tareas matinales y me pongo a registrar los vestidos. Crujen entre mis dedos, gimen en sus perchas. Aprieto la cara contra las faldas, doy forma a los corpiños con las manos para dejarles espacio.

Durante la pausa de la comida paseo por el centro comercial. Me hago preguntas sobre la mercancía que vendo. ¿Quién está ahí dentro? Las muestras de marcos de madera, colocadas en forma de «v» en un muestrario de fieltro, parecen torcidas, como si las hubiesen toqueteado. El ajedrez de cristal y acero del escaparate de la tienda de juegos... ¿Lo que veo en las gruesas curvas de la reina y los peones son reflejos de los transeúntes, o caras que asoman? Hay una máquina de comecocos antigua que se lleva las monedas de todo el mundo; al parecer ese es el objetivo. Dejo atrás la entrada atiborrada de perfume de un establecimiento de cosmética JCPenney y me imagino a los clientes destapando pintalabios para sacar la barra gratis, mientras las mujeres transparentes se arremolinan alrededor de los maquillajes con el pulgar en alto.

Me quedo de pie enfrente de Auntie Anne's, la tienda

de galletas saladas, mirando cómo estiran la masa, pesada y húmeda. Me imagino a niñitas transparentes (¿no se evaporaban cada vez más pequeñas? Es lo que dijeron en las noticias) metidas en la masa, y, sí, ¿eso no es una manita a medio cerrar? ¿Un labio haciendo un puchero? Delante de la tienda, una niñita le pide una galleta salada a su madre.

–Susan –la reprende su madre–. Las galletas saladas son comida basura. Te pondrás gorda. –Y se aleja tirando de ella.

Una pandilla de adolescentes se cuela en Glam cuando vuelvo. Las chicas sacan los vestidos de las perchas a tirones y se los enfundan sin cuidado, sin molestarse siquiera en correr las cortinas de los probadores para ocultar cómo se visten y desvisten. Cuando salen, veo a las mujeres transparentes enroscadas sobre ellas, con los dedos fuertemente entrelazados a los ojales. No sabría decir si se aferran con desesperación a la vida o si se han quedado atrapadas. Los crujidos y temblores del tejido podrían ser llantos o risas. Las chicas dan vueltas, atan, aprietan. Desde el umbral de la tienda, Chris y Casey mordisquean las pajitas de sus refrescos. Las abuchean, pero sin cruzar el umbral. Tienen la boca manchada de azul.

–¡Que os den! –Corro hacia la entrada, con el reconfortante peso de una grapadora en la mano. Tengo el brazo listo para lanzarla si es necesario–. Salid de aquí. A tomar por culo.

–Por Dios –dice Chris parpadeando. Da un paso atrás–. ¿Qué te pasa?

–¡Oye, Lindsay, muy bonito! –chilla Casey hacia el interior de la tienda. Una rubia se da la vuelta y sonríe sacando la cadera a un lado como si estuviese a punto de plantarse un bebé en ella. En lo más profundo de los pliegues de satén veo unos ojos sin párpados.

156

Echo hasta la última papilla en el baño de la parte trasera de Glam.

–No puedo seguir aquí –le digo a Gizzy–. Simplemente no puedo.

Suspira.

–Mira –dice–, la verdad es que me caes muy bien. La economía va de puta pena y sé que no tienes otra cosa. ¿Puedes quedarte al menos hasta el final de la temporada? Hasta puedo darte un pequeño aumento.

–No puedo.

–¿Por qué no? –Me pasa un pañuelo y me sueno la nariz.

–Simplemente no puedo.

Parece triste de verdad. Saca un papel de su escritorio y empieza a escribir en él.

–No sé lo que durará sin ti Natalie –dice–. Me cae bien Natalie.

Suelto un ladrido de risa.

–Vamos, Natalie es genial, pero es lo peor.

–No es lo peor.

–Hoy ha llamado a una clienta «gilipollas gazmoña». A la cara.

Gizzy levanta la vista hacia mí y suspira.

–Me recuerda a mi hija, tiene muy mala hostia. ¿A que es una tontería? Qué razón más tonta. –Sonríe con tristeza.

–Gizzy, ¿tu hija... está aquí? ¿En la... en la tienda?

Gizzy gira la cara y termina de escribir. Me tiende el papel.

–¿Lo firmas?

Eso hago.

–El cheque del finiquito te llegará por correo –dice, y yo asiento–. Adiós, niña. Si alguna vez quieres recuperar

este trabajo, ya sabes dónde encontrarme. –Me da un ligero apretón en la mano y guarda el bolígrafo en un cajón.

Veo a Gizzy por el hueco cada vez más estrecho de la
puerta que se cierra, mirando a la pared que queda más lejos.

Petra me espera junto al coche.

–Se te olvidó esto. –Me tiende la llave que me faltaba.
La cojo y me la echo al bolsillo. Aparto la mirada.

–Me he despedido –digo–. Me voy. –Abro la puerta
del asiento del conductor y me dejo caer. Se mete en el
coche, junto a mí–. Oye, ¿qué quieres? –pregunto.

–Te gusto, ¿no?

–Sí, eso creo. –Me froto el cuello.

–¿Por qué no salimos? De verdad, esta vez. –Planta
una de sus pesadas botas en el salpicadero–. Nada de mujeres transparentes. Nada de vestidos. Solo, no sé, pelis, comida y folleteo.

Vacilo.

–Prometido –dice.

Encuentro un trabajo como limpiadora en una fábrica local de salsas, en el turno de noche. Pagan una mierda, pero bueno, no menos que en Glam. Qué más da un
trabajo que otro. Me mudo del apartamento al motel,
donde me alojan gratis. Nunca tienen todas las habitaciones llenas y Petra me asegura que su madre jamás se dará
cuenta.

Paso la mayor parte del tiempo en la fábrica, barriendo, fregando, pasando por amplias salas donde me dejan
sin aire las vaharadas calientes y agrias de la cocción del
vino. Están elaborando la salsa de barbacoa, cuyo olor impregna mi pelo y mi ropa. Raras veces veo a algún otro ser
humano, cosa que me gusta. Me sorprendo con frecuencia
buscando por los rincones oscuros, pero ¿por qué iban a

venir aquí? Siempre tengo miedo de encontrar a alguna intentando cocinarse en la mostaza, pero nunca llega a ocurrir.

Los meses pasan. Considero la posibilidad de hacer un máster, si es que el gobierno no cierra las universidades, como amenaza. Nos damos atracones de programas que muestran intervenciones quirúrgicas, comemos *lo mein*, nos besamos, follamos, dormimos a horas raras enredadas la una en la otra como perchas de abrigo.

Una noche me la encuentro delante del espejo del baño, pellizcándose la cara a la luz de los fluorescentes. Llego por detrás y le beso el hombro.

–Hola –digo–. Lo siento, huelo un montón a filete hoy. Voy a lavarme.

Me meto en la ducha. El agua me calienta la piel; la sensación me hace gemir. La cortina de la ducha cruje y Petra se mete conmigo; se le ha puesto el pelo de punta. Pone la mano detrás de mi cabeza para calentársela con el agua y luego me la desliza entre las piernas. Me enreda la otra en el pelo y me empuja contra los azulejos.

Cuando me corro ella sale de la ducha. Cuando salgo del baño, secándome el pelo, me la encuentro abierta de brazos y piernas en la cama, y lo sé.

–Me estoy esfumando –dice, y en ese mismo momento veo que tiene la piel como leche desnatada más que entera, que parece menos presente. Inspira y la sensación parpadea, como si estuviese luchando contra ella. Me siento como si mis pies fuesen trampillas que se han abierto; mis entrañas pugnan por salirse de mi cuerpo. Quiero abrazarla, pero me da miedo hacerlo y que ceda bajo mis brazos.

–No quiero morir –se lamenta.

–No creo... No están muertas –digo, pero aquella afirmación suena a mentira y no ayuda de ninguna manera.

Nunca he visto llorar a Petra, nunca hasta ahora. Se lleva las manos a la cara: el contorno de sus labios sigue siendo visible, aunque sea débilmente, a través de las rejas de tendones, músculo y hueso. Un escalofrío recorre todo su cuerpo. La toco y aún tiene masa. Una piedra.

–Unos meses –dice–. O algo así. Eso es lo que dicen en las noticias, ¿no? –Se pellizca el puente de la nariz, se tira de los lóbulos de las orejas, se aprieta el estómago con los dedos.

Esa primera noche, Petra solo quiere que la abracen, y eso es lo que hago. Alineamos nuestros cuerpos y presionamos uno contra otro, centímetro a centímetro. Se levanta hambrienta de comida y de mí.

Unos días más tarde, abro los ojos al amanecer y Petra no está allí. Aparto las mantas, me deslizo hacia el baño, corro la cortina del baño con un crujido sigiloso. Me atraviesa un estremecimiento; abro los cajones, miro debajo de la televisión, dentro del radiador. Nada.

Mientras el colchón cruje bajo mi cuerpo al derrumbarse, ella atraviesa el umbral, con la camiseta pegada al cuerpo, llena de manchas de sudor. Se dobla hacia delante y se pone las manos en las rodillas, aún intentando recuperar el resuello. Solo cuando levanta la vista me ve allí, temblando.

–Ay, joder, ay, joder, lo siento. –Se sienta junto a mí y entierro la cabeza en su hombro, que huele a marga.

–Pensé que ya había ocurrido –susurro–. Pensé que ya no estabas.

–No, es que esta mañana necesitaba salir –dice–. Quería sentir mi cuerpo corriendo. –Me besa–. Vamos a hacer algo esta noche.

Cuando se pone el sol, vamos al bar de camioneros que hay detrás del motel. La cerveza está aguada y los va-

160

sos están empañados. Nos sentamos a una mesa con cabezas de ciervo y nombres de gente grabados en la madera desgastada. Petra ha descubierto que a veces consigue que algunos objetos pequeños le atraviesen los dedos, así que se lanza monedas a la mano mientras tomamos la cerveza. Yo no puedo mirar.

–Vamos a jugar a los dardos o algo –propongo.

Petra levanta los dedos e intenta coger la moneda de veinticinco centavos que hay en la mesa. Sus dedos la atraviesan una, dos veces, pero al tercer intento su mano parece afianzarse de nuevo en el mundo físico y lo consigue. Mete la moneda en la gramola. Le pido los dados al camarero y él me pasa una caja de puros antigua.

Nos turnamos para apuntar al objetivo. No se nos da muy bien a ninguna de las dos, y yo hundo uno en la pared. La risa de Petra es oscura y líquida.

–Nunca he tenido buena puntería –confieso–. De pequeña, mi tía nos compró un juego de lanzamiento para el jardín, y literalmente nunca di una. Ni una sola vez. Estamos hablando literalmente de años de mi vida. Mi hermano pensaba que era la cosa más divertida del mundo.

Petra me mira. Una sonrisa magnífica le estira la comisura de los labios y luego se desvanece dando paso a una expresión monótona.

–Tu familia debe de ser muy simpática –dice después. La palabra «simpática» es como un esquirla de cristal.

Llevo unos días cogiendo el teléfono con la intención de explicarle a mi familia que hay mujeres cosidas a vestidos, que estoy trabajando en una fábrica y viviendo en un motel con la hija de una costurera que también se está muriendo aunque no sea exactamente morirse. No soy capaz. La última vez que hablé con mi madre le aseguré que yo estaba sólida y segura, aunque le confesé que había tenido que retrasar los pagos de la beca de estudiantes de nuevo. Me inventé historias sobre los clientes del día y debió de ser creíble porque pareció aliviada.

–Lo es –digo–. A lo mejor la conoces algún día.

–Yo que tú no me molestaría. Me quedan dos telediarios, ¿no?

–Joder, Petra. No digas eso. Y no me hables así.

Se sume en un malhumorado silencio; se toca un grano de la barbilla, ausente. Se termina la cerveza, pide otra, sus lanzamientos con los dardos se vuelven menos precisos, se alejan cada vez más de la diana. No me gusta su modo de quitar los dardos de la diana, como si estuviese tirándole de la coleta a una oponente. Tras la cuarta partida, la mano se le desvanece de repente y la jarra se cae: cerveza y trozos de cristal llenan de asteriscos el suelo de madera.

Petra se acerca a la diana. La veo abrir y cerrar el puño, buscando sustancia. En el momento en que la materia regresa a ella, apoya la mano con la palma contra la pared. Saca el dardo de la diana y se lo hinca con fuerza en el dorso de la mano, justo debajo de los nudillos.

–¡Hostia puta! –grita alguien desde la parte de atrás del bar.

Me llevo la mesa por delante y agarro a Petra, aunque no antes de que se haya clavado el dardo dos veces más en la mano. Está gritando. La sangre le corre por el brazo como las cintas que atan al poste de las fiestas de mayo. Unos hombres se levantan a toda prisa de los taburetes o las sillas, algunas de las cuales caen con estruendo al suelo. Petra se debate entre alaridos. La sangre salpica la pared como lluvia. Un hombre achaparrado con una gorra de béisbol negra me ayuda a sacarla por la puerta delantera. La llevo medio a rastras, medio apoyada en mí por el aparcamiento helado. Antes de llegar a los cien metros parece derretirse en mis brazos. Por un momento me quedo aterrada, pensando que se está esfumando de nuevo, pero no, sigue siendo sólida; solo se queda lacia de agotamiento y cabezonería. Una estela oscura marca el camino que hemos recorrido.

Se niega a ir al hospital. En la habitación, desinfecto la herida y la vendo con una gasa.

Nunca hemos follado con tanta urgencia como en esas semanas, pero cada vez se esfuma más y siente menos. Es raro que se corra. Se desvanece cada vez más tiempo: un minuto, cuatro, siete. Cada episodio muestra un aspecto suyo distinto: un esqueleto, músculos correosos, las formas oscuras de sus órganos, nada. Se despierta sollozando y rodeo con fuerza su torso con mi brazo mientras le susurro suavemente al oído. Lee todas las habladurías de internet sobre cómo ralentizar el proceso. Un foro habla sobre una dieta rica en hierro, así que cuece al vapor bastantes espinacas como para alimentar a una familia numerosa y las mastica sin decir palabra. Otro recomienda duchas heladas y me la encuentro temblando en la bañera, con la piel de gallina. Me deja que la seque, como si fuese una niña.

Un domingo cálido, Petra quiere que vayamos a dar un paseo, y eso hacemos. La primavera se adueña del valle a empujones y arrebatos. Ese día los caminos del bosque están llenos de barro. La nieve se derrite y nos gotea en el pelo. Seguimos un riachuelo que es prácticamente un ser vivo y brota caóticamente a través de sus propias curvas y meandros.

Hacemos una pausa en un claro soleado para comer naranjas y pollo frío. A Petra le ha dado por considerar que cada comida es la última, así que le quita la piel a los trozos de pollo para masticarla con los ojos cerrados; luego le toca a la carne, y por último chupa con fuerza los huesos antes de arrojarlos hacia los árboles. Se mete cada gajo de naranja con reverencia en la boca, como si fuese la eucaristía, muerde la pulpa y tira de los hilillos blancos como si fuesen padrastros. Se frota la cáscara contra la piel.

–He estado leyendo –dice Petra entre trago y trago de agua helada–. Parece ser que creen que las mujeres transparentes están llevando a cabo actos de..., no sé, supongo que los calificarán de terroristas. Se meten en los sistemas eléctricos y joden los servidores, los cajeros y las máquinas de cómputo de votos. Para protestar. –Aún habla de ellas en tercera persona–. Me gusta.

El bosque está en silencio, a excepción del zumbido de los insectos y del gorjeo de los pájaros. Nos quitamos la ropa y nos empapamos de sol. Observo mis dedos a contraluz, con sus halos rosa ambarino alrededor de las sombras de mis huesos.

Me inclino sobre Petra y le beso el labio inferior, después el superior. Le beso la garganta. Entierro las manos entre sus muslos.

A nuestro alrededor, los minutos se arrastran por la tierra como hormigas y caen al riachuelo, que los arrastra.

Encontramos una ermita entre los árboles. Los bancos son planos y rígidos y las vidrieras se alinean en la pared. Nuestros pasos resuenan por el suelo de piedra. El aire es caliente y levantamos polvo que ondula a la luz.

Nos sentamos en un banco que gruñe bajo nuestro peso. Petra apoya la cabeza en mi hombro.

–¿Tú crees que las mujeres transparentes mueren alguna vez?

–Pues no lo sé.

–¿O envejecen?

Me encojo de hombros y entierro la nariz en su pelo.

–Así que a lo mejor me quedo toda la eternidad con mis veintinueve años.

–A lo mejor. Vendrás a visitarme cuando yo haya cumplido cien y estarás fantástica, y yo hecha una mierda.

–Qué va, si serás una vieja preciosa. Tendrás una cabaña en el bosque y se rumoreará que eres bruja, pero los niños que sean lo bastante valientes para acercarse podrán escuchar tus historias.

Se estremece con tanta fuerza que mi esqueleto lo siente.

Distingo un movimiento con el rabillo del ojo y me pongo en pie. En la vidriera que representa a Santa Rita de Casia hay una mujer transparente que se aferra al enrejado, con los dedos enroscados en los barrotes como si fuesen los travesaños de un columpio. Nos observa, balanceándose sobre los talones, entrando y saliendo del cristal como si estuviese pisando agua. Petra repara en su presencia y se pone de pie junto a mí. Veo que tiene un cirio en la mano.

–Petra, no.

Veo que se le mueven los músculos de lanzar.

–Puedo liberarla –dice–. Si lo rompo, puedo liberarla.

–Eso no lo sabemos.

–No me digas qué tengo que hacer. No eres mi madre, joder.

Le rodeo suavemente la cintura y me apoyo contra su pelo.

–Te quiero –le digo. Es la primera vez que lo digo y me sabe raro en la boca, real pero no maduro, como una pera demasiado verde. Le quito con cuidado el cirio y me lo meto en el bolsillo de la chaqueta. Le beso la sien, la mandíbula. Se gira hacia mi cuerpo. Me da la impresión de que va a llorar, pero no lo hace.

–Ya te echo de menos –dice.

Le paso la mano por la espalda. Mientras lo hago estoy segura de ver un destello de mi propio músculo. Se me tensa el estómago. El pollo y las naranjas protestan, me presionan el esófago hacia arriba.

165

—Deberíamos irnos —digo—. Creo que pronto oscure-
cerá.

La mujer transparente no aparta la mirada. Sonríe.
O a lo mejor es una mueca.

Salimos del bosque como si estuviésemos naciendo.

En la habitación vemos las noticias; nuestros cuerpos se enredan en medio del resplandor suave y azul de
la televisión. Los expertos se señalan con el dedo, gritán-
dose mientras la presentadora que está entre ellos resplandece y titila bajo las luces del estudio. Están diciendo que no se puede confiar en las mujeres transparentes,
esas mujeres a las que no se puede tocar pero que se pueden poner de pie, lo cual quiere decir que deben estar
mintiéndonos en algo, deben estar engañándonos de algún modo.

—No confío en nadie que sea incorpóreo y no muera
—dice uno.

La mujer parpadea y se evapora en mitad del programa; un micrófono cae al suelo. La cámara se apresura a
enfocar hacia otro lado.

Antes de irnos a dormir, coloco el cirio de la ermita
en la mesita de noche y enciendo la vela. Su titilar es reconfortante; proyecta la sombra de los muebles contra la
pared como si fuese un teatro de sombras.

Sueño que vamos a un restaurante que solo sirve sopa.
No consigo decidir qué quiero. Petra se ríe mientras remueve el bol que ya le han servido. Cuando saca la cuchara, hay una mano gelatinosa y fantasmal enganchada en el
mango, y según va tirando sale la mujer transparente; tiene la boca abierta como si estuviese gritando, pero yo no
oigo nada.

Cuando me despierto, estoy segura de que Petra ha

salido a correr, antes de darme cuenta de que tengo la mano hundida en la caverna luminosa de su pecho.

Me vuelco completamente en ella, y me ahogo como si me estuviesen sometiendo a la tortura del submarino. Se despierta y grita mientras yo me debato en su interior.

Tras un minuto nos calmamos. Se aparta de mí, va hacia el borde de la cama. Esperamos. Pasan siete minutos. Diez. Media hora.

–¿Ya está? –le pregunto–. ¿Ya está?

No quiero marcharme, pero se aparta de mí. Me pongo en pie. No mira nada excepto sus propias manos.

–Es hora de que te vayas –dice tras un buen rato.

Lloro. Me enfundo las botas de tacones gastados por mi paso desigual. Miro hacia donde está, desaparecida, y por fin se gira y sé que ve mi cuerpo, aún lo bastante sólido para ser coloreado por la luz, moviéndose por la placenta acuosa del crepúsculo.

Cierro la puerta tras de mí y siento que se me encienden y se me apagan los nervios. Pronto, yo tampoco seré nada más. Ninguna de las dos llegará hasta el final.

Solo la mitad de los maniquíes del escaparate de Glam llevan ropa. La temporada toca a su fin. Pronto se renovará la tienda. Las existencias irán a otro sitio. Las luces se apagan, la verja baja hasta la mitad entre crujidos. Natalie se agacha y termina de cerrarla con la mano.

Se pone de pie y me ve. Parece más delgada de lo que recordaba. Me hace un gesto con la misma levedad de siempre y luego se marcha al interior cavernoso del centro comercial. Yo llevo la llave antigua apretada en la mano. Encaja en la cerradura –Gizzy nunca se molestó en cambiarla–. La verja se desliza hacia arriba estruendosamente. Tengo las tijeras dentadas metidas en la parte trasera del vaquero, donde si quisiera podría llevar una pistola.

Corto los lugares donde una cosa está cosida a otra. Desato cuerpos. Las veo, a las mujeres, libres de sus amarras, parpadeando en dirección a mí.

–Salid –les digo. Corto dobladillos y costuras. Los vestidos quedan desmembrados, parecen más vivos que nunca, el tejido se separa del maniquí como un montón de cáscaras de plátano, faldones dorados, melocotón y burdeos–. Salid –les digo de nuevo. Parpadean, inmóviles–. ¿Por qué no os vais? –chillo–. ¡Decid algo! –Pero no lo hacen.

Arranco la tabla de un corpiño. Una mujer me devuelve la mirada. Podría ser la hija de Gizzy. Podría ser Petra o Natalie, o mi madre, o hasta yo.

–No, joder. No tenéis ni que decir nada. Salid. La verja está abierta. Por favor.

El haz de una linterna baila sobre la pared más lejana. Oigo una voz ronca.

–¿Hola? ¿Quién anda ahí? He llamado a la policía.

–¡Por favor, marchaos! –grito, mientras el guarda de seguridad me derriba. Desde la negrura del suelo, las veo a todas, débilmente luminosas, moviéndose en sus cáscaras. Pero siguen donde están. No se mueven, no se mueven nunca.

OCHO BOCADOS

Cuando me duermen, se me llena la boca de polvo de luna. Creo que voy a ahogarme con los sedimentos, pero no; en lugar de ello, entran y salen, entran y salen, y estoy respirando, por imposible que parezca.

He soñado que inspiraba debajo del agua y lo que se siente es: primero pánico, después resignación, por último euforia. Voy a morir, no me estoy muriendo, estoy haciendo algo que nunca pensé que podría hacer.

Cuando regreso a la tierra, la doctora U está dentro de mí. Tiene las manos en mi torso, busca algo con los dedos. Está aflojando la carne de su envoltorio, dando vueltas allí donde le han procurado un buen recibimiento, mientras habla con una enfermera sobre sus vacaciones en Chile.

–Íbamos a volar al Antártico –dice–, pero salía demasiado caro.

–¿Y los pingüinos? –dice la enfermera.

–La próxima vez –responde la doctora U.

Antes de aquello era enero, un nuevo año. Atravesé los sesenta centímetros de nieve por una calle silenciosa y llegué a una tienda de cuya puerta colgaba, al otro lado del cristal, un carillón con campanitas, adornos en forma de sirena, trozos de madera a la deriva y conchas demasiado diminutas enhebradas en hilo de pescar cuya calma no perturbaba ningún viento.

La ciudad estaba completamente muerta; no recordaba en absoluto al final de la temporada, cuando el puñado de tiendas abiertas atendían a los excursionistas y a los ahorradores. Los dueños se habían marchado a Boston o a Nueva York o, si tenían suerte, más al sur. Los negocios quedaban cerrados en temporada baja, pero dejaban sus mercancías en los escaparates como señuelo. Por debajo había abierto una segunda ciudad, familiar y ajena al mismo tiempo. Cada año pasa lo mismo. Los bares y los restaurantes establecían horarios secretos para los locales, los nativos de Cape Cod, sólidos como rocas, que habían sobrevivido a docenas de inviernos. Cualquier noche podía uno levantar la vista del plato y ver que unos bultos redondos atravesaban el umbral; solo cuando se quitaban la cáscara exterior se podía distinguir quién iba debajo. Incluso aquellos a quienes conocía uno del verano eran más o menos extraños a la somera luz del día; todos solos, aun cuando estaban con otros.

Sin embargo, esa calle podría haber pertenecido a otro planeta. Los turistas playeros y los vendedores de cuadros nunca verán la ciudad así, pensé, cuando las calles están a oscuras y un frío líquido se agita en los huecos y los callejones. El silencio y el sonido chocaban uno contra otro sin entremezclarse nunca; el feliz caos de las noches cálidas de verano quedaba lejos, lejísimos. Era difícil no moverse de portal a portal con aquel tiempo, pero si una lo hacía se podía oír la vida perforando la quietud: un estruendo de voces procedente de una taberna local, el viento que animaba los edificios, en ocasiones incluso el encuentro mudo con un animal en un callejón: placer o miedo, todo provocaba el mismo ruido.

170

De noche, los zorros serpenteaban por las calles. Entre ellos había uno blanco, rápido y de pelaje brillante, que parecía el fantasma de los demás.

No era la primera de la familia en pasar por aquello. Mis tres hermanas se habían operado a lo largo de los años, aunque no habían dicho nada antes de soltarlo durante una visita. Verlas con su repentina esbeltez, tras años de observarlas ensancharse de modo natural, al igual que yo, fue como recibir un manotazo en la nariz, más doloroso de lo que se podría pensar. Bueno, de mi hermana mayor pensé que se estaba muriendo. Y como éramos hermanas, pensé que todas nos estábamos muriendo, que la genética nos tenía puesta la soga al cuello. Cuando observó mi ansiedad –«¿Qué enfermedad está serrando esta rama del árbol genealógico?», pregunté con una voz que escalaba octavas–, mi hermana confesó: una intervención quirúrgica.

Luego todas ellas, mis hermanas, se convirtieron en un coro de creyentes. Intervención. Una intervención. Tan fácil como cuando de pequeña te rompías un brazo y tenían que ponerte clavos; a lo mejor incluso más fácil. Una gasa, una manga, una tripa redireccionada. ¿Redireccionada? ¿Qué? Pero sus historias –se derrite, simplemente ha desaparecido– eran como la calidez de una mañana de primavera, cuando el sol marca la diferencia entre ser feliz o aterirse en la sombra.

Cuando salíamos, se pedían comidas enormes y luego decían: «No voy a poder con todo, qué va.» Siempre lo decían, siempre aquella decorosa insistencia en que «no iban a poder con todo», pero por primera vez, lo decían de verdad –una operación había hecho realidad aquella tímida mentira–. Inclinaban los tenedores y cortaban porciones diminutas e imposibles de comida (cubos de sandía tamaño muñeca, un esbelto tallo de brotes de guisante, una esquina de sándwich, como si tuviesen que alimentar a una muchedumbre al estilo los-panes-y-los-peces con esa única ración de ensalada de pollo) y las engullían como si fuese una comilona.

–Me siento estupenda –decían todas. Cada vez que hablaba con ellas, aquello era lo que les salía siempre de la boca, o quizá fuese una boca, una sola boca que antes comía y ahora se limita a decir: «Me siento fenomenal, estupendamente.»

Quién sabe de quién sacamos lo de que nuestros cuerpos necesitasen cirugía. Desde luego, no de nuestra madre, que siempre tuvo un aspecto normal; ni robusta, ni rellenita, ni sacada de un cuadro de Rubens ni de los estados centrales, ni voluptuosa, solo normal. Ella siempre decía que ocho bocados es lo que hace falta para cogerle el gusto a lo que comes. Aunque nunca los contaba en voz alta, yo oía los ocho bocados con la misma claridad como si el público de un concurso estuviese contando por detrás, en tono estentóreo y triunfante, y después del «uno» soltaba el tenedor, por mucho que quedase aún comida en el plato. Mi madre no se andaba con chiquitas. Nada de poner la comida en círculos o fingir. Voluntad de hierro, cintura esbelta. Ocho bocados le permitían elogiar a la anfitriona. Ocho bocados mantenían a raya su barriga, como si fuese el aislamiento que ponen en el interior de las paredes. Ojalá siguiese viva para ver en qué mujeres se han convertido sus hijas.

Un buen día, no mucho después de que mi hermana pequeña saliese pavoneándose de mi casa con más brío en su paso del que nunca le había conocido, comí ocho bocados y después me detuve. Coloqué el tenedor junto al plato, con más brusquedad de la prevista, y hasta me llevé una esquirla del borde de cerámica en el proceso. Cogí el fragmento apretándolo con el dedo y lo llevé a la basura. Me giré y miré el plato, que antes estaba lleno y ahora seguía estándolo: apenas había un hueco en la masa revuelta de pasta y ensalada.

Me senté de nuevo, cogí el tenedor y tomé ocho bocados más. No mucho más, aún seguía siendo apenas un hueco, pero ahora doblaba la cantidad necesaria. Las hojas de ensalada goteaban vinagre y aceite, la pasta tenía limón y pimienta molida, era todo precioso y yo seguía con hambre, así que di ocho bocados más. Después me terminé lo que quedaba en la cacerola, colocada sobre el hornillo, y me enfadé tanto que me eché a llorar.

No me acuerdo de cómo me puse gorda. No lo era de niña ni de adolescente; las fotos de esos yoes jóvenes no me avergüenzan, y si lo hacen es por las cosas normales. ¡Mira qué pequeña soy! ¡Mira qué ropa más rara! Zapatos bicolores, ¿a quién se le ocurre? Mallas con goma en el pie, ¿es una broma? ¿Pasadores en forma de ardilla? Mira qué gafas, mira qué cara: haciendo muecas en dirección a la cámara. Mira qué expresión, qué mueca para un yo futuro que sujeta la fotografía rebosante de nostalgia. Ni siquiera cuando pensaba que estaba gorda lo estaba; la adolescente de estas fotos es guapa, de una belleza melancólica.

Pero después tuve un bebé. Después tuve a Cal –a Cal la difícil, la de los ojos afilados, la que nunca me entendió, como yo nunca la he entendido a ella–, y de repente todo se fue al traste, como si fuese una roquera de heavy-metal destrozando la habitación de hotel antes de marcharse. Mi barriga fue la televisión que salía por la ventana. Ahora era una mujer adulta y estaba muy lejos de mí en todos los sentidos, pero mi cuerpo seguía exhibiendo las pruebas de su existencia. Nunca volvería a tener buen aspecto.

Allí, de pie ante la cacerola vacía, me sentí cansada.

173

Estaba cansada de las mujeres flacuchas de la iglesia que gorjeaban y se tocaban los brazos unas a otras y me decían lo bonita que era mi piel, de tener que ponerme de lado para moverme por las habitaciones como si estuviese pasando por encima de alguien en el cine. Estaba cansada de las luces del tocador, planas e implacables; estaba cansada de mirarme al espejo, de coger esas cosas aborrecibles y levantarlas mientras les clavaba las uñas, para dejarlas caer luego y que me doliese todo. Mis hermanas se habían ido, me habían dejado atrás, y, como siempre, no deseaba más que seguirlas.

Ya que la regla de los ocho bocados no se adaptaba a mi cuerpo, conseguiría que mi cuerpo se adaptase a la regla de los ocho bocados.

La doctora U pasaba consulta dos veces por semana en una oficina que quedaba a media hora en coche hacia el sur de Cape Cod. Di un lento y tortuoso rodeo para llegar. Llevaba días nevando de forma intermitente, y los soñolientos bancos de nieve se quedaban pegados a los troncos y los postes como si alguna colada hubiese salido volando. Conocía el camino porque ya había pasado con el coche por su consulta –normalmente después de que concluyese la visita de alguna de mis hermanas–, así que mientras iba conduciendo aquel día soñé con comprar ropa en las tiendas locales, con gastarme demasiado dinero en un vestido de tirantes que le arrebataban al maniquí, con apretarlo contra mi cuerpo al sol de la tarde mientras el maniquí se quedaba allí, con menos suerte que yo.

Y de repente estaba en su consulta, en su alfombra de tonos neutros, mientras la recepcionista abría la puerta. La doctora no era como yo me la esperaba. Supongo que había imaginado que, dada la profundidad de sus convicciones, o como ilustrada por la elección de su profesión, debería haber sido una mujer esbelta: o bien alguien con un excesivo control de sí mismo o un alma comprensiva que había acomodado sus tripas para que encajasen con la visión que tenía de sí misma. Pero era de una dulce corpulencia –¿por qué había dejado yo atrás la fase en que era redonda e inofensiva como un panda, pero aún bonita?–. Sonreía con todos los dientes. ¿Por qué me mandaba a un viaje que ella nunca había emprendido?

Hizo un gesto y me senté.

Había dos perros pomeranos corriendo por la consulta. Cuando estaban separados –uno acurrucado a los pies de la doctora U y el otro cagando decorosamente en el pasillo– parecían idénticos pero inocuos, pero cuando uno se acercaba a otro daban miedo, con aquellas cabezas que se retorcían sincronizadas, como si fuesen dos mitades de un total. La médica advirtió la montañita que había delante de la puerta y llamó a la recepcionista. La puerta se cerró.

–Ya sé por qué está aquí –dijo antes de que pudiese abrir la boca–. ¿Ha pedido información alguna vez sobre la cirugía bariátrica?

–Sí –respondí–. Quiero la que es irreversible.

–Siempre he admirado a las mujeres decididas –contestó. Comenzó a sacar archivadores de un cajón–. Tendrá que cumplir con algunos trámites. Visitar a un psiquiatra, ver a otro médico, visitar grupos de apoyo..., tonterías administrativas que llevan mucho tiempo. Pero todo va a cambiar para usted –prometió mientras agitaba un dedo en dirección a mí con una sonrisa acusadora y afectuosa–. Dolerá. No será fácil. Pero cuando todo se acabe, será usted la mujer más feliz del mundo.

Mis hermanas llegaron unos cuantos días antes de la intervención. Se instalaron en los múltiples dormitorios vacíos de la casa y colocaron lociones y crucigramas en las mesillas de noche. Las oía en la planta de arriba; parecían pájaros, una coral nítida y luminosa al mismo tiempo.

Les dije que iba a salir a comer una última vez.

—Iremos contigo —dijo mi hermana mayor.

—Te haremos compañía —dijo mi hermana mediana.

—Seremos tu apoyo —dijo mi hermana pequeña.

—No —respondí—, iré sola. Prefiero ir sola.

Fui caminando a mi restaurante preferido, Salt. No siempre había sido Salt, ni en nombre ni en espíritu. Durante un tiempo fue Linda's, luego Family Diner, y por último The Table. El edificio era el mismo, pero siempre es nuevo y siempre mejor que antes.

Pensé en la gente que está en el corredor de la muerte y en sus últimas cenas mientras tomaba asiento en la mesa de la esquina, y por tercera vez en la misma semana me preocupó mi sentido moral, o su ausencia. No es lo mismo, me recordé mientras desplegaba la servilleta sobre mi regazo. No se puede comparar. Su última comida precede a la muerte; la mía no solo precede a la vida, sino a una nueva vida. *Eres horrible,* pensé, mientras me situaba la carta frente a la cara, a más altura de la necesaria.

Pedí una fuente de ostras. La mayoría de ellas venían abiertas, como debe ser, y se me deslizaban garganta abajo como si fuesen agua, como si fuesen océano, como si fuesen nada en absoluto, pero una se me puso en contra: se aferraba a su concha como una charnela obstinada de carne. Se resistía. Era la viva encarnación de la resistencia. Las ostras están vivas, recordé. No son más que músculo; no tienen cerebro ni entrañas propiamente dichas, pero sin embargo están vivas. Si existiese la justicia en este mundo, esta ostra se me agarraría a la lengua hasta ahogarme.

Casi me atraganto, pero al final tragué.

Mi hermana pequeña se sentó en la mesa, frente a mí. Su pelo oscuro me recordaba al de mi madre: casi demasiado brillante y homogéneo para ser real, y sin embargo lo era. Me sonrió con amabilidad, como si estuviese a punto de darme malas noticias.

—¿Por qué has venido? —le pregunté.

—Pareces alterada —dijo. Colocó las manos de modo que se vieran sus uñas rojas, tan lacadas que tenían profundidad horizontal, como una rosa atrapada en un cristal. Se dio unos golpecitos con ellas en los pómulos y luego se las pasó por la cara, como arañándose levemente. Me estremecí. Entonces me cogió el agua y dio un trago largo hasta que el agua se filtró por los hielos y del hielo no quedó más que una frágil retícula; luego, cuando inclinó más el vaso, la construcción al completo se deslizó hacia su cara y masticó las esquirlas de hielo que se le colaron en la boca.

—No malgastes el espacio de ese estómago con agua —dijo con un crunch-crunch-crunch—. Vamos. ¿Qué estás comiendo?

—Ostras —contesté, aunque podía ver la pila inestable de conchas ante mí.

Asintió.

—¿Están buenas? —preguntó.

—Sí.

—Háblame de ellas.

—Son el compendio de todo lo sano: agua de mar, músculo y hueso —dije—. Proteína ciega. No sienten dolor, no tienen pensamientos verificables. Muy pocas calorías. Un capricho que no es un capricho. ¿Quieres una?

No quería que estuviese allí, quería que se marchase, pero le brillaban los ojos como si tuviese fiebre. Acarició con una uña amorosa la concha de una ostra. Toda la pila se movió, como doblándose sobre su propia masa.

—No —respondió—. ¿Se lo has contado a Cal? ¿Lo de la operación?

Me mordí el labio.

–No –contesté–. ¿Tú se lo contaste a tu hija antes de hacértela?

–Sí. Estaba entusiasmada. Me mandó flores.

–Cal no se entusiasmará –dije–. Hay muchas tareas filiales que Cal no cumple y esta será otra más.

–¿Crees que ella también necesita operarse? ¿Es eso?

–No lo sé –respondí–. Nunca he entendido las necesidades de Cal.

–¿Crees que pensará algo malo de ti?

–Tampoco he entendido nunca sus opiniones –dije.

Mi hermana asintió.

–No me mandará flores –concluí, aunque quizá no fuese necesario.

Pedí una montaña de patatas fritas espolvoreadas de trufa que me abrasaron el paladar. Solo después de la quemadura pensé en lo mucho que lo echaría todo de menos. Me eché a llorar, y mi hermana me plantó su mano sobre la mía. Me daban envidia las ostras. Nunca tenían que pensar en sí mismas.

Ya en casa llamé a Cal para contárselo. Tenía la mandíbula tan tensa que se me abrió de golpe cuando contestó al teléfono. Al otro lado se oía la voz de otra mujer, acallada bruscamente por un gesto invisible de dedo sobre los labios; luego un perro gimió.

–¿Una intervención? –repitió.

–Sí –contesté yo.

–Hostia –exclamó.

–No hables así –le reprendí, aunque no soy religiosa.

–¿Qué? Si eso no es un puto taco –chilló–. Eso último si lo ha sido, coño. Y eso. «Hostia» no es un taco. Es una palabra muy normal. Y si hay un buen momento para decir tacos es cuando tu madre te cuenta que se va a cortar uno de sus órganos más importantes porque sí...

Seguía hablando, pero su voz se iba convirtiendo en grito. Ahuyenté las palabras como si fuesen abejas.

—¿... se te ha ocurrido pensar que no podrás volver a comer como una persona normal...?

—Pero ¿a ti qué te pasa? —le pregunté al final.

—Mamá, es que no entiendo por qué no puedes estar contenta contigo misma. Nunca has estado...

Siguió hablando. Yo miré el auricular. ¿Cuándo se le agrió tanto el carácter a mi hija? No recordaba el proceso, el desmoronamiento desde la dulzura hasta la ira más amarga. Estaba constantemente furiosa, era una acusación continua. Me había arrebatado la autoridad moral por la fuerza y la exhibía una y otra vez ante mí. Había perpetrado innumerables pecados: ¿Por qué no le hablé nunca del feminismo? ¿Por qué insistía en no entender nada? Y esto, bueno, es que esto era la guinda del pastel, nunca mejor dicho; el lenguaje está empapado de comida como todo lo demás, o, al menos, como debería estarlo todo lo demás. La notaba tan enfadada que me alegraba de no poder leer sus pensamientos. Sabía que me romperían el corazón.

Se cortó la línea. Me había colgado. Coloqué el auricular en la base y me di cuenta de que mis hermanas me miraban desde el quicio de la puerta; dos de ellas lucían una expresión compasiva, la otra, petulante.

Me di la vuelta. ¿Por qué Cal no lo entendía? Ella poseía un cuerpo imperfecto, pero también fresco y flexible. Podía esquivar mis errores. Podía liberarse y empezar de cero. Yo carecía de autocontrol, pero en el futuro renunciaría a él y todo volvería a ir bien.

Sonó el teléfono. ¿Sería Cal de nuevo? Era mi sobrina. Estaba vendiendo juegos de cuchillos para poder volver a estudiar y hacerse... Bueno, esa parte me la perdí, pero le pagarían simplemente por contarme lo de los cuchillos, así que la dejé hacer, paso a paso, y compré un cuchillo para el queso con huecos en la hoja.

—Para que no se pegue el queso, ¿ves? —dijo ella.

En la sala de operaciones me encontré abierta al mundo. No abierta abierta, todavía no, todo seguía cerrado y en su sitio, pero estaba desnuda a excepción de una bata de tela con un leve estampado que no me envolvía el cuerpo del todo.

—Un momento —dije. Me puse la mano sobre la cadera y apreté un poco. Temblé, aunque sin saber por qué. Había un gotero; el gotero me relajaría; pronto estaría muy lejos.

La doctora U me miró por encima de la mascarilla. La dulzura de la que hacía gala en la consulta había desaparecido; sus ojos se habían transformado. Eran gélidos.

—¿Ha leído alguna vez el cuento del pato Ping? —le pregunté yo.

—No —contestó.

—Al pato Ping siempre lo castigaban por ser el último en llegar a casa. Le daban en la espalda con una vara. Él odiaba aquello, así que se escapó. Y se encontró con unos pájaros pescadores negros que tenían unas bandas de metal alrededor de la garganta. Pescaban peces para sus dueños, pero las bandas les impedían tragárselos enteros. Cuando llevaban el pescado, los recompensaban con minúsculos trocitos que podían tragar. Eran obedientes, tenían que serlo. Ping, que no llevaba banda, era siempre el último y se perdió. No me acuerdo de cómo acaba. He pensado que debería usted leerlo.

Se ajustó un poco la mascarilla.

—No me haga cortarle la lengua —dijo.

—Estoy lista —le anuncié.

Me colocaron la mascarilla y de repente estaba en la luna.

180

Después no hago más que dormir. Hace mucho tiempo que no estoy tan quieta. Me quedo en el sofá porque las escaleras..., las escaleras son imposibles. A la luz acuosa de la mañana, unas motas de polvo vagan por el aire como si fuesen plancton. Nunca he visto el salón a una hora tan temprana. Un mundo nuevo.

Bebo temblorosos sorbos de caldo claro que me ha traído mi hermana mayor, cuyo contorno se dibuja contra el cristal de la ventana; parece una rama desnuda a causa del viento. Mi hermana mediana viene a ver cómo estoy con mucha frecuencia y abre las ventanas una rendija a pesar del frío –para que entre aire, dice suavemente–. No dice que la casa huele a cerrado y a muerte, pero lo veo en sus ojos mientras abre y cierra la puerta, abre y cierra, para que corra el aire, con la paciencia de una madre cuya hija ha vomitado. Veo sus pómulos, altos y tersos como cerezas, y la obsequio con la mejor sonrisa que puedo.

Mi hermana pequeña me vigila por la noche, sentada en una silla junto al sofá, donde me mira por encima del libro, frunciendo y desfrunciendo el ceño de preocupación. Habla con su hija –que la quiere sin juzgarla, estoy segura– en la cocina, con una voz tan queda que apenas puedo oírla, pero luego se deja llevar y se ríe con fuerza por algún chiste que comparten. Me pregunto si mi sobrina habrá vendido más cuchillos.

Me he transformado pero todavía no, exactamente. La transformación ha empezado –este dolor, este dolor insoportable, es parte del proceso– y no llegará a su fin hasta... Bueno, supongo que no lo sé. ¿Estaré alguna vez terminada, transformada en el pasado, o estaré siempre transformándome, cambiando a mejor hasta que muera?

Cal no llama. Cuando lo haga, le evocaré mi recuerdo preferido de ella: cuando la pillé en el baño, de madrugada, con una crema depilatoria, extendiéndosela por sus bracitos morenos, por las piernas y por el labio superior, de modo que el vello se disolvió como la nieve al sol. Se lo contaré cuando llame.

Al principio el cambio es imperceptible, tan pequeño que puede ser un efecto de la imaginación. Pero de repente un día me abrocho unos pantalones y se me caen al suelo. Me maravillo ante lo que me espera. Un cuerpo pre-Cal. Un cuerpo pre-yo. Emerge como si la capa de nieve se retirase del verdadero paisaje. Mis hermanas se marchan por fin a su casa. Me dan un beso y me dicen que estoy muy guapa.

Por fin me encuentro lo bastante bien para dar un paseo por la playa. Ha hecho tanto frío que el agua tiene una gruesa capa de hielo y las olas cremosas se agitan como helado de máquina. Saco una foto y se la envío a Cal, pero sé que no responderá.

En casa, cocino una pechuga de pollo muy pequeña y la corto en daditos blancos. Cuento los bocados y cuando llego a ocho tiro el resto de la comida a la basura. Me quedo de pie junto al cubo durante un buen rato, aspirando el olor a sal y a pimienta del pollo mezclado con los posos del café y con algo más antiguo, más cercano a la descomposición. Echo limpiacristales en el cubo de basura para que no se pueda recuperar la comida. Me siento algo ligera, pero bien; virtuosa, incluso. Antes estaría subiéndome por las paredes entre gruñidos a causa de la abstinencia. Ahora solo me siento ligeramente vacía y completamente satisfecha.

Esa misma noche me despierto porque tengo algo de pie sobre mí, algo pequeño; antes de escabullirme por completo del sueño creo que es mi hija, que ha tenido una pesadilla, o quizá sea por la mañana y me haya quedado dormida, si no fuera porque en cuanto mis manos cambian la calidez de las mantas por el aire helado y la oscuridad, recuerdo que mi hija anda rozando la treintena y vive en Portland con una compañera de piso que en realidad no es una compañera de piso, cosa que no me dice y no sé por qué.

Pero hay algo ahí, una oscuridad que modifica la oscuridad, un contorno en forma de persona. Se sienta en la cama, noto el peso; los muelles del colchón chirrían y rechinan. ¿Está mirándome a mí? ¿Más allá de mí? ¿Puede mirar, para empezar?

Al final no hay nada. Me incorporo en la cama, sola.

Mientras me voy aprendiendo la nueva dieta —mi dieta para siempre, la que llegará a su fin al mismo tiempo que yo—, algo se mueve por la casa. Al principio pienso que son ratones, pero es algo más grande, más autónomo. Los ratones corretean y caen por huecos inesperados de la pared; se los oye escarbar aterrorizados al desmoronarse tras los retratos de familia. Pero esta cosa ocupa las partes escondidas de la casa a propósito, y si pego la oreja al papel pintado de la pared oigo claramente su respiración.

Al cabo de una semana intento hablar con ella.

—Seas lo que seas —digo—, sal, por favor. Quiero verte.

Nada. No estoy segura de si lo que siento es miedo, curiosidad o ambos.

Llamo a mis hermanas.

—A lo mejor es mi imaginación —explico—, pero ¿oíste tú algo, después de la operación? ¿En la casa? ¿Una presencia?

—Sí —dice mi hermana mayor—. Mi alegría iba bailando por la casa como una niña, y yo bailaba con ella. ¡Casi rompemos dos jarrones!

—Sí —dice mi hermana mediana—. Mi belleza interior

se liberó y andaba por ahí tirada al sol como un gato, pavoneándose.

–Sí –dice mi hermana pequeña–. Mi antigua vergüenza se escabullía de sombra en sombra, y así debía ser. Se marchará dentro de poco. Ni te darás cuenta: un día, se habrá ido.

Tras colgar, intento partir un pomelo con las manos, pero es una tarea imposible. La piel se aferra a la fruta, y entre ellas hay una piel intermedia, gruesa e imposible de separar de la pulpa. Al final cojo un cuchillo, rebano concavidades de cáscara, corto el pomelo en forma de cubo antes de desgajarlo con los dedos. Me siento como si estuviese despedazando un corazón humano. La fruta es deliciosa y resbaladiza. Trago ocho veces, y no bien el noveno bocado me toca los labios lo rechazo, lo estrujo en la mano como si estuviese arrugando un recibo viejo. Coloco la mitad restante del pomelo en un tupper. Cierro el frigorífico. Aun ahora la oigo. Detrás de mí. Sobre mí. Demasiado grande para percibirla. Demasiado pequeña para verla.

A los veintitantos vivía en una casa con bichos y tenía la misma sensación de saber que había cosas invisibles moviéndose, coordinándose, en la oscuridad. Aunque al encender la luz de la cocina al alba no viese nada, me limitaba a esperar. Luego mis ojos se acostumbraban y la veía: una cucaracha que, en lugar de corretear en dos dimensiones por la grieta de la pared blanca, se había encaramado al borde de un armario para tantear incesantemente el aire con sus antenas. Deseaba y temía en tres dimensiones. Era menos vulnerable allí, y sin embargo, de algún modo, más, según advertía yo al limpiar sus intestinos del contrachapado de madera.

Del mismo modo, ahora, la casa está llena de otra cosa. Se mueve, inquieta. No pronuncia palabras pero respira. Quiero conocerla y no sé por qué.

184

—He investigado —dice Cal. La línea emite crujidos, como si donde Cal está no hubiese buena cobertura, así que no está llamando desde casa. Intento escuchar la voz de la otra mujer que siempre está de fondo y cuyo nombre nunca he sabido.

—Anda, ¿has vuelto? —pregunto. Por una vez, tengo la sartén por el mango.

Tiene la voz cortante, pero luego se suaviza. Casi puedo oír los susurros del terapeuta. Lo más seguro es que siga una lista que han elaborado juntos ella y el terapeuta. Siento un espasmo de ira.

—Estoy preocupada porque... —dice, y se detiene.

—¿Por qué...?

—A veces puede haber complicaciones...

—Ya se acabó, Cal. Hace meses que se acabó. Todo esto no tiene sentido.

—¿Odias mi cuerpo, mamá? —pregunta. Se le quiebra la voz por el dolor, como si estuviese a punto de llorar—. Está claro que el tuyo sí, pero el mío tiene el mismo aspecto que el tuyo antes, y...

—Para.

—Crees que vas a ser feliz pero esto no va a hacerte feliz —dice.

—Te quiero —contesto.

—¿Me quieres, parte a parte?

Ahora es mi turno de colgar y después, tras pensar un momento, desconectar el teléfono. Seguramente Cal vuelva a llamar, pero no dará conmigo. Dejaré que me encuentre cuando esté preparada.

Me despierto porque oigo un sonido como el de un jarrón al romperse, pero al revés: miles de fragmentos de cerámica deslizándose entre susurros por la madera para ensamblarse en una forma. Desde mi dormitorio, parece provenir del pasillo. Desde el pasillo, parece provenir de las escaleras. Bajo, bajo, vestíbulo, comedor, salón, aún más abajo, y acabo de pie ante las escaleras del sótano.

Abajo, en la oscuridad, se mueve algo. Aprisiono con los dedos la cadena que cuelga de la bombilla desnuda y tiro.

La cosa está ahí abajo. Ante la luz, se encoge en el suelo de cemento, se acurruca y se aleja de mí.

Parece mi hija de pequeña. Ese es mi primer pensamiento. Tiene forma de cuerpo. Prepúber, sin huesos. Unos cuarenta y cinco kilos; está escurrida.

Lo de escurrida es literal. Gotea.

Bajo hasta el fondo y allí cerca hay un olor cálido, como a tostadas. Parece la ropa rellena de paja que algunos ponen en Halloween en los porches –el bulto de almohadas en forma de contorno humano que coloca alguien que ha planeado huir a medianoche–. Me da miedo pisarla. La rodeo, contemplando mi rostro desconocido que se refleja en el calentador de agua mientras oigo el sonido: un sollozo ahogado, contenido.

Me arrodillo a su lado. Es un cuerpo sin nada de lo que necesita: ni estómago, ni huesos, ni boca. Solo resquicios suaves. Me pongo en cuclillas y le acaricio el hombro, o lo que yo creo que es el hombro.

Se vuelve y me mira. No tiene ojos, pero aun así me mira. Ella, es ella, me mira. Es horrenda, pero franca. Es grotesca pero real.

Niego con la cabeza.

–No sé por qué quería conocerte –le digo–. Debería haberme dado cuenta.

Se acurruca un poco más. Me inclino y le susurro donde debería haber una oreja.

–No eres bien recibida –digo. Un temblor recorre su masa.

186

No soy consciente de que le estoy dando patadas hasta que se las estoy dando. No tiene nada y yo no siento nada a excepción de que parece solidificarse antes de que mi pie la alcance, y así cada patada resulta más satisfactoria que la anterior. Cojo una escoba y me da un tirón en la espalda de tanto inclinarme atrás y adelante, atrás y adelante, hasta que el mango se rompe sobre ella y me arrodillo para arrancarle pedacitos suaves y tirarlos contra la pared; no me doy cuenta de que estoy gritando hasta que paro, al fin.

Me sorprendo deseando que se resista, pero no lo hace. Por el contrario, suena como si se estuviese desinflando. Un estertor sibilante, lleno de derrota.

Me pongo en pie y me alejo. Cierro la puerta del sótano. La dejo allí hasta que dejo de oírla.

Ha llegado la primavera, el final de la larga contracción invernal.

Todo el mundo despierta. El primer día cálido, cuando basta con ponerse un jersey ligero, las calles comienzan a bullir. Los cuerpos se ponen en movimiento. No con rapidez, pero aun así: sonrisas. Los vecinos vuelven a ser reconocibles tras una temporada de ver contornos abultados que surcan la oscuridad.

–Qué bien se te ve –dice uno.

–¿Has perdido peso? –pregunta otra.

Sonrío. Me hago la manicura y me doy golpecitos con las uñas nuevas en la cara, para exhibirlas. Voy a Salt, que ahora se llama The Peppercorn, y me como tres ostras.

Soy una mujer nueva. Una mujer nueva se convierte en la mejor amiga de su hija. Una mujer nueva se ríe enseñando los dientes. Una mujer nueva no se limita a mudar la piel; la hace a un lado con fuerza.

Luego llegará el verano. Llegará el verano y las olas serán gigantescas, ese tipo de ola que supone un desafío. Si te atreves, saldrás al día brillante y caluroso y te adentrarás en la espuma agitada del agua, en dirección a donde rompen las olas, donde podrían romperte a ti. Si te atreves, le confiarás tu cuerpo a esa agua que es prácticamente un animal mucho mayor que tú.

A veces, si me quedo sentada y muy quieta, la oigo gorgotear por debajo del entarimado. Duerme en mi cama mientras voy a hacer la compra y, cuando doy un portazo al volver, se oyen pasos acolchados sobre mi cabeza. Sé que anda por ahí, pero nunca se cruza en mi camino. Deja ofrendas en la mesita del café: imperdibles, corchos de champán, caramelos duros envueltos en celofán con dibujos de fresa. Me revuelve la ropa sucia y deja un rastro de calcetines y sujetadores hasta la ventana abierta. Me encuentro los cajones y el aire desordenados. Pone las etiquetas de las latas de sopa mirando hacia fuera y limpia la constelación de salpicaduras de café seco de los azulejos de la cocina. Las sábanas se impregnan de su perfume. Está por aquí, rondando, aun cuando no está por aquí.

Después de esto solo la veré una vez más.

Me moriré el día que cumpla setenta y nueve años. Me levantaré pronto porque hay una vecina fuera hablando a voces de sus rosas con otra vecina, y porque Cal viene hoy a comer con su hija, es la visita anual, y porque tengo un poco de hambre y siento una gran presión en el pecho. Mientras se agudiza y se condensa distinguiré lo que hay al otro lado de la ventana: un ciclista que se estrella contra el cemento, un zorro blanco que corretea entre la maleza, el redoble lejano del océano. Pensaré: «Es como predijeron mis hermanas.» Pensaré: «Aún las echo de menos.» Pensaré: «Ahora es cuando sabré si todo esto ha valido la pena.» El dolor será insoportable hasta que ya no esté; hasta que afloje y me sienta mejor de lo que me había sentido en mucho tiempo.

Entonces habrá una quietud total, solo rota por el zumbido de una abeja de alas suaves contra la puerta mosquitera, y el crujido del entarimado.

Unos brazos –sus brazos– me levantarán de la cama. Poseerán una suavidad maternal, como de masa y musgo. Reconoceré el olor. Me inundarán la pena y la vergüenza.

Miraré donde deberían estar sus ojos. Abriré la boca para preguntar pero luego me daré cuenta de que la pregunta ya está contestada: al quererme cuando yo no la quería, al ver que yo la abandonaba, se ha vuelto inmortal. Me sobrevivirá cien millones de años; más, incluso. Sobrevivirá a mi hija, a la hija de mi hija, y la tierra bullirá de criaturas como ella, con sus formas inescrutables y sus destinos desconocidos.

Me tocará la mejilla como una vez yo toqué la de Cal, hace mucho tiempo, y en su gesto no habrá acusación alguna. Lloraré mientras me saca de mi cuerpo, hacia una puerta abierta a la mañana salada. Me acurrucaré en su cuerpo, que una vez fue el mío; pero fui una nefasta cuidadora, y me quitaron la custodia.

–Lo siento –le susurraré en su interior mientras me lleva hasta la puerta de la calle–. Lo siento –le repetiré–. No lo sabía.

LA RESIDENTE

Dos meses después de recibir la carta de admisión para Devil's Throat, le di un beso de despedida a mi mujer. Me marché de la ciudad rumbo al norte, a las montañas P***, donde había asistido a un campamento de exploradoras cuando era pequeña.

Tenía la carta junto a mí, en el asiento del copiloto, sujeta por el peso del bolso. El papel, casi tan grueso como si fuese tela, no revoloteaba, como habría hecho un pliego más delgado, más barato; de vez en cuando sufría un espasmo a causa del viento, eso sí. El membrete estaba grabado con pan de oro: era la silueta de un halcón sacando del agua con sus garras el cuerpo contorsionado de un pez. «Querida señora M***», decía.

«Querida señora M***», murmuraba yo al volante.

El paisaje iba cambiando. Pronto dejé atrás barrios residenciales y centros comerciales, luego estrechas arboledas y cerros, para acabar atravesando un empinado túnel con luces de tungsteno y comenzar un lento y sinuoso ascenso. Las montañas quedaban muy cerca, a tan solo dos horas y cuarto de casa, pero rara vez las veía ya.

Los árboles se alejaban de la carretera, y vi un letrero: «¡BIENVENIDOS A Y***! NOS ALEGRAMOS DE SU VISITA». La

191

ciudad era gris y se hallaba medio en ruinas, como tantos de los antiguos centros de carbón y acero que jalonaban el estado. De las casas que bordeaban la carretera principal se podría decir que estaban destartaladas, solo que «destartalado» conlleva cierto encanto que aquí brillaba por su ausencia. Encima del único cruce colgaba un semáforo; aparte de un coche que salió disparado de detrás de un contenedor de basura no se apreciaba movimiento alguno.

Me detuve en una gasolinera que tenía los precios ochenta céntimos por encima de la media del estado –lo había consultado antes de mi partida–. Entré en el minisupermercado a pagar y cogí una botella de agua.

–Dos por una –dijo el adolescente de aspecto malhumorado que se hallaba tras el mostrador. En la televisión minúscula que colgaba del techo ponían un programa que no reconocí.

–¿Qué? –pregunté.

–Puede coger otra botella de agua gratis –respondió. Una constelación de pústulas se arremolinaba en su mandíbula con la forma elíptica de la galaxia de Andrómeda. Estaban coronadas por cúpulas amarillentas y verdosas. Cualquiera sabe cómo se resistía para no pellizcárselas.

–No quiero otra botella –dije, empujando el dinero por el mostrador.

Pareció estupefacto, pero cogió los billetes.

–¿Se dirige a la montaña? –preguntó.

–Sí –contesté, aliviada de que me preguntase–. A la residencia de Devil's Throat.

Le titubearon los dedos sobre la caja registradora y se le encrespó la mano, como si estuviese sintiendo algún dolor. Se frotó la mandíbula y después levantó la vista con una expresión ilegible; una de las espinillas se había abierto y le había dejado una estela de pus sobre la piel.

Estaba a punto de preguntarle si había estado alguna

vez por aquella parte de la montaña, cuando la televisión que había sobre nosotros emitió una música bitonal. En la pantalla, una joven con bata se alzaba descalza ante una arboleda. Levantaba despacio los brazos hacia los lados, tanteando el aire, y luego aleteaba sin fuerzas, como un pájaro aturdido que acaba de golpearse contra una ventana. Abría la boca como para pedir ayuda, pero a continuación la cerraba sin emitir sonido alguno y volvía a abrirla, como una enferma con un secreto en el lecho de muerte.

Entonces la cámara enfocaba detrás de los árboles, donde un grupo de chicas observaban cómo la desventurada joven daba un paso tambaleante tras otro. Una de ellas se inclinaba al oído de su vecina para susurrar: «Supongo que no todo el mundo tiene madera para esto.»

Entonces una risa enlatada destripó el audio y el joven soltó una risotada mientras introducía números en la caja.

—¿Qué es esto? —pregunté, azorada.

—Una reposición —gruñó. Me devolvió el cambio, húmedo de sudor. Al salir, me toqué la cara y me sobresalté al descubrir unas lágrimas a la temperatura de la sangre.

Pronto el morro del coche enfiló carretera arriba hacia la montaña.

Durante la adolescencia, tenía la obligación permanente de asistir al campamento de las exploradoras un puente cada otoño, con el resto de la tropa. Como emprendíamos viaje después del colegio, a finales de octubre, para cuando llegábamos a la montaña nos rodeaba una oscuridad densa como la tinta. En el asiento trasero del monovolumen de la señora Z***, las niñas se sumían en el silencio o en el sueño después de tanto rato en la carretera, habiendo agotado la charla mucho antes de abandonar la civilización. Tras el incidente, siempre me sentaba en el asiento del copiloto. Mejor, porque prefería la compañía de los adultos a la de mis iguales.

En el coche, la única luz era el resplandor luminoso del salpicadero. La señora Z*** miraba al frente mientras su hija –mi enemiga, pero una chica guapa de gran altura y pelo castaño– se quedaba inevitablemente dormida en el asiento trasero; su cráneo golpeteaba en el cristal de la ventanilla cada vez que el vehículo cogía un bache, aunque ella nunca se despertaba. A su lado, las demás niñas fijaban la vista a media distancia, o descansaban con los ojos cerrados también. Fuera, los faros del automóvil atravesaban la noche, iluminando una tira de carretera en constante rotación, ramas caídas y hojas al viento, además del purín ocasional de rojo y carne donde un ciervo había encontrado su final desde las últimas lluvias.

De vez en cuando la señora Z*** me dirigía la mirada, inspiraba aire por la nariz y murmuraba alguna banalidad («¿Qué tal va la escuela?» era su frase preferida). Sabía que hablaba en voz baja para no despertar a su hija, o para que su hija no se enterase de que estaba hablando conmigo, y yo hacía lo mismo y respondía una banalidad. («Bien. Me gusta la asignatura de lengua.») No había manera de explicarle a aquella mujer en particular que el colegio era bueno para aprender y un horror para todo lo demás, y que su hijita bienhablada (a la que ella había alumbrado, acunado, alimentado y amado durante tantos años) encarnaba un porcentaje importante de mi sufrimiento. Y luego nos quedábamos de nuevo en silencio, mientras el bosque se extendía ante nosotras.

A cada lado de la carretera, los troncos blancos de los árboles quedaban iluminados hasta cierto punto: el tipo de visibilidad breve que proporcionaría el flash de una cámara a medianoche. Veía una capa o dos de árboles y más allá una negrura opaca que me resultaba perturbadora. El otoño era el peor momento para adentrarse en las montañas, pensaba. Internarse en la espesura mientras esta se contorsionaba buscando aire me parecía una imprudencia.

Apagué el aire acondicionado. Si me vieran ahora esas chicas: adulta, casada, con la pátina magnífica de mis logros.

Había sintonizado un canal de música clásica: pusieron un tema magnífico y desenfadado que discurría de modo irregular, con picados y crecidas, a medida que surcaba las curvas. Era como el comienzo de una película antigua: un coche serpenteando para alcanzar su destino detrás de los títulos de crédito, en letras blancas. Cuando estos terminasen, el vehículo se detendría ante una vieja casa de campo, donde saldría yo, quitándome un pañuelo blanco del pelo y llamando a mi vieja amiga, que acudiría a saludarme, y las risas y la complicidad que compartiríamos mientras llevábamos las maletas a la casa no dejarían entrever en absoluto los horrendos acontecimientos cuyos engranajes ya se habían puesto en marcha.

–Hemos oído a Isaac Albéniz –informó el presentador– y su *Rapsodia española*. –Al rato, las cumbres comenzaron a engullir la música hasta reducirla a interferencias. Apagué la radio y bajé la ventanilla; reposé el codo sobre la tira de goma, sintiéndome muy satisfecha.

Entonces reparé en el coche que había detrás de mí: un mastodonte bajo y blanco que se pegaba demasiado. Sentí una extraña espiral a la altura del ombligo, el remolino descendente que puede preceder al miedo o a la excitación. Después se produjo un cambio que percibí antes de comprender. Una luz roja y azul se derramó sobre el coche.

El agente de policía permaneció detrás de mí dos minutos enteros antes de abrir la puerta y acercarse al coche entre crujidos.

–Buenas tardes –dijo. Tenía unos ojos pequeños, pero

extrañamente amables, y un punto rojo en la comisura del labio: una calentura a punto de florecer.

–Buenas tardes –respondí yo.

–¿Sabe usted por qué la he hecho parar? –preguntó.

–No tengo ni la más remota idea –dije.

–Iba usted demasiado rápido –explicó–. A noventa kilómetros por hora, cuando el máximo es de setenta.

–Ah –murmuré.

–¿Adónde se dirige? –preguntó.

Mientras hablábamos, el punto rojizo pareció advertir mi presencia y se expandió hacia fuera, como una ameba preparándose para la reproducción. Llevaba alianza, así que, a no ser que hubiese acaecido alguna desgracia reciente, había una esposa que había visto la marca aquella misma mañana. Me la imaginé (podrán pensar que es una impertinencia por mi parte asumir que su esposa era mujer, dadas mis circunstancias personales, pero algo en su comportamiento me hacía pensar que nunca había tocado a un hombre sin ira, fuerza o ansiedad, a pesar de que en aquel mismo momento se tocaba el anillo de forma inconsciente con el pulgar, lo cual sugería un temperamento afectuoso, o quizá un recuerdo erótico) como una mujer completamente diferente a mí; es decir, una mujer que no temía el contagio. Me la imaginé besándolo en la boca, quizá incluso procurándole un minúsculo tubo de pomada extraído de una cesta llena de pomadas varias y dándole unos toquecitos con ella; seguro que intentaría consolarlo con algún comentario («Estoy segura de que nadie lo verá siquiera») al tiempo que le apretaba el hombro. Quizá tenían una única calentura que se pasaban de uno a otro, como harían con un bebé.

Cuando salí de mi ensueño, su coche ya había desaparecido de mi vista. Miré el papel que me había entregado: una advertencia. «Conduzca despacio y llegará sana y salva. Agente M***», ponía en la parte superior, con una letra triste y amazacotada.

Pronto llegué a un cruce, donde, según indicaba la señal, debía girar a la izquierda para ir a Devil's Throat. La otra dirección me llevaría de nuevo al pasado, a aquel campamento en ruinas donde tantas cosas se habían torcido o enderezado.

Aquel último tramo era la parte más bonita del camino. Los árboles se inclinaban hacia la carretera como lacayos haciéndole una reverencia al calor temprano. Las hojas lustrosas ocultaban el cielo con su densidad. Oía el clamor de las cigarras, pero lo encontraba reconfortante. Me sentí renovada al conducir por aquella carretera... ¡hacia el paraíso! ¡Hacia la ultimación de mi novela! Me había pasado la vida imaginando un momento en el que, en lugar de confiar en la generosidad de los demás, podría ser independiente como artista, hablar de mi novela publicada (que habría cosechado críticas modestas pero positivas; no era tan arrogante como para suponer que iba a iluminar al mundo), enseñar donde quería, dar pequeñas pero respetables conferencias por cantidades de dinero pequeñas pero respetables. Todo aquello quedaba ahora a mi alcance.

Una criatura se me coló debajo del coche.

Di un volantazo y frené con tanta brusquedad que sentí cómo el coche chirriaba a modo de protesta y el topetazo del metal sobre un cuerpo. Si hubiera estado nevando o lloviendo seguro que habría aparecido muerta, balanceándome del árbol más cercano. El coche se detuvo de modo abrupto en mitad de la calzada.

Miré por el retrovisor, aterrorizada ante la idea de ver qué yacía en la carretera.

No había nada.

Salí del coche y miré debajo. Allí los ojos negros e inertes de un conejo se encontraron con los míos. Le faltaba la parte inferior del cuerpo, con la misma precisión que si fuese un folio de papel rasgado en dos mitades. Di la vuelta al coche en busca de la otra mitad. Incluso volví a arrodillarme para echarle un vistazo al laberinto de la parte inferior del chasis. Nada.

—Lo siento —dije mirándolo a los ojos sin expresión—. Te merecías algo mejor. Algo mejor que yo.

Me dejé caer con pesadez en el asiento del conductor, con sendos puntos de suciedad en los pantalones por toda recompensa. La angustia me asaltó como si fuese una náusea. Esperaba que aquello no fuese algún tipo de augurio.

Ante mí había un letrero azul con una flecha que señalaba a la derecha. Ponía DEVIL'S THROAT. No se andaban con chiquitas.

Conforme el coche bordeaba la finca, comprendí que solo podría ver una pequeña fracción de ella durante mi estancia. Medía cientos de hectáreas, muchas de ellas de terreno virgen. Devil's Throat había sido en otros tiempos un centro turístico a orillas del lago para los millonarios de Nueva York, pero los propietarios dilapidaron sus finanzas y toda la empresa se fue al garete durante la Gran Depresión. Ahora era propiedad de una organización que había creado becas consistentes en ofrecer tiempo y espacio para que los escritores y artistas pudiesen trabajar. La residencia, según pude deducir por el mapa que había llegado por correo poco después de la carta de admisión, ocupaba la esquina más meridional del recinto: un racimo de estudios y un edificio principal que una vez había sido un suntuoso hotel. Los estudios circundaban la periferia del lago, donde los residentes más acaudalados habían pasado veranos enteros, holgazaneando en medio del calor y la humedad.

Seguí la carretera hasta que los árboles por fin se separaron. El antiguo hotel brotaba del suelo como una infección, como una alteración en medio de los bosques. Estaba claro que antaño había sido una estructura grandiosa, de diseño radical, el tipo de trabajo realizado por jóvenes arquitectos a los que no habían aplastado aún los años de anonimato y de prototipos inacabados.

Había dos coches –uno antiguo, de un azul sucio, y el otro rojo, brillante a la luz del sol– aparcados de cualquier manera junto al hotel. De repente me sentí violenta por la cantidad de posesiones que llevaba en el maletero y el asiento de atrás. Tendría que cargar con ellas, cosa que requeriría al menos media docena de viajes.

Salí del coche y lo dejé todo allí.

El primer piso del hotel era corriente pero elegante, hecho de piedra color gris oscuro y mortero negro, con ventanas esbeltas que revelaban fragmentos del interior al azar: terciopelo rojo, paredes con paneles de madera, una taza de café abandonada que echaba humo sobre una mesita. Pero el segundo piso le otorgaba al edificio el aspecto de un caramelo blando estirado y dilatado hasta alcanzar dimensiones extravagantes. Las ventanas y las paredes giraban en ángulos extraños a partir de sus parientes del primer piso, inclinándose a diestro y siniestro. A lo mejor desde una ventana se veía más suelo que cielo; desde otra, más cielo que suelo. La curva de una de las habitaciones se acercaba tanto a los árboles cercanos que una rama se arqueaba hacia la ventana; una brisa fuerte bastaría para instigar sus insinuaciones. Arriba del todo, el tejado se empinaba cada vez más hasta acabar en una voluta, como la punta de un pegote de nata. Allí se hallaba una enorme esfera de cristal.

Las escaleras que conducían a la puerta principal eran amplias, tan amplias que si uno se detenía en el centro las barandillas quedaban fuera de su alcance. Avancé por la parte derecha, deslizando la mano por la barandilla hasta que una astilla se me clavó en la palma de la mano. La levanté y examiné la partícula, situada entre la línea del corazón y la línea de la cabeza. Pellizqué la madera visible y tiré; la mano se me contrajo alrededor de la herida, que no sangró. Subí los últimos escalones que llevaban al porche.

Vacilé ante la opulenta entrada, en señal de disgusto por el modo en que la madera se enroscaba formando zarcillos orgánicos en el punto de unión de las puertas, como un pulpo que asomase tentáculos y ventosas de su escondite. Mi mujer siempre me tomaba el pelo por mis sentimientos y sensaciones, porque las cosas me encantaban de inmediato o las odiaba por razones que solo conseguía articular tras meses de reflexión. Me quedé titubeando allí en la entrada diez minutos por lo menos, antes de que un hombre apuesto con mocasines abriese la puerta. Pareció sobresaltarse al verme.

–Hola –dijo. Tenía voz de bebedor, seguramente homosexual. Me cayó bien de inmediato–. ¿Vas a... entrar? –Se hizo a un lado y casi desapareció tras la puerta.

–Yo..., sí –respondí, poniendo un pie en el umbral. Le dije mi nombre.

–¡Ah, sí! Creo... –Se volvió hacia el espacio vacío que había tras él–. Creo que pensábamos que venías mañana. A lo mejor ha habido un malentendido.

La entrada de la habitación contigua eyaculó una ráfaga de actividad y me di cuenta de que se había dirigido a un trío de mujeres que quedaba un poco más allá de mi línea de visión: una huerfanita esbelta y pálida con una túnica informe cuyo estampado fractal formaba docenas de agujeros en su torso y despertó en mí una inquietud inmediata; una mujer alta con rastas recogidas sobre la cabeza y una sonrisa generosa; y una tercera mujer a la que reconocí, a pesar de estar segura al mismo tiempo de no haberla visto nunca.

La mujer con el vestido que despertó mi inquietud se presentó como Lydia, «poeta-compositora». Llevaba los pies descalzos y guarrísimos, como si intentase probarle al mundo que era una bohemia incorregible. La mujer alta dijo que se llamaba Anele y era fotógrafa. La mujer a la que reconocí sin reconocer pronunció un nombre que olvidé de inmediato. No quiero decir que no prestase atención; fue más bien que ella pronunció el nombre y mientras mi mente se cerraba en torno a él, este se escabulló como hace el mercurio entre los dedos que lo persiguen.

—Es pintora —dijo el hombre que había abierto la puerta. Añadió que él se llamaba Benjamin y era escultor.

—¿Por qué no estáis en los estudios? —pregunté, arrepintiéndome de la indiscreción en cuanto hubo salido de mi boca.

—Aburrimiento de mediodía —contestó Anele.

—Aburrimiento de media residencia —aclaró Lydia—. Los más sociables de entre nosotros —dijo con un gesto que señalaba a su alrededor— a veces almorzamos aquí en la sala principal, para evitar volvernos locos.

—Acabamos de terminar —explicó Benjamin—. Yo ya iba de vuelta. Pero seguro que si metes la cabeza en la cocina pillas a Edna y a lo mejor puede hacerte algo de comer.

—Te llevo —propuso Anele. Enlazó su brazo con el mío y me alejó de los demás.

Mientras cruzábamos el vestíbulo, sentí un estallido fresco de miedo en relación con la mujer cuyo nombre no parecía capaz de recordar.

—La pintora... —dije, con la esperanza de que Anele me proporcionaría la información que buscaba.

—¿Sí? —preguntó.

—Es... muy guapa.

–Sí que lo es –convino Anele. Empujó una puerta doble–. ¡Edna!

Había una mujer fibrosa encorvada sobre el fregadero; parecía haberse sumido en sus profundidades jabonosas. Se enderezó y me miró. Tenía el pelo de un rojo fuego, recogido detrás de la cabeza con una cinta de terciopelo negro.

–¡Anda! –dijo al verme–. ¡Ya estás aquí!

–Pues sí... –confirmé.

–Me llamo Edna –dijo–. Soy la directora de la residencia. –Se quitó los guantes amarillos de goma y me tendió la mano; yo se la estreché. Estaba fría y húmeda, como una esponja recién escurrida–. Llegas pronto –añadió–. Un día entero.

–Debo de haber leído mal la carta –susurré. Un rubor escarlata inundó mis mejillas y me pareció oír la risa suave de mi esposa, mi mortificación en todo su esplendor.

–No importa –dijo ella–. No pasa nada. Te llevaré a tu habitación. A lo mejor tu cama no tiene sábanas...

Al volver al vestíbulo, Benjamin estaba rodeado de mis cosas: mis maletas, la cesta de comida, hasta mi mochila de emergencia para el coche, que no tenía previsto sacar del maletero.

–¿He dejado el coche abierto? –pregunté.

–¿Y por qué ibas a cerrarlo aquí? –preguntó con alegría–. Vamos. –Se inclinó y cogió mis maletas. Yo cogí la cesta. Edna se agachó hacia la mochila.

–No hace falta –le dije, y se enderezó. Subimos las escaleras.

Me desperté después de la puesta de sol, cuando desaparecían del cielo los últimos posos de luz. Me sentía desorientada, como una niña que se ha quedado dormida en una fiesta y se despierta vestida en la habitación de invitados. Instintivamente, extendí la mano para buscar a mi esposa, pero me encontré solo con unas sábanas de gran calidad y una almohada perfectamente mullida.

Me incorporé. El papel pintado era de color oscuro, estampado de hortensias. Oía ruidos en el primer piso: murmullos, charlas, el beso de los cubiertos y la porcelana. Tenía un sabor horrible en la boca y la vejiga llena. Si lograba incorporarme, podría ir al baño. Si iba al baño, entonces podría encender la luz. Si encendía la luz, podría localizar el colutorio en la maleta y librarme de aquel sabor a moho. Si conseguía quitarme aquel sabor, podría bajar a cenar con los demás.

Al bajar una pierna de la cama, tuve la visión monstruosa de una mano que salía disparada de debajo de los faldones de la cama para agarrarme el tobillo y arrastrarme allá abajo mientras el ruido de las bromas y las risas del comedor ahogaba mis gritos de pánico, pero se me pasó. Bajé la otra pierna, me puse en pie, y fui tambaleándome a oscuras hasta el baño.

Mientras vaciaba la vejiga, reflexioné sobre mi novela tal y como era, es decir, un montón de notas y papeles metidos en un cuaderno. Pensé en Lucille y sus vicisitudes. Eran muchas.

Bajé, con los residuos de colutorio ardiéndome entre los dientes. La larga mesa, de madera oscura –cerezo, quizá, o castaño; en cualquier caso, teñida de un opulento carmesí–, estaba puesta para siete personas. Mis compañeros residentes se arremolinaban en los rincones de la sala, charlando con las copas de vino en la mano.

Benjamin me llamó y me hizo un gesto con la mano. Anele levantó la vista y sonrió. Lydia estaba absorta en la conversación que mantenía con un hombre delgado y guapo que tenía los dedos emborronados de algo oscuro

–tinta, supuse–. Él me sonrió con timidez pero no dijo nada.

Benjamin me tendió una copa de vino antes de que me diera tiempo a decirle que no bebo.

–Gracias –le dije, en lugar de «No, gracias». Oí la voz cálida de mi mujer como si estuviese a mi lado, susurrándome al oído. *Sé simpática*. Sabía que mi mujer me quería tal como era, pero también estaba convencida de que le habría encantado tener una versión más relajada de mí misma.

–¿Te has instalado? –preguntó–. ¿O estabas descansando?

–Descansando –contesté, y di un sorbo de vino. Me resultó agrio mezclado con la menta, y me lo tragué con rapidez–. Supongo que estaba cansada del viaje.

–Es un viaje horrible, venga uno de donde venga –convino Anele.

La puerta de la cocina se abrió de repente y salió Edna, llevando una bandeja de lonchas de jamón. Colocó la bandeja en la mesa y, como si esa fuese la señal, todos abandonaron las conversaciones para congregarse alrededor de las sillas.

–¿Ya te has acomodado? –me preguntó.

Asentí. Todos tomamos asiento. El hombre de los dedos emborronados extendió el brazo por encima de la mesa para darme un blando apretón de manos.

–Soy Diego.

–¿Cómo vais con el trabajo? –preguntó Lydia.

Todas las cabezas se agacharon como para evitar responder. Cogí una loncha de jamón y una cucharada de patatas.

–Yo me marcho mañana por la mañana –dijo Edna–, y volveré al final de la semana. Las verduras están en la nevera, por supuesto. ¿Alguien necesita algo de la civilización?

Unos cuantos «no» salieron de la mesa. Metí la mano

en mi bolsillo trasero y saqué una carta sellada, dirigida y escrita previamente que debía mandar a mi esposa para confirmarle que había llegado sana y salva.

—¿Puedes enviar esto, por favor? —pregunté.

Edna asintió y fue a meterla en su bolso, que estaba en el pasillo.

Lydia masticaba con la boca abierta. Se sacó algo de entre los molares —un cartílago—; luego se pasó la lengua por los dientes y dio otro sorbo de vino.

Benjamin volvió a llenarme la copa. No recordaba haberla vaciado pero, de algún modo, lo había hecho. Me notaba los dientes suaves en las encías, como si estuviesen forrados de terciopelo.

Todo el mundo empezó a hablar de esa manera laxa y poco precisa que fomenta el vino. Diego era ilustrador profesional de libros para niños, según me enteré, y en aquel momento estaba trabajando en una novela gráfica. Era español, dijo, aunque había vivido en Sudáfrica y los Estados Unidos gran parte de su vida adulta. Luego flirteó un poco con Lydia, lo cual hizo que mi opinión sobre ellos empeorara. Anele contó una anécdota sobre un encuentro embarazoso con un novelista premiado cuyo nombre no reconocí. Benjamin describió su escultura más reciente: Ícaro con alas hechas de cristal roto. Lydia dijo que se había pasado todo el día «aporreando el piano».

—No os he molestado, ¿verdad? —preguntó con una voz que sugería que le importaba un comino si era así. Siguió explicando que estaba componiendo un «poema-canción», y en aquellos momentos se encontraba en la parte «canción» del proceso.

Las paredes estaban insonorizadas, le aseguró Edna. Aquí podrían asesinarte y no se enteraría nadie.

Lydia se inclinó hacia mí con una expresión de profunda satisfacción.

–¿Sabes cómo llamaban a este sitio los ricachones antes de perderlo?

–Angel's Mouth –contesté–. De pequeña era exploradora y veníamos aquí todos los años. Siempre me acuerdo del letrero.

–Angel's Mouth –dijo medio a voces, como si yo no hubiese abierto la boca. Dio una palmada en la mesa y soltó una risotada. Sus dientes parecían podridos, porque estaban manchados de color ciruela. La odiaba, comprendí con un sobresalto. Nunca había odiado a nadie antes. Algunas personas me habían provocado incomodidad, o habían hecho que deseara desaparecer con un simple pestañeo, pero el odio me resultó nuevo y ácido. Irritante. Además, me había emborrachado.

–¿Qué se hace en los campamentos de exploradoras? –preguntó Benjamin–. ¿Nadar, hacer marchas?

–¿Follar unas con otras? –sugirió Diego.

Lydia le dio una palmada juguetona en el hombro.

Di un sorbo de vino que ya no saboreaba.

–Hacíamos manualidades y ganábamos insignias. Cocinábamos en la hoguera. Contábamos historias. –Esa había sido siempre mi parte preferida–. Normalmente íbamos en otoño, así que hacía demasiado frío para nadar –expliqué–. Pero sí que caminábamos por la orilla y a veces jugábamos a quién es más valiente en el muelle.

–¿Por eso has venido a esta residencia en particular? –preguntó Anele–. ¿Porque conoces la zona?

–No –contesté–. Es solo una coincidencia. –Fui a posar el vaso sobre la mesa y acerté por los pelos.

Entonces se oyó el horrendo ladrido de la risa de Lydia. Diego había enterrado la cara en su larga cabellera para verterle alguna información secreta al oído. Lydia me miró y volvió a reírse. Yo me sonrojé y me concentré en la comida.

Anele se acabó el vino y colocó una mano sobre su copa cuando Diego levantó la botella; después se volvió hacia mí.

–Durante mi estancia estoy trabajando en un proyecto que se va a llamar «Los artistas» –dijo–. ¿Estarías dispuesta a pasar una tarde haciendo una sesión de retratos conmigo? Sin presiones, por supuesto.

Sí que me sentía presionada, pero estaba achispada y además me caía bien Anele, como a veces me pasaba con algunas personas (parecía albergar unas abrumadoras buenas intenciones y poseía, no se podía negar, una asombrosa belleza). Vi que me observaba llena de expectación y me di cuenta de que estaba sonriendo sin razón alguna. Me froté la cara entumecida con las palmas de las manos.

–Cómo no –dije, mordiéndome la parte interior de la mejilla. La boca me supo a metal.

A la mañana siguiente, una capa de frío había cubierto las montañas P***, y al otro lado de las ventanas de la cocina los campos estaban cubiertos de niebla.

–¿Tomas café? –preguntó Anele a mi espalda. Apenas había asentido cuando me plantó en la mano una taza caliente y pesada de la que sorbí sin mirar–. Puedo acompañarte a los estudios –dijo–. Me encantaría. Es difícil llegar si no conoces el camino, incluso cuando el paisaje no está oscurecido por la niebla. ¿Has dormido bien?

Asentí de nuevo. La intención –la intención de vocalizar un agradecimiento para Anele por tanta amabilidad– espoleó a un animalito cautivo en mi cerebro, pero no conseguí apartar los ojos de la blancura que había más allá de la ventana y de la facilidad con que lo eclipsaba todo.

Cuando las puertas se cerraron detrás de nosotras, di un respingo. Desde los escalones veía el contorno de los árboles por entre los cuales teníamos que pasar para llegar al lago. Anele emprendió la marcha, sorteándolos para encontrar el camino. Saltó sin esfuerzo por encima de un tronco caído y zigzagueó para evitar un parterre de setas gordas y refulgentes. En algún momento dejamos atrás un banco blanco y estrecho cuyo diseño y dimensiones sugerían que no estaba hecho para descansar. Hizo un gesto hacia él sin volverse.

—El banco está más o menos a mitad de camino entre el lago y el hotel; te lo digo como referencia.

Cuando los árboles quedaron detrás, distinguí las debilísimas formas de los edificios. Uno surgió directamente ante mí. Por primera vez, me aparté de la estela de Anele y di un paso hacia él con la esperanza de verlo con más nitidez al acercarme.

—¡Oye! —Anele me agarró por la correa del bolso y tiró de mí—. Ten cuidado. Casi te metes en el lago. —Ante mí el aire era como leche; no se veía ningún edificio.

Anele hizo un gesto a su derecha, donde unos escalones ascendían hacia las sombras.

—Aquí estás. Tórtola, ¿no?

—Sí —asentí con fuerza—. Gracias por enseñarme el camino.

—Ten cuidado —dijo—. Y si necesitas volver... —Apuntó a nuestro lugar de partida. Una bola de luz resplandeció aun en medio de la niebla—. Ahí está el hotel. Esa luz permanece encendida por la noche y cuando hace mal tiempo. Para que siempre podamos volver. ¡Buena suerte con tu libro!

Anele se desvaneció entre la bruma, aunque seguí oyendo el ruido que hacían sus pies al desplazar guijarros mucho después de que se hubiese marchado.

Mi cabaña era una construcción de tamaño generoso con un despacho que miraba al borde del lago —mejor dicho, miraría, cuando cayese la niebla–. Incluso había un pequeño porche para trabajar los días en que no hiciese demasiado sol ni lloviese demasiado, o para relajarse y observar. A pesar de su antigüedad, la construcción era de una reconfortante solidez. Paseé a su alrededor, tocando las junturas y barandillas, sacudiéndolas para ver si había algo podrido o que se me quedase en la mano como la extremidad de un leproso. Todo parecía resistente.

En el interior, había una serie de tablones de madera sobre un estante, encima del escritorio. A primera vista parecían las tablas de Moisés, pero tras ponerme de pie en una silla para echarles un vistazo vi que eran listas y más listas de nombres –algunos claros, otros ilegibles– de residentes anteriores. Los nombres, las fechas y las bromas formaban un conjunto, como un poema dadaísta.

Solomon Sayer, escritor de ficción. Undine Le Forge, pintora, junio 19***. Ella Smythe, «El verano del amor». C***.

Fruncí el ceño. Alguien con mi nombre –otra residente– había ocupado esa misma cabaña muchos años atrás. Pasé el dedo por mi nombre –por su nombre– y luego me lo froté contra los pantalones.

«Residente.» Curioso término. A primera vista carecía de importancia, como una piedra, pero si le dabas la vuelta, estaba lleno de vida. Un residente vivía en algún sitio. Eras residente de una ciudad o de una casa. Aquí, eras residente del espacio, sí –no de veras, por supuesto–; eras visitante, pero mientras que «visitante» sugería marcharse al terminar la noche y conducir en la oscuridad, «residente» significa que colocas tu hervidor de agua, que te quedas un tiempo, pero también que eres residente de tus propios pensamientos. Tenías que encontrarlos, ser consciente de ellos, pero una vez que los localizabas ya no tenías que marcharte nunca más.

Sobre el escritorio había una carta que me daba la bienvenida a la cabaña de la Tórtola y me animaba a añadir mi nombre a la tabla más nueva. Desde el escritorio se veía la mitad del porche; después, la opacidad de la niebla consumía la barandilla y todo lo que había más allá.

Deshice el equipaje y coloqué el cuaderno junto al ordenador; bullía de buenos augurios. La novela. Mi novela.

Comencé a trabajar. Decidí hacer un bosquejo de mi novela en fichas, para poder cambiarles el orden con facilidad. Toda la pared era de corcho, así que pegué las fichas formando un entramado, colocando las peripecias y los triunfos de Lucille de modo que pudiese manipularlos con facilidad.

Un ciempiés se arrastró por la pared y lo maté con la ficha que decía *Lucille se da cuenta de que toda su infancia ha sido una terrible mentira, desde la primera hasta la última frase*. Aún meneaba las patas después de pintar la escayola con sus tripas. Hice una ficha nueva y tiré esa a la basura. La que ponía *Lucille descubre su sexualidad al borde de un lago de otoño* estaba pegada en el centro, porque era donde la trama se detenía abruptamente. Recorrí las fichas con la mirada. *Baxter escapa y lo atropella un coche. La novia de Lucille la deja porque es «problemática en las fiestas». Lucille participa en el concurso de arte*. Me sentí satisfecha con mis progresos, aunque un poco preocupada por no tener perfectamente claro cómo iba a maximizar el sufrimiento de Lucille. Lo más seguro es que no bastase con perder el gran premio del festival de arte. Me hice una taza de té y me senté en la silla; allí permanecí, mirando las fichas, hasta la hora de la cena.

Justo antes del amanecer me desperté con un sabor jabonoso alrededor de los molares. Mi cuerpo salió a sacudidas de la cama. Caí de rodillas ante el váter, aún apartando briznas de sueños cuando un eructo caliente anunció lo que llegaba.

Me había puesto enferma antes, pero nunca así. Vomité con tanta fuerza que arranqué el asiento del váter de los goznes con un terrible crac; luego descansé la cabeza en el azulejo fresco hasta que me pareció que estaba limpia, que era la mejor del mundo. Me senté de nuevo y de mi cuerpo salió más, imposible, más. Para refrescarme me arrastré hasta la bañera. Cuando levanté la vista hasta la alcachofa, en los segundos previos a que escupiese un alivio helado, vi que era oscura y estaba carcomida por el óxido y la cal, como la boca parásita de una lamprea. Vomité de nuevo. Cuando estuve segura de que no quedaba nada en mi interior, me arrastré de nuevo a la cama; allí me cubrí el cuerpo con el pesado edredón y me retiré al interior de mí misma.

La enfermedad persistió algún tiempo. Tenía picos de fiebre y a mi alrededor el aire brillaba como el calor sobre el asfalto. Pensé que tenía que ir al hospital, que mi mente era un horno, como el resto de mi cuerpo, pero el pensamiento era como una ramita que pasaba flotando en medio de la inundación de Noé. Me helaba de frío y me enterraba en las mantas; luego me asaba viva y me quedaba en cueros, mientras el sudor cristalizaba sobre mi piel. En el peor momento, extendí el brazo hacia el otro lado de la cama para sentir el contorno de mi propia cara. Tengo la impresión de que llamé a gritos a mi mujer varias veces, aunque nunca sabré si grité muy alto (o si lo hice siquiera). Tengo la impresión de que llovió, porque algo húmedo golpeaba el cristal de las ventanas en oleadas. En el punto álgido de la fiebre, creí que era el sonido de la marea, que me estaba hundiendo bajo la superficie del océano, zambulléndome sin que me vieran, sin calor ni luz ni aire. Estaba sedienta, pero cuando intenté dar un sorbo de agua de mi palma temblorosa, volví a vomitar; me dolían los músculos del esfuerzo. Me estoy muriendo, pensé, y ya está.

Me desperté con las finas vetas de la mañana, gracias a los suaves golpes que alguien propinaba en mi puerta al tiempo que me llamaba. Anele.

–¿Estás bien? –preguntó desde el otro lado de la puerta–. Estamos todos muy preocupados por ti. Llevas dos noches sin venir a cenar.

No podía moverme.

–Pasa –dije.

La puerta se abrió y oí que Anele tomaba una gran bocanada de aire. Más tarde comprendí qué había causado su reacción: el ambiente de la habitación era caliente y agrio. Olía a fiebre y a sudor rancio, a vómito y a llanto.

–He estado enferma –expliqué.

Se acercó a la cama, cosa que consideré muy amable teniendo en cuenta la posibilidad de contagio.

–¿Quieres...? ¿Llamo a Edna? –preguntó.

–Si pudieses traerme un vaso de agua, te lo agradecería mucho –contesté.

Tuve la sensación de que se había esfumado, pero luego volvió con un vaso. Di un sorbo, pero por primera vez desde hacía días mi estómago no se movió, excepto para gruñir de hambre. Vacié el vaso entero, y aunque no me sació la sed, sentí que la humanidad volvía a mí.

–Otro, por favor –pedí, y me rellenó el vaso.

Me lo terminé y me sentí renovada.

–No hace falta que llames a Edna –aseguré.

–¿Estás segura? –preguntó–. Entonces, avísame si necesitas algo.

–¿Ha llegado correo para mí? –pregunté. Una carta de mi esposa resultaría reconfortante.

212

–No, nada –respondió.

Comencé a escribir aquella misma tarde. Aún tenía las piernas temblonas y una extraña sensación rasposa en el pecho, pero fui escribiendo a impulsos cortos y por lo general me sentí bien. La Pintora se acercó a mi cabaña y llamó a la puerta. La intrusión me sobresaltó, pero dijo algo y me ofreció una cajita con medicamentos. No hice además de cogerlos. ¿Qué era lo que me ocultaba mi mente cuando olvidaba sus palabras?

Dijo algo más y sacudió de nuevo la caja ante mí. La cogí. Luego levantó la mano y me tocó la cara; me encogí, pero tenía los dedos frescos y secos. Bajó las escaleras y se dirigió al borde del lago; allí se agachó, cogió algo del césped y lo lanzó al agua.

Saqué una de las pastillas rasgando el blíster y la observé. Era alargada, no tenía números ni letras, y lucía un color rojo anaranjado, aparte de un trocito púrpura y azul, y otro verde al darle la vuelta; si la cogías a la luz se veía blanca como una aspirina. Tiré la caja a la basura y las pastillas al váter; se quedaron flotando como renacuajos y luego se perdieron de vista cuando tiré de la cadena.

Según fui recuperando fuerzas, comencé a dar paseos por el lago. Era más grande de lo que parecía, e incluso tras caminar una hora había cubierto solo una fracción de su perímetro. El tercer día de estas excursiones, caminé dos horas y descubrí una playa con una canoa parcialmente sumergida a la deriva. El suave movimiento del agua provocaba un balanceo tan leve que me recordaba a la ondulación de las copas de los árboles al viento durante los campamentos. Tum-tum-tum-tum.

El campamento de exploradoras de mi juventud también había estado junto a un lago. ¿Podría ser al otro lado de aquel mismo lago? Si caminaba lo bastante lejos, ¿daría con el muelle donde mis preferencias tomaron forma sólida y fueron objeto de burla aquella crujiente noche de otoño? ¿Localizaría el escenario de aquel idilio romántico y terrible? No se me había pasado antes por la cabeza —siempre había supuesto que se trataba de otro lago, allí en las montañas—, pero el ritmo del agua y el recuerdo de los árboles parecían confirmar que había vuelto a un lugar de mi pasado.

Entonces fue cuando recordé que una vez me puse enferma en el campamento. ¿Cómo se me había olvidado? Ese fue el mudo placer de la residencia: dar repentino permiso para que los recuerdos vuelvan a ti. Me acordé de una de las jefas de grupo tomándome la temperatura y chasqueando la lengua al ver el número. Recordé la sensación de desesperanza. Allí, en la playa, aquella desesperanza resultaba real, como si hubiese estado buscando la señal durante décadas y acabase de dar con la torre de telefonía móvil.

Caminé un poco más lejos y advertí algo rojo entre las piedras de la playa. Me arrodillé y cogí una pequeña cuenta de cristal. Parecía proceder de la pulsera de una campista. Quizá había estado en el agua mucho tiempo y había salido a la orilla solo para mí.

Me la metí en el bolsillo y caminé de regreso a mi cabaña.

Aquella noche, mientras me desvestía para meterme en la cama, advertí que de la cara interna del muslo me sobresalía un bultito pequeño. Lo apreté. Un calambre de dolor me cortó la pierna en dos, y cuando pasó observé que se trataba de un bulto suave, como si estuviese lleno de líquido o gelatina. Sentí que se me agitaban los dedos con el deseo de reventarlo, pero me resistí. Al día siguiente, sin embargo, había otro, y otro más. Se me apiñaban en los muslos, me brotaban por debajo del pecho. Me asusté.

Quizá hubiese allí algún tipo de insecto que yo no conocía; ni garrapatas ni mosquitos. ¿Algún tipo de araña venenosa? Pero pensé en cómo había dormido y en la ropa que llevaba; no me cabía en la cabeza que hubiesen podido picarme. No sentía prurito, pero sí una hinchazón; toda yo me sentía hinchada, como si necesitase alivio.

Me senté al borde de la bañera y cau013ericé un imperdible con un mechero. El metal se ennegreció ligeramente; soplé en la punta y comprobé que no quemase con el dedo. Satisfecha de la temperatura y la esterilización, inserté la punta en la abyección primitiva. Se resistió solo brevemente –un segundo dividido en puñetazos antes de rendirse– y luego se vació. Una lengua de pus y sangre ascendió por el tallo de la aguja para después caer por su propio peso y arrastrarse pierna abajo como un ciclo menstrual desatendido. Empapé medio rollo de papel higiénico –del barato, pero aun así– con mi propia sangre, tirando trozo tras trozo. Después me sentí agradablemente dolorida, pero limpia. Los cubrí con un poco de pomada y una venda húmeda.

Anele vino a mi cabaña una tarde temprano para la sesión de retratos prometida. Parecía sudorosa y triunfante; unas enormes correas de fundas de cámara le atravesaban el torso. Miré tras ella y vi nubes oscuras a lo lejos. ¿Una tormenta?

–Aún está lejos –dijo, como si me leyese el pensamiento–. Al menos a unas cuantas horas. No tardaremos mucho, te lo prometo.

Caminamos en dirección al hotel y luego nos desviamos por un sendero, a menos de un kilómetro de distancia. El césped era cada vez más alto y acabó por llegarnos hasta la cintura; más de una vez tuve que agacharme para comprobar que tenía los pantalones metidos dentro de los calcetines, para impedir que me picasen las garrapatas. Tras hacerlo por tercera vez, me di cuenta de que Anele se había detenido y me observaba. Sonrió y luego siguió andando.

–¿Te gustaba ser exploradora? –preguntó–. ¿Durante cuánto tiempo formaste parte del grupo?

–De la primera hasta la última sección. Casi toda mi niñez. –La palabra «sección» me irrumpió en la boca como algo empalagoso, rancio, y escupí en el suelo.

–Pues no tienes pinta de exploradora –dijo.

–¿Qué quieres decir? –pregunté.

–Bueno, es que pareces demasiado... etérea. Supongo que tengo la imagen de una exploradora campechana y extrovertida.

–Lo cortés no quita lo valiente. –Me detuve y bajé la mirada a mis piernas, donde un dedo gordo cubierto de tiritas sobresalía por debajo de los pantalones. Anele no se había detenido y me apresuré a acortar la distancia. El césped se acabó de forma repentina; estábamos frente a un gran olmo. Ante el tronco había una silla de hierro forjado pintada de blanco.

–Mira, hemos llegado en el momento perfecto –dijo Anele–. La luz.

Yo no era fotógrafa (nunca había profesionalizado mis observaciones visuales, solo mis teorías, mis problemas de perspectiva y mis impulsos narrativos), pero no hizo falta que me diese más explicaciones. El sol había bajado y una luz color miel lo inundaba todo, incluyendo mi piel. Tras el árbol, la tormenta inminente oscurecía el cielo. Si hubiésemos ido en coche en dirección a la tormenta, una fotografía del retrovisor dejaría ver la luz pasada y la oscuridad futura.

Anele me tendió una sábana blanca.

–¿Puedes ponerte esto? –me pidió–. Solo esto. Envuélvetelo por el cuerpo, póntelo como estés cómoda. –Se dio la vuelta y comenzó a colocar la cámara–. Háblame de la primera sección –dijo.

–Bueno –respondí–. En la primera sección estaban las niñas pequeñas, que no habían entrado todavía en primaria. Las llamaban «Brownies», como a los pequeños duendes que vivían en las casas de la gente e intercambiaban trabajo por regalos. Hay una historia sobre unos hermanos muy traviesos que solo querían jugar y nunca ayudaban a su padre a limpiar la casa. –Desabotoné la blusa y me desabroché el sujetador–. Entonces la abuela les dice que le pregunten al viejo búho sobre esos diablillos. Y a pesar de que, técnicamente, se lo dice a los dos niños, es la niña la que va a buscar al búho...

Me envolví la sábana con fuerza alrededor del pecho, como un amante pudoroso de la tele en horario no nocturno.

–Ya estoy lista –anuncié.

Anele se volvió. Se acercó y se puso a toquetearme el pelo.

–¿Y lo encuentra?

Intenté fruncir levemente el ceño, pero Anele me estaba pasando un carmín romo como un pulgar por los labios.

–Sí –respondí–. Claro. Y el búho le dice un acertijo para que encuentre al duendecillo.

–Joder –murmuró. Me empujó el contorno de la boca, deslizando el dedo contra la cera cosmética–. Lo siento, me he salido del labio. –Comenzó a ponerme de nuevo–. ¿Y cuál es el acertijo para encontrar al duende?

Dejé de sentir el suelo bajo mis pies y durante un brevísimo segundo estuve segura de que el lejano trueno me había fulminado, como el dedo de un dios.

–No me acuerdo –susurré. Anele apartó los ojos de mi

217

boca y me miró durante un largo y duro segundo antes de cerrar el lápiz de labios.

–Eres muy guapa –dijo, aunque era difícil distinguir si su voz era admirativa o simplemente tranquilizadora. Me sentó de un empujón en la silla y regresó a su cámara. Yo tenía la piel glaseada de sudor; un mosquito pasó zumbando junto a mi oído y me picó antes de que pudiese ahuyentarlo. Por primera vez observé la cámara, que ella debía de haber montado mientras me cambiaba. Parecía un trasto antiguo; daba la impresión de que Anele se echaría hacia delante, cubriría su cabeza con un pesado paño y haría la foto presionando un botón al final de un cordel. No sabía que esas cámaras seguían existiendo.

Se dio cuenta de que la estaba mirando.

–Se llaman cámaras de gran formato. Los negativos son más o menos del tamaño de tu mano. –Me levantó la barbilla y a continuación dijo–: Ahora quiero que te dejes caer.

–¿Perdona? –pregunté. Sentí que un trueno se propagaba por el esqueleto de la silla. Aquel detalle no figuraba en la petición original, estaba segura.

–Quiero que te caigas de la silla –dijo–. Quédate tal como caigas. Mantén los ojos abiertos y el cuerpo inmóvil.

–Pero...

–Cuanto antes hagamos esto, menos probable es que nos llueva –afirmó con voz firme y amistosa. Sonrió ampliamente y luego desapareció bajo la capucha de la cámara.

Titubeé. Miré al suelo. El césped resplandecía con la luz del crepúsculo, pero veía suciedad y piedras. No tenía ganas de hacerme daño. Para ser sinceros, ni siquiera tenía ganas de ensuciarme.

Anele salió de debajo de la tela.

–¿Todo bien? –preguntó.

La miré a la cara y luego volví a mirar al suelo. Me incliné hasta caer.

Las sorpresas llegaron todas juntas: para empezar, la tierra no estaba tan dura como yo me imaginaba; cedió como si fuese marga. El sol, que había estado oculto tras el cuerpo de Anele, quedaba ahora descubierto y le brillaba entre las piernas como una súplica mítica. Oí el clic seco del obturador y el sonido de algún insecto al picar. Entonces un relámpago nítido surcó el cielo por encima del lejano hotel. Cuántos augurios. Me sentía extrañamente satisfecha allí en el suelo, como si pudiese quedarme allí durante horas, escuchando las cigarras y viendo cómo cambiaba y se desvanecía la luz.

Y de repente Anele estaba arrodillada ante mí, ayudándome a incorporarme.

—¡Tenemos que darnos prisa, tenemos que darnos prisa! —me apremió; si sentí algún tipo de irritación o extrañeza quedó aplastada bajo lo infantil de su súplica. Me lanzó la ropa y recogió la cámara. En aquel momento se desvaneció lo que quedaba de calor diurno, como si se hubiese colado por el sumidero, y fue sustituido por el frescor de la lluvia que se aproximaba. Anele comenzó a correr y yo la seguí, con la ropa apretada contra el pecho y la sábana aleteando tras de mí. Me sentía ligera, inmaterial. Me reí. A pesar de que no me volví a mirar el cielo, podía visualizarlo tan claramente como si lo hubiese hecho: las nubes se agitaban a nuestro alrededor como hombres en un bar, asfixiantes, y nosotras reíamos juntas, inalcanzables. Entonces oí la lluvia, el sonido de algo que se rasgaba, y a los pocos segundos estábamos en el porche. Cuando me di la vuelta, el aguacero ocultaba los árboles lejanos, el cielo e incluso nuestros coches. Yo estaba empapada. La sábana se había ensuciado, estaba llena de mugre y se pegaba a mí, semitransparente, como un condón. Me sentí eufórica, feliz como no lo era desde hacía meses. Quizá incluso años.

¿Era aquello amistad? ¿Así funcionaban las cosas? Eso parecía; como si hubiese tropezado extasiada con la felicidad y todo estuviese en su sitio. Anele estaba guapísima, algo jadeante. Me sonrió.

–Gracias por tu ayuda –dijo, y desapareció en el hotel.

Avancé con la novela. Me pareció que las fichas lastraban el proceso, así que me limité a aplastarlas bajo el teclado y a escribir hasta que emergí del trance. A veces me sentaba en el porche y concedía entrevistas imaginarias a personajes de la National Public Radio.

«Cuando escribo, es como si estuviese hipnotizada», le conté a Terry Gross.

«Fue entonces cuando supe que todo iba a cambiar», reconocí ante Ira Glass.

«Encurtidos y gambas», le confié a Lynne Rossetto Kasper.

A veces me cruzaba con los demás a la hora del desayuno. Una mañana, Diego me contó los compromisos sociales del día anterior (que yo había ignorado en pos de los compromisos sociales de Lucille cercanos al clímax de mi novela), y al hacerlo usó una palabra curiosa: «colono».

–¿«Colono»? –pregunté yo.

–Somos una colonia de artistas –respondió–. Así que somos colonos, ¿no? Como Colón. –Apuró su zumo de naranja y se levantó de la mesa.

Supongo que pretendía hacer una gracia, pero yo me quedé horrorizada. «Residente» me había parecido un término rico y apropiado, un paraguas que no habría tenido ningún problema en llevar todos los días. Pero ahora la palabra «colono» se me colocaba al lado y me enseñaba los dientes. ¿Qué estábamos colonizando? ¿El espacio de los demás? ¿La naturaleza? ¿Nuestra propia mente? Aquel último pensamiento resultaba turbador, aunque no era muy distinto de mi concepto de ser residente de tu propio cerebro. «Residente» sugiere una trampilla en la parte delantera de la mente que queda abierta para permitir la introspección, y donde, al entrar, se encuentra uno con objetos que había olvidado antes. «¡De esto me acuerdo!», dice una al coger una ranita de madera, o una blanda muñeca de trapo sin cara, o un libro ilustrado cuyas ilustraciones sensoriales vuelven a ti como un torrente a medida que pasas las páginas: una seta a cuyo sombrero le falta una cuña; una oleada de luminosas hojas otoñales; una brisa veraniega que hace danzar el algodoncillo. Por el contrario, «colono» suena monstruoso, como si hubieses echado abajo de una patada la trampilla de tu mente y dentro te encontrases a una familia desconocida cenando.

Ahora, cuando trabajaba, la entrada a mi propia interioridad despertaba extrañeza en mí. ¿Sería simplemente una invasora con mantas cargadas de sarampión y mentiras? ¿Qué secretos y misterios yacían allí sin descubrir?

Aún me sentía débil. Pensé que había muerto en aquella habitación con sus cortinajes y sus pomos, y que el yo que se inclinaba día a día sobre el teclado era un fantasma encadenado a su trabajo, indiferente a las insignificancias y los avatares de la vida.

Me despertaron unos gemidos. Estaba al pie de la escalera, descalza y en pijama. Se me había aflojado el moño, que me colgaba fláccido contra el cuello. Examiné los paneles de madera del pasillo, la luz de la luna que entraba a raudales por las ventanas contiguas a la puerta. Llevaba años sin caminar sonámbula y sin embargo ahí estaba, de pie en ese lugar.

Volví a oírlo. Había oído sonidos así antes, cuando de

pequeña nuestro gato se comía una hogaza entera de pan. Era un sonido de glotonería arrepentida, de revolcarse en el exceso. Al cruzar el parquet, mis pies no emitieron sonido alguno.

El pasillo estaba sumido en la penumbra. El resplandor de la luna entraba en diagonal por la ventana y recortaba tres barras de metal en los paneles de madera. Al final del pasillo, bajé las escaleras y seguí el sonido hasta el comedor. Desde el umbral vi a Diego tumbado de espaldas sobre la mesa. Cabalgando su pelvis estaba Lydia, con su camisón color espuma de mar remangado alrededor de las caderas. Tenía las plantas de los pies vueltas hacia mí, negras por la suciedad.

Mientras Lydia se balanceaba, advertí que unas franjas de luz de luna aparecían y desaparecían debajo de ella, seccionadas por la oscuridad. Mi mente somnolienta dio una vuelta, y otra, como una esforzada máquina, y luego volvió a la vida. Diego le cogía las caderas para atraerla hacia sí y luego la apartaba. Era un ritmo orgánico, como cuando el viento riza la superficie del agua.

No parecieron advertir mi presencia. Lydia estaba mirado a otro lado y Diego tenía los ojos cerrados a cal y canto, como si abrirlos pudiese restarle algo a su placer.

La luz de la luna era abrumadora e iluminaba detalles que parecían imposibles: la piel resbaladiza de él, la vaporosa tela que rodeaba la carne de Lydia como un aura. Sabía que debería retirarme –debería volver a mi cuarto, quizá eliminar frotando aquella ola ascendente de placer y horror y después dormir–, pero no podía. Su cópula parecía no tener fin, pero tampoco daba la impresión de acercarse al clímax: solo era un apareamiento con un tempo de una coherencia imposible.

Al cabo de un rato, los dejé allí. Al volver a mi cuarto, me toqué –¡hacía tiempo!– y mi mente se convirtió en un revoltijo de interferencias. Pensé en mi esposa, en la mancha oscura de sus pezones, en su boca abierta de la que salían en espiral cintas de sonidos.

Al día siguiente volvió la niebla. Cuando me desperté flotaba en mi ventana abierta, como un espíritu servicial que quisiese decirme algo. La cerré con tanta fuerza que el bastidor retumbó. Me sentía desorientada con respecto a la noche anterior. ¿Debería decirles algo? ¿Pedirles que fuesen más discretos, quizá? ¿O quizá mi observación involuntaria era únicamente problema mío y no suyo? Lydia estaba haciendo café en la cocina, pero no cruzamos la mirada.

Ya en la cabaña, me esforcé por concentrarme. Salí al balcón, pugnando por divisar el lago, pero no podía. Agotada por el tiempo, me tumbé en el suelo. Desde allí la habitación cambiaba por completo. Me sentí pegada al techo por una fuerza equivalente, aunque opuesta, a la gravedad; desde allí veía los espacios ocultos bajo los muebles: una ratonera, una ficha de otra persona, un botón solitario, blanco marfil, inclinado sobre el eje.

Me vino a la cabeza por enésima vez el concepto de «extrañamiento» de Víktor Shklovski, que consistía en centrarse en algo y observarlo con mucho detenimiento hasta que comienza a deformarse; entonces cambia y adquiere un nuevo significado. Cuando comencé a experimentar dicho fenómeno era demasiado pequeña para entender qué pasaba; y demasiado pequeña para consultar un libro de referencia. La primera vez me tumbé en el suelo observando el pie metálico y de goma del frigorífico familiar, engalanado de polvo y cabello humano, y, a partir de aquel punto de referencia, todos los demás objetos empezaron a cambiar. El pie, en lugar de ser insignificante, uno de cuatro, etcétera, se convirtió de repente en todo:

223

un humilde hogar estoico en la falda de una gran montaña, desde el que se veía un minúsculo bucle de humos y
unas ventanas resplandecientes e iluminadas, un hogar del
que acabaría surgiendo una heroína. Cada una de las
muescas del pie era un balcón o una puerta. Los desechos
de debajo del frigorífico se convirtieron en un paisaje aso-
lado, en ruinas, y la superficie de los baldosines de la cocina en un amplio reino que esperaba la salvación. Así me
encontró mi madre: mirando el pie del frigorífico con tanta intensidad que casi bizqueaba, con el cuerpo hecho un
ovillo y moviendo los labios de modo casi imperceptible.
La segunda vez no merece una explicación detallada, aunque fue la razón de que sacaran a la hija de la señora Z***
de la clase de lengua a la que asistíamos ambas, y en la tercera ocasión –para entonces ya era adulta– había llegado a
comprender qué pasaba y comencé a hacerlo de modo
más consciente. El proceso había resultado útil para la escritura –de hecho, creo que, si poseo algún talento, no
procede de ningún tipo de musa ni espíritu creativo, sino
de mi habilidad para manipular el tiempo y las proporcio-
nes–, pero ha sido un obstáculo para mis relaciones. Seguía siendo un misterio para mí el haber conseguido ca-
sarme con mi mujer.

Terminé el trabajo del día mucho después de anochecer. La niebla se había disipado alrededor del mediodía y
ahora todo había quedado claro, nítido. La luna estaba
casi llena y refulgía sobre las olas del lago, agitado por el
viento. Emprendí el camino por entre los árboles, aplastando piedras con los pies. Todo brillaba con una luz fina
y plateada. Me imaginé un gato, una visión nocturna que
iluminaba lo que de otro modo quedaría en secreto. El
hotel refulgía en la distancia: un faro llamándome para
que regresase.

Y entonces, ante mí, una sombra líquida se derramó por el sendero, más oscura que la oscuridad. Intenté no mirarla. Si llegaba hasta el banco, podía llegar hasta el otro lado de la arboleda. Pero la planicie de la oscuridad en el bosque que se interponía entre nosotros era terrible. Me coloqué con fuerza la mochila a un lado.

Qué tonta, pensé. *Has leído demasiado y tienes la cabeza demasiado tensa. Te has estado ahogando en recuerdos. A tu mujer le daría vergüenza saber que te has dejado llevar tanto.*

Pero no podía apartar los ojos del banco. La blancura parecía transformada, como si ya no se tratase de madera pintada sino de hueso. Como si mil años atrás alguna criatura hubiese surgido del lago para morir en este lugar exacto, anticipando mi llegada. A mi alrededor, el viento encrespaba matorrales negros; no vi las espinas antes de tocar una. Se me hincó en el índice y fui chupando la herida mientras caminaba. Quizá la ofrenda de sangre mantuviese a raya lo que fuese que acechaba. Chupé una y otra vez y, de repente, al otro lado de las sombras, volvió a surgir la luz de la luna. No miré tras de mí.

Una noche, durante la cena, Anele sugirió que nos reuniésemos para poner en común el trabajo que habíamos hecho. Yo me mostré reacia, pero los demás parecían entusiasmados.

−¿Después de cenar? −sugirió Lydia. Yo me puse a arrastrar el pollo por el plato con la esperanza de que alguien se fijase en mi desagrado, pero nadie dio la impresión de advertirlo.

Y así, mientras digeríamos, contemplamos los dibujos de Diego, varias viñetas de un mundo distópico gobernado por zombis ávidos de conocimiento. Después, la Pintora nos dejó entrar en su estudio, pero no nos contó nada de su trabajo. Las paredes estaban empapeladas desde el techo hasta el suelo con minúsculos lienzos cuadrados que contenían exactamente el mismo dibujo rojo e inquietante, pintado con delicadeza. Parecían huellas de manos, pero tenían un dedo de más y resultaban demasiado pequeñas para ser manos humanas. Me daba demasiado miedo observarlas de cerca, ver si eran idénticas como parecían.

Al llegar al estudio de Benjamin, lo encontramos barriendo un espacio para que nos colocásemos allí.

–Cuidado –dijo–, hay un montón de cristales por el suelo.

Yo me quedé cerca de la pared. Eran unas esculturas enormes, montadas con arcilla, cerámica rota y cristales de ventana. En su mayor parte eran figuras míticas, pero también había una preciosa de un hombre desnudo con una lámina puntiaguda de cristal entre las piernas.

–A ese lo llamo «William» –dijo Benjamin cuando me vio mirarla.

En el estudio de Anele estaban las fotografías.

–Esta es mi nueva serie, «Los artistas» –dijo.

Todo el mundo se paró ante su imagen respectiva, admirándola antes de pasar a la de su vecino. Lydia se rió, como recordando algún sueño alegre de la infancia.

–Me encantan –exclamó–. Posados sin posar.

Cada una de las imágenes estaba localizada en un lugar diferente de la finca. Benjamin estaba tumbado junto al lago, embarrado y cubierto con tiras sucias de lino, sin extremidades, como una mosca envuelta en seda. Tenía los ojos abiertos, clavados en el cielo, pero estaban vidriosos y reflejaban un pájaro. Diego estaba postrado en la base de las escaleras del hotel, con el cuerpo desparramado a diestro y siniestro, sin gracia; sus dilatadas pupilas le inflamaban los iris oscuros. Lydia, en la suya, estaba subida a un tocón, con el cuello en una soga, e inclinada hacia delante con los brazos extendidos y una sonrisa de serenidad en el rostro. Y la mía..., en fin.

Anele se puso a mi lado.

—¿Qué te parece? —me preguntó.

No recordaba la tarde con claridad (todo lo ocurrido antes de nuestra desenfrenada carrera por el prado había quedado envuelto en bruma, como una acuarela), pero en aquella foto daba la impresión de estar completa e irrevocablemente muerta. Tenía el cuerpo postrado como el de Diego, como si hubiese estado castamente sentada en la silla en el momento de recibir un disparo en el corazón. Se veían algunas de las vendas. Se me había salido el pecho de la sábana —eso no lo recordaba— y tenía los ojos vacíos. O aún peor, llenos de vacuidad. En ellos no se advertía la ausencia de algo sino la presencia de una no-cosa. Me sentí como si estuviese ante la premonición de mi propia muerte, o de un recuerdo terrible que había olvidado hacía tiempo.

La composición era hermosa, como las demás. Los colores lucían una saturación perfecta.

No sabía qué decirle. ¿Que sabía perfectamente que había traicionado mi confianza, que había arruinado nuestra hermosa tarde? ¿Que me había expuesto de una manera que yo no esperaba, y que debería sentirse culpable por ello aunque resultaba evidente que no era así? No podía mirarla. Seguí al grupo en dirección al estudio de Lydia, que tocó su composición para nosotros. Era de una belleza exasperante: una canción que con sus movimientos evocaba la imagen de una niña aterrorizada a la que echaban de una mansión; después se internaba en el bosque para escapar por los pelos de la muerte a la orilla de un río tumultuoso y acababa convertida en halcón. A continuación declamó la parte del «poema», en la que una joven flotaba por el espacio y meditaba sobre los planetas y su propia vida antes del accidente que la había puesto en órbita.

Cuando llegó mi turno, leí con muchos remilgos un breve pasaje de la escena en la que Lucille rechaza el regalo de su antigua profesora de piano y luego se cuela en casa de esta para cogerlo.

—«De pie ante el infierno ardiente, Lucille constató dos hechos terribles: que su infancia se había caracterizado por una tremenda soledad, y que su vejez sería peor, si es que era posible» —concluí.

Todos aplaudieron cortésmente y se pusieron en pie. Pasamos a la mesa, donde abrimos varias botellas de vino.

Lydia me llenó el vaso hasta el borde.

—¿Te preocupa alguna vez ser la loca del desván? —me preguntó.

—¿Cómo? —pregunté.

—¿Te preocupa alguna vez el hecho de escribir la historia de la loca del desván?

—Me temo que no sé a qué te refieres.

—Sí, mujer. El cliché de siempre. Escribir una historia donde la protagonista femenina está como una cabra. Es un poco cansado, retrógrado y además, bueno, ya se ha hecho antes, ¿no te parece? —En este punto gesticuló con tanta fuerza que unas cuantas gotas de tinto salpicaron el mantel—. Y la lesbiana loca, ¿no es otro estereotipo? ¿Te lo has preguntado alguna vez? Bueno, no sé, yo no soy lesbiana, solo pregunto.

Hubo un lapso de silencio. Todo el mundo tenía la vista clavada en su copa; Diego metió un dedo en el vino para quitar un detritus invisible de la superficie.

—No está como una cabra ni nada —acabé por decir—. Solo es..., solo tiene un temperamento nervioso.

—Yo nunca he conocido a nadie así —alegó Lydia.

228

–Soy yo –aclaré–. Más o menos. Es solo que vive mucho en su cabeza.

Lydia se encogió de hombros.

–Pues no escribas sobre ti.

–A los hombres se les permite escribir autobiografías disimuladas, pero ¿yo no puedo hacer lo mismo? Si lo hago, ¿es ego?

–Para ser artista –intervino Diego, desviándose de la cuestión–, hay que estar dispuesto a tener ego y apostar todo por él.

Anele negó con la cabeza.

–Hay que trabajar duro. El ego solo crea problemas.

–Pero sin ego –replicó Diego–, la escritura no son más que garabatos en un diario. No es arte, son monigotes. El ego es el que exige que lo que haces sea lo bastante importante para recibir dinero por ello. –Señaló a nuestro alrededor, en dirección al hotel–. Es el que exige que lo que dices sea lo bastante importante para publicarlo o enseñarlo al mundo.

La Pintora frunció el ceño y dijo algo, pero yo no lo oí, naturalmente. Todo el mundo dio largos sorbos de vino.

Aquella noche oí que Lydia pasaba por mi cuarto. Vi sus pies por la rendija de la puerta, arrastrándose por el parquet. Se despojó del camisón en el pasillo, y al entrar en la habitación de Diego su desnudez era como una espada desenvainada.

Sentí que algo extraño se movía por mi cuerpo. Una vez que había ido a visitar a mi abuelo de pequeña, le di un susto a una culebra que había en el césped; la pobre había buscado la seguridad de la pila de madera cuidadosamente colocada con tanta rapidez que su cuerpo musculado dio un quiebro rígido antes de que lo absorbiera la oscuridad. Así me sentía yo ahora, como si estuviese cayendo en picado con tanta rapidez que mi cuerpo quedase fuera de control. Me volví a meter en la cama y tuve un sueño.

En él yo estaba sentada frente a mi esposa, que estaba desnuda pero envuelta en un tejido vaporoso. Tenía un portapapeles en la mano y movía un lápiz sobre él como si estuviese tachando de una lista.

–¿Dónde estás? –preguntó.

–En Devil's Throat –contesté.

–¿Qué estás haciendo?

–Llevo una cesta por el bosque.

–¿Qué hay en la cesta?

Miré hacia abajo. Allí estaban: cuatro hermosas esferas.

–Dos huevos –conté–, y dos higos.

–¿Estás segura?

No volví a mirar por miedo a que la respuesta cambiase.

–Sí.

–¿Y qué hay por el bosque?

–No lo sé.

–¿Y qué hay por el bosque?

–No estoy segura.

–¿Y qué hay por el bosque?

–No sabría decirte.

–¿Y qué hay por el bosque?

–No me acuerdo.

–¿Y qué hay por el bosque?

Me desperté antes de poder responder.

Las abyecciones regresaron. En mayor número. Se me extendieron por el estómago y las axilas. Crecieron y formaron compartimentos, de modo que cuando me los pellizcaba se desinflaban fragmento a fragmento, como un templo saqueado febrilmente por un aventurero. Podía oír su interior. Crepitaban, como esas golosinas que estallan en la boca. Podía oírlos. Recordaba de la clase de ciencias, años atrás, que las estrellas, al envejecer, se hinchaban y abotargaban en sus últimos días, antes de colapsar y explotar formando una hipernova. Hipernova, eso es. Esa era la sensación. Como si mi sistema solar se estuviese muriendo. Me metí un rato en remojo en la bañera.

Ese mismo día abrí la mente y recordé varias escenas de mis días de exploradora. Me acordé de que una vez arrojé un malvavisco tostado a la fogata ya extinta, llena de suciedad, y de que me lo comí de todas formas: el azúcar carbonizado y las piedrecitas crujían por igual. Me acordé de haber compartido con mis compañeras una lista de hechos interesantes que había memorizado: que la mayor parte de los perros blancos son sordos; que nunca había que despertar a los sonámbulos, pero que podías conducir con suavidad sus contornos somnolientos a la cama; que los anacardos eran de la familia de la hiedra venenosa. Me acordé de haberme comido todas las galletas tipo Graham que la monitora había escondido al fondo del recipiente de plástico para comida. Cuando preguntó quién las había cogido no contesté. Recordé con más detalle mi enfermedad, cuando dormía durante el día en el camastro mientras escuchaba los pájaros y los gritos lejanos de mis compañeras. El pensamiento de que los acontecimientos tenían lugar sin que yo estuviese allí –de que se compartían acontecimientos y placeres de los que yo quedaba coyunturalmente excluida– me causaba un desmesurado sufrimiento. Conseguí convencerme de que me encontraba bien y cuando me puse en pie me mareé tanto que me caí redonda de nuevo sobre la basta colcha. Era como si yo fuese un personaje secundario en la obra de teatro de otro, y fuese necesario para la trama que yo permaneciese allí en aquel momento, a pesar de mi reticencia. Quizá era aquello lo que me causaba pena.

Allí, en Devil's Throat, todo salía al revés. Acabé asqueada de mis propias dramatizaciones e intenté imaginarme lo contrario de lo que sentía, que el significativo dolor que experimentaba en aquel momento carecía por completo de importancia. Que yo no era nada en comparación con las más diminutas minucias: las complejas comedias y tragedias de los insectos. Con los átomos que danzan. Con un neutrino que atraviesa la tierra.

Para distraerme de mis problemas, decidí seguir explorando el lago. Salí de la cabaña y puse rumbo hacia donde había visto la canoa, que ya no estaba allí. Reconocí la vibración del agua, no obstante, y más allá la orilla formaba una curva más amplia. La seguí durante alrededor de media hora más, examinando los guijarros y la arena de la orilla, arrancando ramas cuando alteraban el contorno del bosque. Al final llegué a un pequeño muelle —allí tampoco había barcos, pero prácticamente podía sentir las vastas vetas de madera en la parte trasera de los muslos—; había un hueco en los árboles, señalado por una delgada cinta roja atada al tronco. Un camino.

Comencé a seguirlo. Estaba convencida de que aquel era el camino. De hecho, cada vez que llegaba a una curva la recordaba, pero como si estuviese llegando en dirección opuesta. ¿Había salido en barca por el lago? ¿O solo me había sentado en el muelle? Y junto a mí... ¿Quién había estado junto a mí?

Se oyó un alarido animal y me detuve. Era un sonido de sufrimiento, de miedo o de apareamiento; un sonido objetivamente terrible. ¿Una marta pescadora? ¿Un oso?

Y de repente me encontré a una niña —de no más de cinco o seis años—, de pie junto a un árbol. Tenía los ojos húmedos y muy abiertos, como si hubiese estado llorando pero hubiese parado al oír mis pisadas de elefante sobre el suelo del bosque. Llevaba unos pantalones cortos, calcetines hasta las rodillas, deportivas y una sudadera verde fluorescente que ponía «SÍ PUEDO / VENDER TODAS LAS GALLETAS» con letras huecas.

–Hola –saludé–. ¿Te encuentras bien?

Negó con la cabeza.

–¿Te has perdido?

Asintió.

Me acerqué y le mostré la palma de mi mano.

–Si quieres puedes darme la mano y te acompañaré al campamento. Eres de las exploradoras, ¿verdad?

Asintió de nuevo y colocó su manita suave en la mía. No la esperaba tan precisa. Comenzamos a caminar. Recordé la historia sobre los duendecillos Brownies que le había contado a Anele y me llamó la atención la casualidad de haberme encontrado con alguien que podía responder a la pregunta cuya respuesta desconocía.

–¿Puedo preguntarte una cosa? –le dije.

Asintió con seriedad, sin mirarme a los ojos. ¡Por fin! Un alma gemela.

–En la sección de las Brownies hay un poemita. ¿Te lo sabes?

Sentí que un escalofrío recorría su cuerpo y llegaba al mío a través de su mano cálida y pegajosa.

–Lo siento –dije–. No hace falta que lo recites.

Caminamos un poco más lejos. En aquella parte, la maleza del sendero parecía haber crecido más de lo que sería deseable para un campamento infantil.

–«Enséñame al duende, dije...» –comenzó la niña. Tenía una voz aflautada pero fuerte, como un cable de acero. Balbuceó. No la presioné. Seguimos andando, rompiendo el ritmo solo cuando era necesario esquivar una mata de hiedra venenosa sobre cuyas hojas aceitosas y refulgentes incidía un rayo de sol.

—«Enséñame al duende, dije, y me volví» —concluyó—. «Miré en el agua y a mí misma...»

Se detuvo, y lo recordé.

—«Me vi» —dije en un susurro.

Era terrorífico. Grotesco en extremo; no era extraño que el poema se hubiera borrado de mi memoria. Mandar a una niña a buscar a un duendecillo mítico esclavizado, y luego ofrecerle un poema que —siempre que la niña no se cayese en el estanque y se ahogase, ni se perdiese en la noche— solo servía para decirle a la niña que el duendecillo esclavizado era ella. Ojo, no su hermano, ella. Cómo no. Cualquier adulto o animal parlante que participase en la historia era sospechoso, o bien de no haber sabido cuidar de la protagonista, o de haber contribuido activamente a mandarla al encuentro del mal.

—Comprendo —le dije.

El sendero se ensanchó, y allí estábamos, ante un campamento. A cierta distancia, unas amplias tiendas de campaña de estilo militar y una plataforma de madera rodeaban una hoguera extinta y ennegrecida rodeada de piedras. Cerca había una pila de leña recién cortada, cubierta con una lona azul. A nuestra izquierda había un edificio bajo y ancho, y ante él, unas adolescentes arracimadas alrededor de mesas de pícnic. Algunos ruidos se arremolinaban sobre ellas, como humo: conversación, el tintineo de las vajillas para camping, el tañido de los cucharones contra la olla, los crujidos de los bancos, los aullidos de risa. Una de ellas —esbelta, bronceada, con una camiseta ancha de oso— se levantó de un salto en cuanto emergimos de los árboles.

—¡Emily! —exclamó—. ¿Cómo...?

—Estaba vagando por el bosque —respondí. Me quedé esperando a que me preguntase quién era yo, o de dónde venía, pero no lo hizo. Ladeó un poco la cabeza, dejando ver algo más adulto en los rasgos, algo irónico y correcto. A lo mejor estaba esperando que yo preguntase dónde estaban los adultos, pero aunque no había ninguno a la vista no lo hice. La pregunta apenas era necesaria. Si el mundo civilizado tocaba a su fin, aquellas niñas seguirían para siempre con sus vajillas de camping, sus fogatas, sus primeros auxilios y sus historias, y en cualquier caso no importaría dónde estuviesen los adultos.

–Gracias por traerla –dijo. Le cogió la mano a Emily.

–Parecéis todas muy contentas –observé–. Muy alegres.

La niña sonrió sin entusiasmo y un chiste sin estrenar le brilló en los ojos.

–Gracias por la conversación –le dije a Emily, que pestañeó y luego salió corriendo en dirección a los bancos del pícnic, donde las voces de las niñas mayores la saludaron a ráfagas. A continuación me despedí de la adolescente y volví a adentrarme en la arboleda–: Adiós.

Cuando salí al otro extremo, la luz había cambiado. Me quité los zapatos y caminé hasta el borde del agua; después entré en ella. Chocó contra mis piernas, lamiéndomelas.

–«Enséñame al duende, dije, y me volví» –murmuré, girando lentamente sobre las piedras. Se me clavaron en los suaves arcos del talón–. «Miré en el agua y a mí misma...»

Cuando me incliné buscando mi cara, no vi nada más que el cielo.

El primer día de agosto, al abrir la puerta del estudio, descubrí la mitad inferior de un conejo en las escaleras del porche. Tras de mí, el cursor parpadeaba en mitad de una frase inacabada: «Lucille no sabía qué había al otro lado de la puerta, pero, fuese lo que fuese, revelaría...»

Me arrodillé ante la desgraciada criatura. El viento le rizaba el pelaje; tenía las patas traseras extendidas, como si estuviese durmiendo. Sus órganos visibles resbalaban como caramelo y olía a cobre.

—Lo siento —susurré—. Te merecías algo mejor.

Cuando me recuperé de la impresión, lo recogí con una toalla. Me llevé el conejo al comedor del hotel, donde Lydia, Diego y Benjamin se reían taza en mano. Solté el bulto encima de la mesa.

—¿Qué es? —Lydia aspiró juguetona, levantando el extremo del dobladillo. Luego tragó saliva y se levantó de un respingo; su pecho se sacudió con la fuerza de una náusea.

—¿Qué...? —comenzó Diego. Se inclinó un poco más—. Madre mía.

—¡Está loca, joder! —aulló Lydia.

—Me lo he encontrado —dije—. Delante del estudio.

—Seguramente habrá sido un búho o algo —explicó Benjamin—. He visto unos cuantos por ahí.

Lydia escupió.

—Ay, Dios. Me he quedado hecha polvo. Estás loca. Loca de atar. Vas por ahí murmurando y mirando todo el rato. ¿A ti qué te pasa? Debería darte vergüenza.

Di un paso hacia ella.

—Si quiero residir en mi propia mente, estoy en mi derecho. En mi derecho, ¿entiendes? —recalqué—. Estoy en mi derecho de ser poco sociable y estoy en mi derecho de ser desagradable. ¿Tú te has oído? Esto es una locura, esto es una locura, para ti todo es una locura. ¿Con qué rasero? Pues nada, estoy en mi derecho de estar loca, como tanto te gusta decir. No me avergüenzo. He sentido muchas cosas a lo largo de mi vida, pero la vergüenza no es una de ellas. —El volumen que había alcanzado mi voz me hizo ponerme de puntillas. No recordaba haber gritado nunca de esa manera, jamás—. A lo mejor crees que tengo alguna obligación contigo, pero te aseguro que el hecho de que nos hayan arrojado juntas a este contrato arbitrario no implica cohesión alguna. Nunca en mi vida he sentido menos obligación hacia nadie, mujer agresiva y ordinaria.

Lydia se echó a llorar. Benjamin me agarró por los hombros y me condujo por la fuerza al vestíbulo.

–¿Estás bien? –preguntó. Intenté contestar, pero la cabeza me pesaba unos cuatrocientos kilos. Me apoyé contra él, presionando mi cráneo contra su camisa.

–Me siento fatal –dije.

–A lo mejor solo necesitas ir a trabajar un rato en el estudio. O echarte un rato. O algo.

Sentí que un tapón de moco me salía de la nariz. Me lo limpié con la mano.

–Tienes muy mala cara –dijo. Debió de parecer que aquello me afligía, porque se corrigió–. Pareces alterada. ¿Estás alterada?

–Supongo que debo de estarlo –respondí.

–¿Cuándo fue la última vez que tuviste noticias de tu esposa?

Cerré los ojos. Cuántas cartas enviadas al olvido. Ni una carta para mí.

–Qué amable eres –le dije.

Aquella noche me senté en el porche de mi estudio y observé al conejo. Pensé en las guedejas de pelaje que el viento había esparcido por el bosque, en la oscura entrada de su torso. Removí agua en una copa de vino.

Hace muchos años –la noche después de besar la boca de la alta hija de la señora Z*** en la plataforma y sentir que algo se desplegaba en mi interior como una enredadera llena de campanillas– me desperté en las tinieblas.

¿Cómo podía saber que ella no había participado en

absoluto de mi éxtasis? ¿Cómo podía saber que solo había sentido curiosidad y después miedo?

No era muy diferente a despertarme en el dormitorio de invitados de mi abuela, o en el suelo pulido de un sótano, rodeada de compañeros de clase. Pero a diferencia de aquellos momentos, en los que a la confusión le seguía la somnolienta reminiscencia de las vacaciones o de haber ido a dormir a casa de un amigo, aquella desorientación no se aclaraba. Porque me había ido a dormir, borracha de placer y calentita en mi crisálida de nailon, mientras escuchaba los susurros secos y metálicos de las chicas a mi alrededor en la cabaña, un sonido tan reconfortante como la marea. Pero me desperté de pie, helada, y rodeada por el tipo de oscuridad que desean los que padecen de insomnio: una inconsciencia mate y absorbente.

¿Cómo iba a saber que nos habían visto?

A mi alrededor no se hallaba la ausencia de sonido, sino el sonido de la ausencia: un silencio voluptuoso que me presionaba los tímpanos. Después, una ráfaga de viento pinchó las ramas de los árboles y se oyó un gruñido, el quedo resplandor de las hojas. Temblé. Quería levantar la vista –en busca de la luna, o las estrellas, o algo que me indicase dónde estaba–, pero estaba rígida de terror.

¿Cómo iba a saber que habían guiado mi cuerpo confiado y sonámbulo fuera de la cabaña, hacia el interior del bosque? ¿Que estaban agazapadas tan solo a un par de metros de distancia, observando mi forma suspendida en el claro, cercándome despacio en la oscuridad como un satélite errante?

Tenía el cuerpo tan frío que daba la impresión de que sus contornos estaban desapareciendo, como si mi línea costera se evaporase. Era lo contrario del placer que había bombeado sangre en mi interior y me había calentado el cuerpo como el mamífero que era. Pero allí era solo piel,

238

luego solo músculo, y después solo hueso. Sentí que el espinazo se me clavaba en el cráneo; cada una de las vértebras subía con un clic-clic-clic como un coche ascendiendo por la primera curva de una montaña rusa. Y luego fui solo un cerebro suspendido en el aire, y a continuación una conciencia flotante y frágil como una burbuja. Y después, nada.

Solo entonces comprendí. Solo entonces vi claro el contorno de mi pasado y mi futuro, concebí lo que quedaba por encima (estrellas innumerables, espacio incalculable) y lo que quedaba por debajo (kilómetros de piedra y suciedad ciega). Comprendí que el conocimiento era algo que nos hacía sentir pequeños, que aniquilaba, que lo consumía todo, y que poseerlo implicaba tanto sentirse agradecido como sufrir tremendamente. Era una criatura enana, atrapada en un pliegue de un universo indiferente. Pero ahora lo sabía.

Oí un crescendo de risa, unos pasos a la carrera. Quería llamarlas –«Os veo, amigas; sé que estáis ahí. Esta graciosísima broma acabará por hacerme más fuerte, y debería daros las gracias por ello, amigas, ¿amigas?»–, pero solo conseguí emitir una exclamación medio sollozante.

Algo atravesaba la maleza en dirección a mí. No era una chica, ni un animal, sino algo a medio camino entre ambas. Volví en mí y comencé a gritar.

Grité y grité. Cuando llegaron las jefas de grupo –con el destello de las linternas cabeceando en la oscuridad como luciérnagas enloquecidas–, una de ellas intentó evitar que asustase a las demás sellando la grieta de mi boca con la palma de su mano. Me debatí como una criatura salvaje, una explosión de extremidades pataleantes. Luego me quedé sin fuerzas. Me llevaron de vuelta a la cabaña y aunque mis miembros entumecidos apenas percibían el contacto, me sentí agradecida por la ayuda.

A la mañana siguiente las jefas de grupo me contaron que había caminado sonámbula hasta el corazón del bosque. Me dejaron descansar y cuando desperté de nuevo me había asaltado la fiebre. Mi despertar había sido tan brusco que había provocado en mi cuerpo una reacción inmune, convocando a anticuerpos que se enfrentaron con aquella nueva información como ejércitos en un campo de batalla medieval. Me quedé allí tumbada, imaginando el guión de la conversación que todas habían compartido mientras yo me internaba cada vez más en el bosque. Dormí y soñé con una habitación llena de búhos regurgitando egagrópilas que al abrirse dejaban ver cráneos de conejos. Me desperté con unos largos arañazos en los brazos. ¿Las ramas de los árboles? ¿Mis propias uñas? Nadie me lo dijo.

Una vez me desperté y vi que la suave luz de otoño iluminaba por detrás un cuerpo en el umbral.

–Lo siento –dijo–. Te merecías algo más que esto. Algo más que...

Desde atrás se oyó un murmullo y la puerta se cerró. Más tarde los adultos se reunieron en la habitación de al lado para discutir mi situación y acordaron que no estaba lista para acampar, al menos no aquel año.

Al día siguiente, la señora Z*** me bajó pronto de la montaña para llevarme a casa de mis padres. Me pasé varios días durmiendo y despertando; insistía en hacerlo en el suelo de mi dormitorio, en mi saco de dormir. Y cuando cedió la fiebre, arrastré mi cuerpo tembloroso hasta la mesa del tocador, me miré al espejo y, por primera vez, vi a quien había estado buscando.

Cuando fui a cenar a la mesa, me di cuenta de que Lydia no estaba entre nosotros. Ni siquiera habían puesto un cubierto para ella.

–¿Dónde está Lydia? –pregunté.

240

Anele frunció el ceño.

—Se ha marchado —contestó.

—¿Que se ha marchado?

Anele estaba intentando no ser desagradable, me daba cuenta.

—Creo que estaba agotaba y se sentía mal, así que se marchó pronto. Ha vuelto a Brooklyn.

—Y molesta —añadió Diego—. Estaba molesta. Por lo del conejo.

La Pintora cortó un trozo de su ternera, que estaba más cruda de lo que a mí me habría parecido seguro comer.

—Bueno —dijo con voz gutural y clara—. Supongo que no todo el mundo tiene madera para esto.

Se me había caído la copa de vino, aunque no recordaba verla caer. Como era previsible, la mancha se extendió alejándose de mí como sangre.

—¿Qué has dicho? —le pregunté a la Pintora.

Levantó la vista del tenedor, desde donde un trozo de ternera roja goteaba en su plato.

—He dicho que supongo que no todo el mundo tiene madera para esto.

Era la primera frase suya que mi mente conseguía retener como suele ocurrir con los diálogos. Se metió la carne entre los labios y comenzó a masticar. Oía la fuerza con que su masticación aplastaba y desgarraba, con la misma claridad que si me estuviese royendo la garganta. Un escalofrío me ondeó por debajo de los omoplatos, como si me estuviese asaltando de nuevo la fiebre.

—¿Eso es... de algún sitio? —le pregunté—. ¿Esa expresión? ¿De alguna serie, o...?

Posó el tenedor en el plato y tragó saliva.

—No. ¿Me estás acusando de algo?

—No, solo... —Los rostros del grupo estaban ceñudos por la confusión, relucientes de inquietud. Me puse en pie y retrocedí. Cuando volví a colocar la silla en su sitio, el chirrido provocó un sobresalto general–. No tengáis miedo –les dije–. Yo tampoco lo tengo. Ya no.

Salí a toda prisa de la habitación, dejé atrás la puerta principal y bajé las escaleras; me tropecé en el césped y me puse en pie a trompicones. Benjamin bajó las escaleras corriendo tras de mí.

–Espera –gritó–. Vuelve. Deja que...

Me giré y corrí en dirección a los árboles.

En los ámbitos del sentido y la razón parecía lógico que algo tuviese sentido sin razón alguna (orden natural) o que no tuviese sentido por alguna razón (el designio deliberado del engaño), pero resultaba perverso que las cosas no tuviesen sentido sin razón alguna. ¿Y si colonizas tu propia mente y cuando llegas los muebles están atados al techo? ¿Y si entras y al tocar los muebles te das cuenta de que son solo recortes de cartón y todo se desmorona bajo la presión de tu dedo? ¿Y si entras y no hay muebles? ¿Y si entras y dentro solo estás tú, sentada en una silla, revolviendo higos y huevos en la cesta de tu regazo mientras canturreas una melodía? ¿Y si entras y no hay nada, y de repente la trampilla se cierra y ya no se abre más?

¿Qué es peor: quedarse encerrado fuera o dentro de tu propia mente?

¿Qué es peor: escribir un cliché o ser uno? ¿O ser más de uno?

Caminé hasta mi cabaña por última vez. Al final añadí mi nombre al tablón de madera que había encima de mi escritorio. *C*** M****, garabateé. *Residente colonizadora & colona residente & loca en su propio desván.*

Arrojé mis notas y mi ordenador al lago. Tras el esplendoroso chapoteo que siguió, oí las risas de las niñas. O quizá solo fuesen los pájaros.

Mi coche se alejó de Devil's Throat en la oscuridad del amanecer. Se precipitó cuesta abajo por la carretera que antes había resultado tan exuberante y atractiva, y conforme iba bajando la montaña me sentí como si estuviese rebobinando hasta llegar al principio; no solo al principio del verano, sino de mi vida. Los árboles desfilaban por la ventanilla, los mismos árboles que había observado desde el coche de una mujer de mediana edad. Ahora yo era aquella mujer, pero iba a una velocidad de vértigo, y los árboles pasaban con tanta rapidez que me daban náuseas. No había ninguna hija impoluta durmiendo en el asiento trasero; ni ninguna adolescente extraña sentada junto a mí, bullendo en su propia pesadilla de conciencia. (¿No es así como una se hace tierna, vulnerable? ¿Marinando los tejidos en la propia mente, en las arenas movedizas de la indulgencia mental?)

Necesitaba llegar a casa. Necesitaba llegar a casa, con mi mujer, en nuestra casa en mitad de la civilización, lejos de los demás artistas –al menos, lejos del tipo de artistas que se aíslan del resto del mundo–. Profesión moribunda, hoteles muertos. Había sido tonta.

Tras pasar por Y***, vi un letrero de pie naranja al lado de la carretera. Ponía VELOCIDAD MÁXIMA 70. Más abajo, una pantalla digital de panel oscuro esperaba a que se acercasen los conductores para reprenderlos (al parpadear) o felicitarlos (al no parpadear). Conforme me acercaba supuse que mi coche –que rozaba los noventa y cinco kilómetros por hora– quedaría registrado. Pero el panel permaneció a oscuras. Cuando lo dejé atrás sentí algo extraño, como si alguien me hubiese colocado una fina membrana en la garganta y no pudiese respirar. El pensamiento me llegó con tanta brusquedad que casi me salgo con el coche de la carretera. Me apreté la garganta con las manos en el punto en que el pulso bullía bajo la piel. Rápido, pero presente. Estaba viva, seguro.

¿Cuánto tiempo había pasado desde que salí de nuestra casita, desde que había visto el rostro de mi mujer? ¿Y si había dado un paso en falso y me había perdido su vida, si me había alejado como Rip Van Winkle, y aquello era un acto irreversible?

Apreté el freno una, dos veces, y la carretera oscura tras de mí se inundó de rojo. La luz descubrió una manada de ciervos que se movían líquidamente por la acera; los ojos les centelleaban cada vez que pisaba los frenos.

Dos horas más tarde aparcaba el coche. La gente vagaba por la calle y se quedaba de pie en el césped, observándome. No podía recordar si eran los mismos vecinos que antes. Me daba la impresión de que había transcurrido una vida entera desde la última vez que había visto las puertas y verjas. Salí del coche y me acerqué a casa, donde había una mujer con un vestido azul arrodillada en el suelo, con un sombrero que le ocultaba el rostro. Mi mujer siempre había sido una jardinera madrugadora, porque el aire fresco y leve de la aurora le resultaba tonificante y saludable. Tenía un vestido así, y un sombrero. ¿Sería ella? ¿Se le encorvaban los hombros a causa de lo avanzado de la edad o solo por el agotamiento que suponía estar casada con alguien como yo?

Caminé hasta la acera y la llamé.

La mujer se quedó rígida; conforme levantaba la cabeza, se le torció también el sombrero. Esperé a que el contorno de su rostro surgiera de debajo del ala: para que me asegurase que aún era necesaria, para que me asegurase que aún estaba allí.

Sé lo que estás pensando, lector. Estás pensando: ¿cómo tiene esta mujer el temple de venir a nuestra residencia tras haber fracasado estrepitosamente en la otra? Quizá sea demasiado frágil, o esté demasiado enferma, o loca, para comer, dormir y trabajar junto a otros artistas. O, si eres un poco menos generoso, quizá estés pensando que soy un cliché: una persona débil y temblorosa con un principio idiota de trauma adolescente, recién sacada de una novela gótica.

Pero yo os pregunto, lectores: hasta ahora, en la deliberación del jurado, ¿habéis dado con alguien más que se haya encontrado de veras consigo mismo? Con algunos, seguro, pero no muchos. He conocido a mucha gente a lo largo de mi vida y pocas veces me encuentro con alguien que haya sufrido una poda a carne viva, para que sus ramas puedan brotar más saludables que antes.

Puedo decir con perfecta honestidad que aquella noche en el bosque fue un regalo. Mucha gente vive y muere sin enfrentarse a sí mismo en la oscuridad. Rogad por que un día, al borde del agua, os inclinéis y seáis capaces de contaros entre los afortunados.

PROBLEMÁTICA EN LAS FIESTAS

Después, no hay quietud como la de mi cabeza.

Paul viene a buscarme al hospital en su viejo Volvo. La calefacción se ha estropeado y es enero, así que hay una manta polar encajada a los pies del asiento del copiloto. Mi cuerpo irradia dolor, está denso a causa de él. Paul me abrocha el cinturón. Le tiemblan las manos. Coge la manta y me la extiende en el regazo. Ya ha hecho esto antes, envolvérmela confortablemente por los muslos mientras yo hago bromas sobre ser una niña acostada a la que arropan. Ahora se mueve con cautela, temeroso.

Para, le digo, y lo hago yo.

Es martes. Creo que es martes. El vaho se ha congelado dentro del coche. Fuera, la nieve está sucia, una línea color amarillo oscuro excava sus profundidades. El viento sacude el pomo roto de la puerta. Al otro lado del camino, una adolescente le grita a su amiga tres sílabas ininteligibles. El martes me habla con voz de martes. Abre, dice. Abre.

Paul extiende la mano para arrancar. Alrededor del agujero de la llave hay arañazos en el plástico, de cuando, con las prisas de ir a buscarme, imagino, la llave no acababa de dar en el blanco.

El motor se resiste un poco, como si no quisiera despertarse.

La noche que volvemos del hospital a mi casa, Paul se queda en el umbral del dormitorio, con sus anchos hombros encogidos, y me pregunta dónde quiero que duerma.

Conmigo, le digo, como si fuese una pregunta ridícula. Cierra la puerta de la calle, le digo, y métete en la cama.

La puerta está cerrada.

Ciérrala otra vez.

Se marcha y oigo las sacudidas ahogadas de comprobar el pestillo. Vuelve al dormitorio, echa hacia atrás la ropa de cama y se entierra junto a mí.

Sueño con el martes. Sueño con él de cabo a rabo.

Cuando la leve luz de la mañana se estira por la cama, Paul está dormido en el sillón reclinable que hay en un rincón del cuarto. ¿Qué haces?, pregunto mientras me quito el edredón de encima. ¿Por qué estás ahí?

Yergue la cabeza. Alrededor de su ojo se está formando un cardenal color humo oscuro.

Estabas gritando, contesta. Estabas gritando, y, cuando intenté abrazarte, me diste un codazo en la cara.

Es la primera vez que lloro.

Estoy lista, le digo a mi reflejo amoratado. Viernes.

Preparo un baño. El agua mana a chorros ardientes del grifo manchado. Me quito el pijama del cuerpo; cae sobre los azulejos del suelo como una piel mudada. Casi espero bajar la vista y encontrarme la caja de mis costillas, los globos húmedos de los pulmones.

Del baño sale vapor. Recuerdo una versión pequeña de mí misma, sentada en la bañera caliente de un hotel, con los brazos rígidos contra el torso, girando en el agua revuelta. ¡Soy una zanahoria!, le digo a voces a otra mujer que podría ser mi madre. ¡Pon un poco de sal! ¡Y unos guisantes! Y ella, desde la butaca, tiende su mano contraída como si estuviese sujetando un mango, una verdadera caricatura de un chef con una espumadera.

Añado un buen pegote de espuma de baño.

Meto el pie en el agua. Un segundo de calor brillante se desliza a través de mí, como un cable de acero atravesando un bloque de arcilla húmeda. Trago saliva pero no me detengo. Segundo pie, menos dolor. Con las manos a los lados de la bañera, desciendo poco a poco. El agua duele, y sienta bien. Los productos químicos de la espuma queman, y sientan aún mejor.

Paso los dedos de los pies por el grifo, susurrándome cosas, levantándome los pechos con ambas manos para ver hasta qué altura pueden llegar; advierto mi reflejo en la curva sudorosa del acero inoxidable y ladeo la cabeza. Al otro extremo de la bañera veo las minúsculas esquirlas de esmalte rojo que se me han saltado del borde de las uñas de los pies. Me siento optimista, incorpórea. El agua sube demasiado y amenaza con llegar al borde de la bañera. Cierro el grifo. El cuarto de baño resuena de forma desagradable.

Oigo que la puerta delantera se abre. Me tenso hasta que oigo el tintineo en la mesa del pasillo. Paul entra en el baño.

Hola, dice.

Hola, digo. Has tenido una reunión.

¿Qué?

Has tenido una reunión. Llevas camisa de vestir.

Baja la vista hacia sí mismo. Sí, afirma lentamente, como si no creyese que la camisa hubiese existido hasta aquel momento. En realidad, dice, he ido a ver unos cuantos pisos.

No quiero mudarme, le explico.

Deberías buscar otra casa. Lo dice con firmeza, como si se hubiese pasado todo el día elaborando la frase.

No debería hacer nada, digo. No quiero mudarme.

Me parece mala idea que te quedes. Puedo ayudarte a buscar otra casa.

Enrollo una mano en el pelo y la alejo de mi cráneo como una cortina mojada. ¿Mala idea para quién?

Nos miramos. Tengo el otro brazo cruzado sobre el pecho; lo dejo caer.

¿Me quitas el tapón?, le pido.

Se arrodilla en el charquito frío que hay en el azulejo junto a la bañera. Se desabrocha el botón del puño y comienza a remangarse formando unos pliegues prietos y nítidos. Pasa la mano por encima de mis piernas y la mete en el agua, aún densa de espuma, hasta llegar al fondo. La tela de la manga que rodea el antebrazo se llena de espuma jabonosa. Siento el redoble sincopado de sus dedos al hurgar buscando la cadena de cuentas, al cogerla, al tirar.

Se oye un suave pop. Una perezosa burbuja de aire irrumpe en la superficie del agua. Él se retira y roza mi piel con la mano. Doy un brinco; él otro.

Cuando se pone en pie, mi cara queda a la altura de sus espinillas; las rodilleras de su pantalón de vestir muestran círculos de humedad.

Estás pasando mucho tiempo fuera de casa, digo. No quiero que te sientas obligado a quedarte aquí todas las noches.

Frunce el ceño. A mí no me molesta, dice. Quiero ayudar. Desaparece por el pasillo.

Me quedo allí sentada hasta que se va toda el agua, hasta que el último remolino lechoso desaparece por el sumidero plateado y siento un extraño estremecimiento que sale de lo más profundo de mi ser. Un espinazo no debería sentir tanto miedo. Al desaparecer, las burbujas me dejan unas estrías blancas sobre la piel, como la arena marcada por la marea en la orilla de la playa. Me siento pesada.

Transcurren las semanas. La agente que me había tomado declaración en el hospital llama para decirme que a lo mejor tengo que ir a identificar a alguien. Tiene una voz generosa, un verdadero vozarrón. Más tarde deja un sucinto mensaje en el contestador para informarme de que no es necesario. Se han equivocado de persona, no es la persona correcta.

Quizá se haya marchado del estado, dice Paul.

Me quedo lejos de mí. Paul también. No sé quién tiene más miedo, si él o yo.

Deberíamos intentar hacer algo, digo una mañana. Con esto. Hago un gesto al espacio que hay ante mí.

Levanta la mirada de un huevo. Sí, dice.

Alineamos sugerencias en un Post-it rosa intenso que es demasiado pequeño para que quepan muchas soluciones.

Pido un DVD de una empresa que anuncia películas para adultos destinadas a parejas enamoradas. Llega en una caja lisa de color marrón; la dejan bien colocada en la esquina de la escalera de cemento que hay delante de la casa. Cuando la recojo, la caja resulta más ligera de lo que pensaba. Me la meto bajo el brazo y me paso un minuto luchando con el pomo de la puerta. El cerrojo nuevo se atasca.

Dejo la caja sobre la mesa de la cocina. Llama Paul. Voy pronto para allá, dice. Su voz siempre suena inmediata, presente, aun cuando habla por teléfono. ¿Has cogido el...?

Sí, contesto. Aquí está.

Le llevará al menos quince minutos llegar a esta parte de la ciudad. Me dirijo hacia la caja y la abro. El número de extremidades enredadas en la portada no parece concordar con el número de caras. Cuento por segunda vez: confirmo que hay un codo y una pierna de más. Abro el estuche. El disco huele a nuevo y no se desprende con facilidad de la corona de plástico que lo sujeta. La cara brillante lanza destellos como de mancha de petróleo, y refleja de modo extraño mi rostro: parece que alguien lo hubiese embadurnado allí. Lo coloco en la bandeja abierta del reproductor de DVD.

No hay menú; la película se pone en marcha de forma automática. Me arrodillo en la alfombra que hay ante la televisión, apoyo la barbilla en la mano y miro. La cámara está fija. La mujer del vídeo se parece un poco a mí –tiene la misma boca, por lo menos–. Está hablando en tono tímido con el hombre de su izquierda, un hombre corpulento que seguramente no lo haya sido siempre –parece que se ha salido de la camisa, demasiado pequeña para sus músculos nuevos–. Están manteniendo una conversación, una conversación sobre... No distingo ninguna de las partes individuales de la conversación. El hombre le toca la pierna. Ella coge el tirador de la cremallera y la baja. No hay nada debajo.

Una vez realizadas las mamadas obligatorias, el esfuerzo de la-boca-como-la mía y un somero cunnilingus, se ponen a hablar de nuevo.

la última vez se lo dije, se lo dije, joder, se me ve...
no consigo dominar esto, no lo consigo, no...

Me enderezo. No están moviendo la boca. Bueno, sí que la están moviendo, pero las palabras que salen por ellas son las de siempre. *Cariño. Joder. Sí, sí, sí. Dios.* Por debajo se mueve otra cosa. Una corriente que fluye bajo el hielo. Una voz superpuesta. O más bien una voz subpuesta.

si me lo vuelve a decir, si me dice que no está conforme, lo que debería...

dos años más, quizá, solo dos, a lo mejor incluso uno si sigo...

Las voces –no, no voces, sonidos, quedos, ahogados, que suben y bajan de volumen– se entrecruzan, se entretejen, formando sílabas disparatadas. No sé de dónde vienen las voces –¿una pista de comentarios?–. Sin apartar los ojos de la pantalla, busco el mando a distancia y le doy al botón de pausa.

Quedan congelados. Ella lo mira. Él tiene la vista clavada en algún lugar fuera del plano. Ella se aprieta fuertemente el abdomen con la mano. La hinchazón del monte de su barriga desaparece bajo la palma.

Quito la pausa.

vale, sí, tuve un bebé, tampoco es la primera vez que...

y si es solo un año, a lo mejor puedo seguir...

Lo vuelvo a poner en pausa. Ahora la mujer está congelada de espaldas. Tiene a su compañero de pie entre las piernas, relajado, como si fuese a preguntarle algo, con la polla contra su abdomen, apuntando a la izquierda. Ella sigue con la mano colocada sobre la barriga.

Me quedo un buen rato mirando la pantalla.

Cuando Paul llama, doy un salto.

Lo dejo entrar y lo abrazo. Viene sin resuello y trae la camisa empapada en sudor. Saboreo la sal en la boca cuando aprieto la cara contra su pecho. Me besa y noto que se le van los ojos a la pantalla.

Me siento mal, le digo.

Me pregunta si me siento mal como de sopa o como de Sprite. Le digo que como de sopa. Se mete en la cocina y me tumbo en el sofá.

Jane y Jill nos han invitado a la fiesta de inauguración de su casa, me anuncia desde la cocina. Oigo el pum de la puerta del armario que choca contra el compartimento contiguo, el seco resbalar de las latas al ser seleccionadas,

253

el chapoteo de echar el líquido, el toque de la cazuela sobre el hornillo, el clinc metálico de Paul usando la cuchara que no debe para remover.

¿Se han mudado?, pregunto.

A una casa grande en el campo, contesta.

No quiero ir, le digo, y la luz color azul pálido de la televisión proyecta sombras en mi cara mientras tres hombres se entrelazan uno con otro, llenándose la boca. Cuando me trae la sopa, un caldo de pollo que llega peligrosamente hasta el borde del bol, con una servilleta extendida por debajo, me advierte que está caliente. Sorbo la sopa ardiendo con demasiada rapidez y vuelvo a echar un trago dentro del cuenco.

Me preocupa que estés pasando mucho tiempo en casa, dice. Habrá sobre todo mujeres.

¿Qué?, pregunto.

En la fiesta. Habrá sobre todo mujeres. Todas personas conocidas. Buena gente.

No respondo. Me toco la lengua insensible con el dedo.

Me pongo el vestido turquesa y medias negras y llevo una plantita de aloe de regalo. Ya en mi coche, nos alejamos a toda velocidad de las luces opacas de nuestra pequeña ciudad para tomar una carretera rural. Paul usa una mano para llevar el volante y la otra la tiene apoyada en mi pierna. La luna llena ilumina la nieve resplandeciente que se extiende en todas direcciones, a kilómetros de distancia; los tejados inclinados de los graneros, los estrechos silos de cuyos salientes cuelgan unos carámbanos de la talla de mi brazo, los rebaños de vacas rectangulares e inmóviles amontonadas cerca de la entrada de un pajar. Sujeto la planta contra mi cuerpo, como para protegerla, y cuando el coche gira bruscamente a la izquierda, se me vierte un poco de tierra arenosa sobre el vestido. Pellizco el tejido para cogerla y la vuelvo a echar en el tiesto; a continuación sacudo unas cuantas migajas de suciedad de las hojas carnosas. Cuando levanto de nuevo la vista, veo que nos acercamos a una gran construcción iluminada.

Así que ¿esta es la nueva casa?, pregunto con la cabeza contra la ventana.

Sí, dice él. Se la acaban de comprar, no sé, como hace un mes o así. Todavía no he entrado, pero me han dicho que es muy bonita.

Nos detenemos junto a una fila de coches aparcados, ante una casa de campo renovada de finales del siglo XIX.

Qué acogedor, dice Paul, saliendo del coche y frotándose las manos sin guantes.

Las ventanas lucen unas cortinas de gasa y desde dentro late un color miel cremoso. La casa da la impresión de estar ardiendo.

Las anfitrionas abren la puerta; son guapas y tienen unos dientes resplandecientes. Ya he visto esto antes. A ellas no las he visto nunca.

Jane, dice la morena. Jill, dice la pelirroja. ¡Y no es un chiste! Se ríen. Paul se ríe. Encantada de conocerte, me dice Jane. Le tiendo la plantita de aloe. Sonríe de nuevo y la coge; tiene unos hoyuelos tan profundos que siento el impulso de meter los dedos en ellos. Paul parece contento, y luego se inclina para rascarle las orejas a un gato gordo y blanco de cara chata que se restriega contra sus piernas.

Hemos transformado el dormitorio en vestidor, dice Jill. Paul hace ademán de cogerme el abrigo. Me lo quito y se lo tiendo; él desaparece por las escaleras.

En el pasillo, un hombre con pelo rapado y piel clara lleva una cámara antigua sobre el hombro. Es gigante, del color de la brea. La balancea en mi dirección, como un ojo.

255

Dime tu nombre, pide.

Intento alejarme, salir de su campo de visión, pero no puedo encogerme lo bastante contra la pared.

¿Qué hace esto aquí?, pregunto, intentando que el pánico no se apodere de mi voz.

Tu nombre, repite, inclinando la cámara hacia mí.

Ay, por favor, Gabe, déjala en paz, dice Jill, apartándolo. Me coge del brazo y tira de mí. Lo siento. Siempre hay un capullo enamorado del retro en las fiestas, y él es el nuestro.

Jane me alcanza por el otro lado y deja escapar una risa una escala más baja. Paul, dice, ¿adónde has ido?

Paul reaparece. Hacia delante, dice, con voz como de mareado.

Nos preguntan si queremos que nos enseñen la casa. Pasamos del salón a una cocina abierta, resplandeciente de metal y acero. Dan un golpecito sobre todos los electrodomésticos, uno a uno: lavaplatos. Frigorífico. Cocina de gas. Horno separado. Otro horno más. Hay una puerta al final, con un pomo decorado color bronce. Extiendo la mano, pero Jane me coge por el hombro. Quieta, dice. Cuidado.

Están renovando esa habitación, dice Jill. No hay suelo. Podrías entrar, pero te irías directa a la bodega. Abre la puerta con la mano de manicura perfecta, y, en efecto, la ausencia de suelo me saluda con la boca abierta.

Sería horrible, dice Jane.

La cámara me va siguiendo. Me quedo cerca de Paul un rato, alisándome incómoda el vestido. Él parece inquieto, así que me muevo, cual satélite que sale de su órbita. Lejos de él me siento extraña, inútil. No conozco a esas personas y ellas no me conocen a mí. Me quedo junto a la mesa de los aperitivos, me como una gamba —suculenta, nadando en salsa rosa—, y guardo en la mano la rígida cola. Después otra, luego una tercera; tengo la mano llena de colas. Me pimplo una copa de tinto sin saborearlo. La vuelvo a llenar y la vacío enseguida. Remuevo una galletita salada en algo verde oscuro. Levanto la vista. En la esquina de la sala, el único ojo de la cámara está fijo en mí. Me giro hacia la mesa.

El gato pasa por allí e intenta coger con la pata juguetona un trozo de pan de pita que tengo en las manos. Cuando lo aparto da un zarpazo y se lleva un pedazo de dedo. Suelto un taco y me chupo la herida. Me llega un sabor a hummus y a cobre. Lo siento muchísimo, dice Jill, que hace su aparición como si hubiese estado esperando entre bastidores a que mi sangre le diese la señal. A veces se lo hace a los desconocidos; la verdad es que necesita algún tratamiento contra la ansiedad o algo. ¡Gato malo! Jane le da un toquecito en el brazo a Jill, le pide que vaya a ayudarla a limpiar algo que se ha derramado y ambas desaparecen.

Alguna gente agradable que no conozco de nada me pregunta sobre mi trabajo, sobre mi vida. Se inclinan sobre mí para coger vino, me tocan el brazo. Yo me aparto todo el rato, no directamente, sino medio paso a la derecha, y ellos imitan mis movimientos, y así vamos describiendo un pequeño círculo mientras hablamos.

El último libro que leí, repito lentamente, fue...

Pero no lo recuerdo. Recuerdo la portada satinada bajo las almohadillas de mis dedos, pero ni el título, ni el autor, ni ninguna de las palabras del interior. Me da la impresión de que hablo raro, con la boca quemada, la lengua insensible, gruesa e inútil dentro de la boca. Me dan ganas de decir: no os molestéis en preguntarme nada. Me dan ganas de decir: no hay nada debajo.

¿Y a qué te dedicas?

Las preguntas se me vienen encima como puertas

257

abiertas de golpe. Comienzo a dar explicaciones, pero en cuanto las palabras salen de mi boca me encuentro buscando a Paul. Está en la esquina más alejada de la sala, hablando con una mujer de pelo corto que lleva un collar de perlas enrollado alrededor del cuello como si fuese una soga. Ella le toca el brazo con confianza; él le da un manotazo. Tiene los músculos tan tirantes que podrían saltar. Vuelvo a mirar a la mujer que me ha preguntado por mi profesión. Es más alta que la mayoría, tiene una silueta llena de curvas y lleva en los labios el tono de rojo más vivo que he visto nunca. Pestañea en dirección a Paul. Le da otro largo trago a su martini; las aceitunas giran en el vaso como ojos. ¿Qué tal las cosas entre vosotros?, pregunta. Un iris de pimiento se mueve en dirección a mí. La mujer de las perlas le toca de nuevo el brazo a Paul. Él niega con la cabeza de modo casi imperceptible. ¿Quién es ella? ¿Por qué...?

Pongo una disculpa y me alejo por el pasillo poco iluminado. Apoyo la palma de la mano contra la esfera de hierro que hay en la base de la barandilla y me subo de un saltito a la escalera.

El guardarropa, pienso. El dormitorio lleno de abrigos. El dormitorio adaptado...

Las escaleras se alejan de mí y me apresuro a alcanzarlas. Busco la puerta, una franja más oscura en la penumbra. En el guardarropa hace frío. Apoyo la mano en el panel de madera. Los abrigos no me interrogarán.

En medio de las sombras, distingo dos figuras luchando en la cama. Se me acelera el corazón de miedo, cual pez con un anzuelo de acero enganchado en el paladar. Conforme los ojos se me acostumbran a la oscuridad, me doy cuenta de que solo son las anfitrionas, contorsionándose entre los montones de plumíferos brillantes. La morena —¿Jane? ¿O era Jill?— está de espaldas, con el vestido remangado en las caderas, y su mujer está encima, restregándole la rodilla entre las piernas. Jane –quizá Jill– se está mordiendo la muñeca para no gritar. Los abrigos crujen y se resbalan. Jane besa a Jill o Jill besa a Jane y luego una se agacha y le baja las medias a la otra, formando un rollo de ropa interior, antes de hundir su rostro en ella.

Un calambre de placer se retuerce en mi interior. Jill o Jane se contorsiona, pellizca los plumíferos con las manos, y hace un ruido suave, una única sílaba estirada en dos direcciones. Una bufanda larga y roja se cae al suelo.

No me pregunto si pueden verme. Podría quedarme aquí durante mil años; entre los abrigos, las sílabas y las bocas, nunca podrían verme.

Cierro la puerta.

Me emborracho. Me tomo cuatro copas de champán y un gintonic cargado. Hasta chupo la ginebra de la rodaja de lima; el cítrico me escuece en la herida del dedo. Gabe acaba por soltar la cámara en una silla por deferencia a su extraordinario peso. Se queda ahí, quieta, pero me tiene prisionera en algún lugar de su interior, unos preciados segundos que no puedo arrebatarle. Una cara que todavía tengo que mirar de verdad yace en las profundidades retorcidas de esas entrañas mecánicas.

Paso junto a la cámara y la cojo; tenso los dedos alrededor del asa. Ahora la controlo. Mientras camino tranquilamente hacia la puerta principal, con cuidado de que la lente no me apunte al cuerpo, veo al gato blanco de cara chata, mirándome desde el rellano. Su lengua rosa en forma de coma se desliza hacia fuera para efectuar un viaje relajado por su labio superior y sus ojos azules se amusgan en una acusación. Trastabillo. No me molesto en coger el abrigo antes de salir por la puerta.

Fuera, mis botas crujen con estruendo sobre el hielo centelleante y la nieve sucia. Cerca del final del sendero que lleva al camino de entrada, alguien ha vaciado una taza de café medio llena, y hay una grotesca salpicadura marrón oscuro sobre el césped blanco. Un delgado rastro en la nieve da a entender que tambíén un ciervo ha contemplado esta vista. Tengo la piel de gallina. Aunque soy consciente de que no llevo las llaves, echo mano al maletero de todos modos.

No está cerrado con llave. El maletero se abre; arrojo la cámara a sus sombras.

Vuelvo a entrar y me tomo una copa de vino. Luego un chupito de algo verde. El mundo empieza a resbalar.

En lugar de desmayarme como una persona digna, salgo tambaleándome en dirección al coche, me siento en el frío asiento del copiloto, lo reclino y miro a través del techo solar un cielo abarrotado de delicados puntos de luz.

Paul se instala en el asiento del conductor.

¿Estás bien?, pregunta.

Asiento y luego abro la puerta de golpe para vomitar gambas en salsa rosa y salsa de espinaca sobre la gravilla del camino de entrada. Trozos rosas y largas vetas oscuras, como pelo, se desperdigan entre las piedras y la nieve; el charquito refulge y refleja la luna.

Avanzamos. Me reclino y miro el cielo.

¿Te lo has pasado bien?, pregunta.

Suelto una risita tonta, luego una carcajada. No, resoplo. Ni de coña. Ni de...

Siento algo frío en la cara y me lo quito. Una espinaca. Bajo la ventanilla. El aire gélido me golpea la cara. Tiro el residuo fuera del coche.

Si fuese un cigarrillo, digo, prendería. Debería ser un cigarrillo. Me vendría de perlas.

El frío pica.

¿Puedes subir la ventanilla?, pregunta Paul a voces, por encima del zumbido del viento. La subo y apoyo mi pesada cabeza contra el cristal.

Pensé que nos vendría bien salir de casa, dice. A Jane y a Jill les gustas mucho.

¿Les gusto mucho para qué? Aparto la cabeza y hay un círculo de grasa oscureciendo el cielo. Veo una mancha negra que centellea brevemente bajo los faros, después una masa acurrucada junto a la carretera: un ciervo, descuartizado por los neumáticos de un SUV.

Casi me parece oír cómo la línea entre las cejas de Paul se hace más profunda. ¿Qué quieres decir con «para qué les gustas»? ¿Qué coño quieres decir con eso?

No lo sé.

Simplemente les gustas, eso es todo.

Vuelvo a reírme y extiendo la mano hacia la manivela de la ventana. ¿Quién era la mujer del collar de perlas?, pregunto.

Nadie, responde con una voz que no nos engaña a ninguno de los dos.

En mi casa, me lleva a la cama. Cuando se tumba junto a mí, le toco el abdomen. No me pregunta qué estoy haciendo.

Estás borracha, dice. No quieres hacerlo.

¿Cómo sabes tú lo que yo quiero?, pregunto. Me acerco. Me coge la mano y me la quita. La sostiene durante un minuto, al parecer porque no quiere soltarla, pero tampoco quiere colocarla donde estaba. Acaba por posarla sobre mi abdomen y luego me da la espalda.

Me toco. Ni siquiera reconozco mi propia topografía.

La mayoría de las mañanas Paul me pregunta qué he soñado.

No me acuerdo, digo. ¿Por qué?

Te movías. Mucho. Lo dice con cuidado, con una cautela que lo traiciona.

Quiero ver. Coloco la cámara en el anaquel más alto de la estantería que hay junto a mi cama, para grabarme en sueños. El DVD del otro día se ha roto, claro, así que lo tiro a la basura, enterrándolo bien en el fondo, por debajo de las mondaduras de patatas que se enroscan como signos de interrogación. Luego pido otro DVD. Aparece en la escalera de cemento.

Este tiene muchas partes pequeñas, como cortometrajes. La primera se llama *Follando con mi mujer*. Le doy al play. Un hombre sostiene la cámara –no se le ve la cara–. La mujer es rubia, mayor que la última mujer, y se ha puesto rímel meticulosamente.

Cómo digo, cómo digo, cómo digo...

A él no lo oigo. Miro de nuevo el estuche. *Follando con mi mujer*. No entiendo el título. A él no lo oigo. Solo la voz de ella, teñida de desesperación.

Cómo digo, cómo digo, cómo...

No quiero oírla más. Le quito el sonido.

Cómo digo, cómo digo, cómo...

Apago el reproductor de DVD. La televisión parpadea y luego sintoniza un telediario. Una mujer rubia mira con seriedad al público. Por encima de su hombro izquierdo, como un demonio informador, hay un cuadrado con la imagen de una bomba volando los píxeles que la componen. Le vuelvo a poner el sonido.

«Una bomba en Turquía», está diciendo. «Los espectadores deben saber que las siguientes imágenes son...»

Apago la televisión. Quito el enchufe tirando del cable.

Viene Paul. ¿Cómo te encuentras?, pregunta.

Un poco mejor, digo. Cansada. Me apoyo contra él. Huele a detergente. Me apoyo contra él y lo deseo. Es sólido. Me recuerda a un árbol; raíces que se hunden en lo profundo.

El reproductor de DVD está roto, digo, bloqueando la pregunta antes de que se formule.

¿Quieres que le eche un vistazo?, pregunta.

Sí, digo. Enchufo de nuevo la tele. Cuando el DVD se pone en marcha y los cuerpos empiezan a desenredarse, lo oigo de nuevo. Oigo la voz, ese sonido triste y desesperado, las preguntas que se repiten una y otra vez, como un mantra, incluso mientras la mujer sonríe. Incluso mientras gime y su mente oscila entre la pregunta y el estampado de la alfombra. Paul observa con decidida cortesía, acariciándome ausente la mano mientras la película sigue. Comienza el siguiente corto, con otro guión. Algo relativo a un masaje.

¿Tú no las oyes? Siento que las uñas de mi mano libre se me clavan en los vaqueros.

Ladea la cabeza a un lado y vuelve a tender el oído.

¿Oír qué?, dice con una voz teñida de exasperación.

Las voces.

No le hemos quitado el sonido.

No, las voces por debajo.

Se aparta de mí con tanta rapidez que pierdo el equilibrio. Mantiene la mano derecha junto a él, en el aire, abriendo y cerrando el puño como si sujetase el corazón incorpóreo de un enemigo. Pero ¿a ti qué te pasa?, replica. Como no respondo, estampa las manos contra la pared. Maldita sea, dice.

Me vuelvo de nuevo hacia la pantalla. Un hombre tiene la mirada fija en una mujer que se la está chupando. Déjame ver esos ojitos, dice, y sus ojos color ámbar pestañean hacia arriba, mientras que varios nombres pasan por sus respectivas mentes como un cántico por los muertos. Apago la tele.

No te enfades conmigo, por favor, digo. Me pongo de pie ante él, con las manos colgando pesadamente a los lados. Me rodea con sus brazos y descansa su barbilla en mi cabeza. Nos balanceamos hacia atrás y hacia delante, bailando al sonido del radiador para mantener el calor.

Creo que te he encontrado una casa, dice contra mi pelo. Está en el tercer piso de un edificio al otro lado del río.

No quiero marcharme, digo contra su pecho.

Se le tensan los músculos y me aparta de su cuerpo con la longitud de sus brazos imposibles.

Es como si no estuvieses aquí siquiera. Se abraza los brazos por fuera. Reaccionas a todo lo que no deberías.

Por favor, para, le digo. Tiende las manos hacia mí, pero le doy un manotazo. Necesito que seas simple y bueno, pido. ¿No puedes ser solo simple y bueno?

Me atraviesa con la mirada, como si ya supiese la respuesta.

A la mañana siguiente saco la cinta de la cámara, la rebobino, y la pongo en el vídeo. Paso las partes de inmovilidad, aunque no hay mucho. El yo de la cámara se debate. Intenta aferrar el aire, como si intentase arrancar guirnaldas de fiesta del techo. Golpea las extremidades contra la pared, contra el cabecero de roble, contra la mesilla de noche, y no solo no se encoge de dolor, sino que vuelve buscando más. La delgada lámpara se estrella contra el suelo. Paul se levanta, intenta ayudar, le sujeta los brazos, me sujeta los brazos, intentando inmovilizarlos contra mis costados, después se siente culpable y los suelta. Ella baja. Se debate entre las mantas. Se resbala y cae al suelo, rueda a medias debajo de la cama, queda parcialmente escondida por las sábanas, que se han salido. Paul intenta volver a subirla a la cama, se lleva un golpe bestial en la cabeza, y oigo el *no, no, no, no, no* que ella pronuncia con firmeza incluso mientras él la sube de nuevo al colchón y se acerca lo bastante para hablarle al oído, en una voz demasiado baja para que la cámara lo capte; luego la deja sobre el colchón, entre sus brazos, que la aprisionan de modo amenazador y reconfortante a la vez. Eso dura un rato, hasta que ella se levanta –hasta que yo me levanto– de nuevo, y Paul me aprieta contra sí, a pesar de que le golpeo en el pecho, a pesar de que me resbalo al suelo otra vez. Y así toda la noche.

Cuando termino, rebobino hasta el principio y vuelvo a colocar la cinta en la cámara.

Dejo de pedir DVD por correo. No hay trucos de voz en el porno por internet, ni pistas de comentarios raros. Me inscribo en el periodo de prueba gratis de cuatro sitios diferentes.

Sigo oyéndolos. Un hombre de muñecas finas se pregunta sin cesar por alguien llamado Sam. Dos mujeres quedan sorprendidas ante el cuerpo de la otra, ante la infinita suavidad. *Nadie me lo había dicho, nadie me lo había dicho,* piensa una mujer bronceada. Resuena en su mente, en la mía. Me acerco tanto a la pantalla que ni siquiera puedo ver la imagen. Solo borrones de color que se mueven. Beige, marrones, el negro del pelo de la mujer bronceada, una sorpresa de rojo cuyos orígenes no puedo ver al echarme atrás.

Una mujer corrige mentalmente a un hombre que no deja de hablar de su «chocho». *Mi coño,* piensa, y la palabra es tan densa que se queda flotando en el aire como una rodaja de fruta verde. Me gusta tu chocho, dice él. *Mi coño,* repite ella una y otra vez, como meditando.

Algunos están en silencio. Algunos no tienen palabras, solo colores.

Una mujer con un arnés negro colocado en las generosas caderas reza mientras se folla a un hombre delgado que la idolatra. Cada empujón es una pausa. Al final ella le besa la espalda: una bendición.

Un hombre con dos mujeres encima de su polla quiere irse a casa.

¿Sabrán ellos qué están pensando?, me pregunto, pasando de vídeo a vídeo, dejando que se carguen como un tirachinas que se tensa. ¿Lo oyen? ¿Lo saben? ¿Lo sabía yo?

Ya no me acuerdo.

A las dos de la madrugada, estoy viendo a un hombre que hace una entrega. Le abre una mujer a la que le flotan las tetas en sentido contrario a la gravedad. Pero claro, no es la casa que busca. Creo que a lo mejor esta ya la he visto. Él deja la caja vacía sobre la mesa. Ella se quita la parte de arriba. Escucho.

La mente de ella es toda oscuridad. Está llena, asustada. El miedo se precipita por ella, candente, aterrorizado. El miedo le pesa en el pecho, la aplasta. Está pensando en una puerta que se abre. Está pensando en un extraño que entra. Yo pienso en una puerta que se abre. Lo oigo cogiendo el pestillo. No puedo oírlo cogiendo el pestillo, pero lo oigo al girarlo. No puedo oírlo al girarlo, pero oigo las pisadas. No oigo las pisadas, no puedo oírlas. Solo hay una sombra. Solo hay oscuridad borrando la luz.

Él, el mensajero, el no-mensajero, piensa en las tetas de ella. Se preocupa por su propio cuerpo. Quiere complacerla de verdad.

Ella sonríe. Tiene una mancha de pintalabios en los dientes. Le gusta el hombre. Por debajo, hay un túnel de gritos, de zumbidos. No hay señal de radio. Me llena la cabeza, me presiona los huesos del cráneo. Late y empuja. Soy un bebé, mi cabeza no es sólida, esas placas tectónicas, no puede esperarse que aguanten.

Cojo el ordenador y lo arrojo contra la pared, al otro lado de la habitación. Espero que se haga pedazos, pero no es así; se estrella contra el pladur y cae al suelo con un estruendo terrorífico.

Grito. Grito tan fuerte que la nota se divide en dos.

Paul llega corriendo del sótano. No puede acercarse a mí.

No me toques, aúllo. No me toques, no me toques.

Se queda junto a la puerta. Me desmorono contra el suelo. Me corren lágrimas calientes y luego frías por la cara. Por favor, vete otra vez abajo, digo. No veo a Paul, pero lo oigo abrir la puerta del sótano. Me estremezco. No me levanto hasta que el ritmo de mi corazón se normaliza.

Cuando por fin me pongo en pie y camino hacia la pared, pongo de pie el ordenador. Hay una grieta profunda en el centro de la pantalla, una falla geológica interrumpida.

En la habitación, Paul se sienta frente a mí, repiqueteando los dedos en el vaquero de sus pantalones.

¿Recuerdas, dice, cómo era antes?

Bajo la vista hacia mis piernas, luego a la pared desnuda, luego de nuevo a él. Ni siquiera hago el esfuerzo de hablar; la chispa de las palabras se extingue con tanta rapidez en mi pecho que no queda espacio siquiera para engarzarlas en una espiración.

Lo deseabas, dice. Lo deseabas sin parar. Eras infinita. Un pozo que nunca se llenaba.

Ojalá pudiese decir que lo recuerdo, pero no lo recuerdo. Puedo imaginar miembros, bocas, bocas sobre bocas, pero no puedo recordarlo. Ni siquiera recuerdo tener sed.

Duermo larga y cálidamente, con las ventanas abiertas a pesar del invierno. Paul duerme contra la pared y no se menea.

Las voces no están, ahora no, pero aún puedo sentirlas. Vagan por encima de mi cabeza como algodoncillo. Soy Samuel, eso creo. Eso es. Soy Samuel. Dios lo llamó en mitad de la noche. A mí también me llaman. Samuel respondió, ¿Sí, Dios? Yo no tengo manera de responder a mis voces. No tengo manera de decirles que las oigo.

Oigo que la puerta se abre y luego se cierra, pero no giro la cabeza. Estoy mirando la pantalla. Una orgía, ahora. La quinta. Docenas de voces, demasiadas para contarlas, se superponen, se mezclan, tensando el aire, atestándolo. Se preocupan, desean, se ríen, dicen tonterías. Relucientes de sudor. Las luces de tungsteno, mal colocadas, proyectan sombras, dividiendo unos cuantos cuerpos durante un momento en piel resbaladiza y desfiladeros de oscuridad. De nuevo enteros. Trozos.

Se sienta junto a mí y su peso hunde el cojín hasta el punto de caerme contra él. No aparto los ojos de la pantalla.

Oye, dice. ¿Estás bien?

Sí. Enrosco los dedos con fuerza uno contra otro y mis nudillos se cierran en línea. Esta es la iglesia. Este es el templo.

Se recuesta hacia atrás y contempla. Me mira. Posa levemente los dedos en mi omoplato, coge la tira del sujetador y pasa el dedo por la curva de mi piel bajo el elástico. Suavemente, una y otra vez.

Una mujer en el centro de una órbita masculina levanta la mano, por encima de la cabeza, aún más arriba. Está pensando en uno de ellos en particular, en el que la está llenando, completándola. Piensa un momento en la iluminación y luego sus pensamientos vuelven a él. Se le está quedando dormida la pierna.

Paul habla muy cerca de mi piel. ¿Qué estás haciendo?, pregunta.

Viendo, digo.

¿Qué?

Viendo esto. ¿No es eso lo que debería estar haciendo? ¿Ver esto?

Por lo inmóvil que está, me doy cuenta de que está pensando. Luego extiende la mano y la pone sobre la mía, cubriendo la iglesia.

268

Oye, dice. Oye, oye.

Uno de los hombres se encuentra mal. Cree que se va a morir. Quiere morir.

Los cuerpos se enlazan, se desenlazan, los músculos se contraen, las manos.

En la mente de la mujer, una cinta de luz se tensa, afloja y se tensa de nuevo. Se ríe. Se está corriendo de verdad. La primera vez que nos besamos Paul y yo en mi cama, en la oscuridad, estaba casi frenético, bullía de energía, mientras una puerta mosquitera se cerraba de un portazo por el viento. Luego me contó que había sido tan largo, pero tan largo, que le pareció que se iba a salir de su piel. Su piel. Aún los oigo, pensando, resonando en mi cabeza, deslizándose en los recovecos de mi memoria. No puedo mantenerlos a raya. El dique no aguantará.

No me doy cuenta de que estoy llorando hasta que Paul se pone de pie y me lleva con él, tira de mí. En la pantalla, arcos perlados de lefa zigzaguean sobre el torso de la mujer que se ríe. Me levanto con facilidad. Me abraza, me toca la cara, tiene los dedos húmedos del esfuerzo.

Chis, dice. Chis. Lo siento, dice. No tenemos que verlo, no tenemos por qué.

Hunde los dedos en mi pelo y me sujeta la parte baja de la espalda. Chis, dice. Yo no deseo a ninguna de ellas. Solo te deseo a ti.

Me pongo rígida.

Solo a ti, dice de nuevo. Me abraza con fuerza. Un buen hombre. Solo a ti, repite.

No quieres estar aquí, digo.

El suelo se estremece; un camión enorme oscurece la ventana. Paul no reacciona.

Se queda allí en silencio, irradiando culpa. La casa está a oscuras. Lo beso en la boca.

Lo siento, me dice. Estoy muy...

Ahora me toca a mí callarlo. Tartamudea hasta quedar en silencio. Lo beso con más fuerza. Cojo su mano de mi costado y la poso en mi muslo. Está dolorido y quiero detener su sufrimiento. Lo beso de nuevo. Recorro su erección con dos dedos.

Vamos, le digo.

Yo siempre me despierto antes que él. Paul duerme boca abajo. Me incorporo y me estiro. La luz se cuela por las cortinas. Yo apenas puedo dormir con luz de día. Me levanto. Él no se mueve.

Atravieso la habitación y quito la cámara de su sitio. Me la llevo al salón. Rebobino la cinta, que gime mientras ronronea sobre sí misma.

Meto la cinta en el vídeo. Paso el dedo por los botones de la máquina como una pianista que escoge su primera tecla. Cuando lo aprieto, la pantalla se llena de nieve y luego se pone negra. Después se ve el diorama estático de mi habitación. Las sábanas arrugadas con el estampado de porcelana, como aplicado en aerosol, deshechas. Lo paso hacia delante. Lo paso hacia delante, dejando atrás minutos enteros de nada, sin que me sorprenda la facilidad con que transcurren.

Dos personas entran a trompicones, levanto los dedos, la prisa disminuye. Dos extraños hurgan en la ropa del otro, en el cuerpo del otro. El cuerpo de él, esbelto, delgado y pálido, se inclina; los pantalones caen al suelo con un ruido sordo, gracias a los bolsillos llenos de llaves y monedas. El cuerpo de ella —mi cuerpo, el mío— aún luce las manchas amarillentas de los cardenales que van desapareciendo. Es un cuerpo que se desborda de sí mismo; se desenrolla en muchas capas. Llevo el bulto de la camisa en la mano; la suelto hacia el suelo. Cae como un pájaro al que hubiesen disparado. Nos apretamos contra el lateral del colchón.

Bajo la vista hacia mis manos. Están secas, no tiemblan. Levanto de nuevo los ojos hacia la pantalla y me pongo a escuchar.

AGRADECIMIENTOS

Resulta que cuando publicas tu debut literario, te encuentras con una tarea imposible: no solo darle las gracias a la gente que ha ejercido una influencia directa en este título en particular, sino también a todos los que han tenido algo que ver en que te hagas escritora. Y resulta que, cuando te sientas a pensarlo, la lista puede ser desmoralizadoramente larga.

A lo largo de mi carrera me he topado con mucha gente dispuesta a poner la mano en el fuego por mí, aun cuando yo no lo habría hecho. Así pues, aquí va mi intento de responder a la monumental tarea de hacer justicia a su generosidad y fe asombrosas.

Este libro –y esta vida– habría sido imposible sin:

Mis padres, Reinaldo y Martha, que me leían mucho antes de que yo supiera leer, a mis hermanos Mario y Stefanie, que escuchaban todas mis historias, y a mi abuelo, que me enseñó a contarlas.

Laurie y Rick Machado, que siempre han constituido una presencia estable y amorosa.

Las mujeres que me regalaban libros y alimentaban mi imaginación latente: Eleanor Jacobs, Sue Thompson, Stefanie «Omama» Hoffman, Karen Maurer, Winnifred Younkin.

Marilyn Stinebaugh, que me permitía despotricar contra Hemingway en su clase y me pasaba textos de su biblioteca personal, enseñándome cómo podía ser la literatura.

Adam Malantonio, que me hizo una banda sonora.

Mindy McKonly, que me tomó en serio.

Marnanel Thurman, que me ha regalado quince años de amistad y brillantez.

Amanda Myre, Amy Weishampel, Anne Paschke, Sam Aguirre, Jon Lipe, Katie Molski, Kelli Dunlap, Sam Hicks, Neal Fersko y Rebekah Moan, que crecieron conmigo y me ayudaron a convertirme en quien soy.

Jim, James y Josh, que me escucharon y me ayudaron a alcanzar mis respuestas.

Harvey Grossinger, que me ofreció el regalo de su tiempo y su sabiduría.

Allan Gurganus, que me animó a tomar la decisión correcta.

John Witte y Laura Hampton, cuyo amor y amistad me mantuvo de pie cuando nada más podía hacerlo.

El Iowa Writers' Workshop y la gente maravillosa que lo lleva: Connie Brothers, Deb West, Jan Zenisek y, por supuesto, Lan Samantha Chang.

Mis compañeros de clase de Iowa y queridos amigos, que hicieron de mí una persona más lista y mejor escritora: Amy Parker, Ben Mauk, Bennett Sims, Daniel Castro, E. J. Fisher, Evan James, Mark Mayer, Rebecca Rukeyser, Tony Tulathimutte y Zac Gall.

Mis numerosos profesores de escritura: Alexander Chee, Cassandra Clare, Delia Sherman, Harvey Grossinger, Holly Black, Jeffery Ford, Kevin Brockmeier, Lan Samantha Chang, Michelle Huneven, Randon Noble, Ted Chiang y Wells Tower, que fueron duros conmigo cuando fue necesario, me dieron ánimos cuando fue necesario, y se mostraron siempre amables.

La clase del Clarion Science Fiction & Fantasy Writers' Workshop de 2012: Chris Kammerud, Dan McMinn, Deborah Bailey, E. G. Cosh, Eliza Blair, Eric Esser, Jonathan Fortin, Lara Donnelly, Lisa Bolekaja, Luke R. Pebler, Pierre Liebenberg, Ruby Katigbak, Sadie Bruce, Sam J. Miller y Sarah Mack. (Siempre seréis mis Awkward Robots.)

Los reflexivos e inspirados escritores de Sycamore Hill de 2014 y 2015: Andy Duncan, Anil Menon, Chris Brown, Christopher Rowe, Dale Bailey, Gavin Grant, Jen Volant, Karen Joy Fowler, Kelly Link, Kiini Ibura Salaam, L. Timmel Duchamp, Matt Kressel, Maureen McHugh, Meghan McCarron, Michael Blumlein, Molly Gloss, Nathan Ballingrud, Rachel Swirsky, Richard Butner, Sarah Pinsker y Ted Chiang.

El tiempo y la ayuda económica que me dieron: Beth's Cabin, la CINTAS Foundation, la Clarion Foundation, la Copernicus Society of America, la Elizabeth George Foundation, Hedgebrook, la Millay Colony for the Arts, mis patrocinadores de Patreon, Playa, la Speculative Literature Foundation, el Spruceton Inn, la Susan C. Petrey Scholarship Fund, la Universidad de Iowa, la Wallace Foundation, la Whiting Foundation y Yaddo.

Yuka Igarashi, que me entiende.

Kent Wolf, que creyó en mí desde el principio y es un abogado paciente e incansable.

La dedicación y el trabajo duro de Caroline Nitz, Fiona McCrae, Katie Dublinski, Marisa Atkinson, Steve Woodward, Yana Makuwa, Casey O'Neil, Karen Gu y todo el equipo de la editorial Graywolf.

Ethan Nosowsky, cuya orientación y confianza han hecho este libro mejor de lo que yo creía posible.

Todas las mujeres artistas que existieron antes que yo. Me quedo sin palabras ante su valor.

ÍNDICE

El punto de más 13
Inventario 45
Madres 57
Especialmente perversos 79
Las mujeres de verdad tienen cuerpo 143
Ocho bocados............................. 169
La residente.............................. 191
Problemática en las fiestas 247

Agradecimientos 273